Ilona Einwohlt

Erdbeersommer

Ilona Einwohlt,
geb. 1968, war ein richtiges Pferdemädchen, bevor Germanistikstudium und Familie wichtiger wurden als der Stall und sie mit dem Schreiben begann. Seither sind aus ihrer Feder unzählige Bücher für Kinder und Jugendliche geflossen. In ihrem neuen Roman »Erdbeersommer« verbindet die Autorin der bekannten »Sina«-Reihe erstmals die Leidenschaft für Pferde mit ihrem Sehnsuchtsort, der stürmischen Nordsee, und erzählt von den Verwirrungen der ersten Liebe. Ilona Einwohlt lebt mit ihrer Familie in Darmstadt.

Mehr unter *www.ilonaeinwohlt.de*

Weitere Titel von Ilona Einwohlt im Arena Verlag:
Alicia. Unverhofft nervt oft
Alicia. Wer zuerst küsst, küsst am besten
Alicia. Liebe gut, alles gut!!!
Drillingsküsse. Wen lieb ich und wenn ja, wie viele?

Ilona Einwohlt

Erdbeersommer

Arena

S. 139–140, Hanna Hanisch: Wenn die Nebelfrau kocht ...
Der Rechteinhaber konnte nicht ermittelt werden. Wir bitten diesen sich gegebenenfalls mit dem Verlag in Verbindung zu setzen.

FSC
www.fsc.org
MIX
Papier aus verantwortungsvollen Quellen
FSC® C110508

1. Auflage 2016

Einbandgestaltung: Frauke Schneider
Lektorat: Kerstin Kipker
Gesamtherstellung: Westermann Druck Zwickau GmbH
ISBN 978-3-401-60256-1

www.arena-verlag.de
www.twitter.com/arenaverlag
www.facebook.com/arenaverlagfans

Das Leuchtturmmädchen

Vor vielen, vielen Jahren, vielleicht im vorletzten Jahrhundert, lebte ein Leuchtturmwärter gemeinsam mit seiner Tochter in einer alten Kate am Dorfrand. Die Mutter war bei der Geburt des Mädchens gestorben und der ehrbare Mann hatte nie wieder geheiratet. Tagsüber versorgte er seine über alles geliebte Tochter Gesche, pünktlich zur Dämmerung aber machte er sich auf den Weg zu seinem Arbeitsplatz im Leuchtturm, wo er Nacht für Nacht Wache am Leuchtfeuer hielt; die Tochter ließ er in der Obhut einer Amme. Der Turm war vor etlicher Zeit ein paar Hundert Meter vom Land entfernt ins Meer gebaut worden, je nach Witterung und Tide mal mehr, mal weniger beschwerlich zu erreichen.

Doch mit der Zeit hatte das Meer die Zufahrt überspült, der schmale Damm war nur mit Mühe und Ortskenntnis zu passieren; der Leuchtturmwärter nahm deswegen ein Boot. Der Lauf der Jahre sowie das nächtliche Wachen hatten ihm zugesetzt, Gicht und Husten plagten ihn – und nur die wärmende Suppe und die Liebe seiner Tochter hielten den alten Mann bei Gesundheit und Verstand. Die zu einer stattlichen jungen Frau herangewachsene Gesche kümmerte sich rührend um ihren zunehmend gebrechlichen Vater, half den Fischersfrauen und Näherinnen im Dorf, womit sie ihnen beiden ein kärgliches Zubrot sicherte. Eines Abends jedoch vergaß der Vater, seine Brotzeit mitzunehmen, er war in jüngster Zeit fahrig und vergesslich geworden – aber zu spät, sein Boot hatte bereits abgelegt. Da fasste Gesche jenen verhängnisvollen Entschluss: Obwohl es stürmte und der Neumond bis Mitternacht die Springflut über die Deiche treiben würde, wollte sie ihrem geliebten Vater die Suppe bringen. So ritt sie auf ihrem Schimmel hinaus in der Hoffnung, durchs Watt den Weg bis zum alten Damm und damit zum Leuchtturm zu finden. Schließlich war sie an der Küste aufgewachsen und kannte den Wattboden samt seinen Prielen in- und auswendig. Doch dichter Nebel und eine tiefdunkle Nacht lockten sie in die falsche Richtung. Dachte sie, dort das Licht des Leuchtturms zu sehen, war es die Funzel eines Fischerbootes. Meinte sie, festen Boden unter den Hufen ihres Pferdes zu spüren, war es die trügerische Festigkeit einer Sandbank im Meer. Niemand weiß, wie lange Gesche in jener Nacht durchs Watt irrte, bis die Flut sie und ihr Pferd für immer verschlang. Den Leuchtturmwärter fand man am nächsten Morgen tot in seinem Turm.

Bei Ebbe kann man das abgebröckelte Fundament des alten Leuchtturms heute noch sehen, längst wurde an anderer Stelle ein neuer errichtet. Den Steg und das Boot gibt es jedoch immer noch. Und in Vollmondnächten, wenn Lichter über das aufgewühlte Wattenmeer irren und Nebelwolken die Sicht erschweren, wispern die alten Leute im Ort: Das ist Gesche auf ihrem Pferd, sie sucht ihren Vater …

1

Meine Tante Isodora war so dick, dass sie nicht aufs Display passte. Egal, wie ich mein Handy drehte und wendete, ich bekam immer nur einen Teil von ihr aufs Foto: entweder ihre stämmigen Beine. Oder ihren üppigen Busen. Oder ihr fröhliches Gesicht. Nur wenn ich dreißig Meter Abstand hielt, schaffte ich eine Ganzkörperaufnahme. Aus der Ferne wirkte Isodora in ihrem bunten Kaftan wie ein Walfisch im Strandkleid. Dabei war sie mit ihren fünfzig Jahren und siebzig Kilo Übergewicht weitaus flinker als Onkel Piet, der als ehemaliger Marathonläufer höchstens die Hälfte seiner Frau auf die Waage brachte – und meistens lieber auf dem Traktor saß als im Strandkorb.

Die beiden waren meine Sommer-, Herbst- und Ostereltern. Seit ich denken konnte, verbrachte ich meine Ferien bei ihnen auf dem Friesenhof und war inmitten von Pferden, Ponys, Ziegen, Hühnern und Schafen groß geworden. Meine Mutter, die hier aufgewachsen war, hielt nichts von Landluft und das raue, unbeständige Klima der Nordsee mochte sie ebenso wenig wie das kleinkarierte Dorfleben. Lieber vergrub sie sich hinter ihren Aktenbergen, entwarf Marketingpläne für ihre Firma – am liebsten Tag und Nacht. Deswegen war sie jedes Mal froh, wenn ich in den Ferien zu ihrer Schwester fuhr, weit weg von unserem Großstadtalltag in Hamburg, denn dann konnte sie sich voll und ganz auf die Arbeit konzentrieren.

So wie in jenem Sommer, der für uns alle unvergesslich bleiben würde. Nicht nur, weil die Hinfahrt mit dem Zug statt der üblichen zwei Stunden fast drei Mal so lange dauerte. Ein Sturm hatte die Oberleitungen beschädigt und ich saß deshalb Ewigkeiten in einem kleinen Bahnhof fest, wo ich die Zeit mit endlosem Blättern im Fotoalbum meines Smartphones verbrachte. Dort hatte ich eine Sammlung meiner Lieblingsfotos von Hauke gespeichert, an denen ich mich nicht sattsehen konnte: Hauke, wie er mich anschaute, Hauke mitten im Erdbeerfeld, Hauke in den Dünen, Hauke im Sonnenuntergang ...

Hauke war mein allerbester Freund. Genauer gesagt, ein feingliedriger Schimmelhengst, den ich mit der Flasche großgezogen hatte, nachdem seine Mutter bei der Geburt gestorben war. Sommerlang hatte ich auf seinem Rücken bei Wind und Wetter die Gegend erkundet, Strand, Moor, Wiese, Felder ... Ich vertraute ihm blind – und er ließ sich nur von mir reiten. Während ich in Hamburg vor Sehnsucht nach ihm verging und Vokabeln büffeln musste, stand Hauke gemütlich auf der Weide und führte das beste Pferdeleben, das man sich vorstellen konnte. Ich war Piet und Isodora von Herzen dankbar dafür, dass sie mein Pferd einfach so durchfütterten und nicht auf die Idee kamen, er könne sich ja auch an jemand anderen gewöhnen.

Mit klopfendem Herzen scrollte ich durch die Fotos, nur noch wenige Stunden, dann würde ich ihn endlich, endlich wiedersehen. Ich schloss die Augen und träumte mich für einen Moment in seinen Sattel, voller Vorfreude auf unseren ersten Ausritt nach der langen Zeit. Denn natürlich wollte ich heute Abend noch ausreiten, ohne Frage, egal, wie spät ich ankommen würde!

Als es nach einer gefühlten Ewigkeit schließlich weiterging und ich Stunden später aus dem Regionalzug kletterte, war es bereits Nachmittag. Vom Meer wehte zur Begrüßung eine leichte Brise herüber. Die Luft schmeckte vertraut salzig, und als eine Möwe kreischend über den Bahnsteig segelte, fühlte ich mich sofort wie zu Hause. Suchend blickte ich mich um. Normalerweise wäre das der Moment gewesen, in dem Piet »Moin, moin, min Deern!« gerufen, meinen Rucksack geschnappt und mich Richtung Traktor bugsiert hätte. Doch heute erspähte ich meinen Onkel nirgends in der Menschenmenge, die sich auf dem Bahnsteig knäulte, obwohl ich die Verspätung längst gesimst hatte. Ich wunderte mich.

Sie hätten ja auch Wilm schicken können, dachte ich, während ich schließlich meinen Rucksack schulterte und mich auf den Weg zur Bushaltestelle machte. Der Stallknecht vom Friesenhof war für viel mehr als nur für Pferde und Fuhrwerke zuständig und es gab niemanden mit einem größeren Pferdeverstand als ihn. In diesem Moment hätte ich mich sehr darüber gefreut, neben ihn auf den Kutschbock klettern zu können und mich nach Hause bringen zu lassen, vorbei an den unzähligen Erdbeerfeldern, die im Sommer immer einen betörenden Duft verströmten. So machte ich mich allein auf den Weg und suchte nach dem passenden Bus, begleitet vom Geklapper der Fahnenmasten im Wind und dem Geschrei der Möwen am knallblauen Himmel.

Vor dem Bahnhof wimmelte es vor aufgeregten Urlaubern, die ein paar Wochen unbeschwerte Zeit an der Nordsee verbringen wollten, sich aber jetzt ärgerten, dass die Busse nicht gewartet hatten und die Taxen nicht parat standen. Unschlüssig lehnte ich mich an eine Säule und beobachtete das bunte Treiben auf dem Vorplatz: Kinder, die fröhlich zwischen Koffern und Taschen Fangen spielten, während ihre sichtlich gestressten Eltern mit Smartphone und Stadtplan hantierten. Verunsicherte Omis, die nicht wussten, wohin und wie weiter. Verliebte Pärchen, die sich nach wochenlanger Trennung endlich wieder in den Armen lagen und ausgiebig küssten ...

Unangenehm berührt blickte ich schnell zur Seite, versuchte den Stich in meinem Herzen zu ignorieren, weil ich sofort an Eliyah denken musste, in den ich, wie alle Mädchen aus meiner Klasse, heimlich verknallt war. Natürlich hatte ich null Chancen bei ihm und von romantischen Küssen konnte ich nur träumen.

Erstens weil Julia, Vanessa und Pilar ihre Besitzansprüche klar definiert hatten, schließlich trugen sie BH und enge Jeans, färbten sich die Haare und hatten schon Erfahrungen mit Jungs.

Zweitens weil Eliyah einfach umwerfend gut aussah und sich locker aussuchen konnte, welches Mädchen er als Nächstes küsste.

Und drittens weil ich mit meinen feuerroten Lockenhaaren und den Dauereinsen im Zeugnis sowieso als Außenseiterin galt.

Trotzdem hatte Eliyah am vorletzten Tag vor seiner Abreise mit mir Handynummern getauscht und versprochen, mir jeden Tag eine Nachricht aus Amerika zu schicken, wo er nun seit ein paar Wochen ein Highschool-Jahr verbrachte. Natürlich hatte ich bisher noch keine einzige Message von ihm erhalten und würde es wohl auch nie. Trotzdem guckte ich ständig nach.

»Aua!« Jemand hatte mir im Vorübergehen seinen Ellenbogen in die Magengrube gehauen, für einen kurzen Augenblick wurde mir schwindelig und speiübel – und nicht nur deswegen schossen mir Tränen in die Augen.

»Kannst du nicht aufpassen!«, rief ich dem Blondschopf zu, doch der drehte sich nur lässig um und zeigte mir seinen Stinkefinger.

»Pass doch selbst auf, Feuerkopf, wem du mit deinem fetten Hintern den Weg verstellst!«

»Idiot!«

Für einen Moment starrten der Typ und ich uns feindselig an. Mir fiel auf, dass er die gleiche Augenfarbe wie Eliyah hatte. Blau.

»Großstadttussi!«, fauchte er zurück, funkelte mich noch einmal giftig an und war dann hinter einer Reklametafel verschwunden, das grelle Grün seines Fußballtrikots wehte hinterher.

»Idiot!«, wiederholte ich, atmete dreimal tief durch und versuchte, mich irgendwie zu beruhigen. Was fiel dem denn ein!

Da stand ich hier nun mitten in der Menschenmenge und fühlte mich bei der Erinnerung an Eliyah plötzlich fürchterlich einsam und alleine.

»Sei nicht so sensibel«, sagte meine Mutter immer. Auch meine Freundinnen Gizem und Kim waren der Meinung, ich solle nicht immer jedes Wort auf die Goldwaage legen. Echt ein toller Vorschlag! Ich kann schließlich nichts dafür, dass ich keine Elefantenhaut besitze und empfindlich reagiere, wenn jemand meine Gefühle verletzt oder sich einen Spaß auf meine Kosten erlaubt. Und Eliyah hatte in dieser Hinsicht ganze Arbeit geleistet. Ausgerechnet er, der

Mädchenschwarm, hatte mich auf der Party bei Pilar so besonders angesehen, als ob er mich jeden Moment küssen wollte. Zum Abschied dann hatte er mir jeden Tag eine Message versprochen, doch jetzt war er einfach abgetaucht, reagierte auf keine Nachrichten von mir, stellte sich stumm und taub und blind oder alles auf einmal und nur ganz langsam kapierte ich, dass er sich mit mir einen Spaß gemacht hatte.

Zudem hatte der Typ gerade eben mit seiner fiesen Bemerkung voll ins Schwarze getroffen: Ich hatte zwar längst keinen dicken Hintern mehr wie damals in der Grundschule, als ich mich zwei Schuljahre lang nur von Chips und Pizza ernährt habe. Das war zu der Zeit gewesen, als Papa uns von jetzt auf gleich verlassen hatte und meine Mutter monatelang vor lauter Kummer nicht kochen konnte. Inzwischen hatte sie sich davon erholt und ich längst abgespeckt. Heute habe ich eine sportliche Figur, mit der ich mich echt sehen lassen kann. Trotzdem fühlte ich mich immer noch sofort angesprochen, sobald jemand mein Gewicht thematisierte.

Unschlüssig stand ich auf dem Bahnhofsvorplatz herum. Wie gut hätte es jetzt getan, wenn mich jemand vom Friesenhof abgeholt hätte! Warum hatten weder Isodora noch Piet geantwortet? War womöglich etwas passiert? Eine düstere Vorahnung machte sich in mir breit.

Abermals zückte ich mein Handy, mein Akku war so gut wie leer und das Display vermeldete keine Eingänge. Es blieb mir also nichts anderes übrig, als wieder, wie den ganzen Tag über auch schon, darauf zu warten, bis es endlich, endlich weiterging und der Bus kam.

Gefühlte Ewigkeiten später kam ich auf dem Friesenhof

an, und als ich das hektische Durcheinander bemerkte, verstand ich auch, warum niemand zum Abholen an den Bahnhof gekommen war. Aus irgendeinem Grund ging es drunter und drüber. Jede Menge Urlaubsgäste warteten darauf, in die Planwagen zu klettern, die sie gleich gemütlich durchs Watt kutschieren würden, aber Piets Schimmel Luigi und Alma waren noch nicht eingespannt.

»Moin, moin, min Deern«, begrüßte mich Piet und zog mich überschwänglich in die Arme, bevor er sich gleich wieder seinen Pferden zuwendete und vor sich hinbrummelte. »Der olle Klookschieter vom Veterinäramt wollte uns verposematuckeln und beinahe nicht die Plakette geben ... Jetzt müssen wir uns beeilen, wenn wir noch vor dem Hochwasser zurück sein wollen. Los, man tau, worauf wartest du noch, hol Hauke! Ich kann dich heute gut gebrauchen, bevor hier endgültig alle durchdrehen.«

»Alles klaro«, rief ich, pfefferte Rucksack und Tasche in die nächstbeste Ecke, begrüßte im Vorübereilen den weißen Hofkater Merlin und die fünf Hühner und rannte in den Stall. Dort waren in geräumigen Boxen die Gastpferde untergebracht, während ihre Besitzer Urlaub in einem der Zimmer auf dem Friesenhof machten.

Leise rief ich Haukes Namen, gleich würde er mir entgegenwiehern. Mit klopfendem Herzen lief ich durch die Stallgasse. Obwohl alle Boxen belegt sein mussten – es war schließlich Hochsaison! –, hoben sich nur wenige neugierige Pferdeköpfe. Bei dem schönen Wetter waren die meisten mit ihren Reitern unterwegs oder standen auf der Weide. Einer nicht. Denn Piet wusste, dass ich Hauke in meiner Nähe brauchte und in den Ferien am liebsten Tag und Nacht mit ihm zusammen war.

»Hauke!«

Schnalzend rief ich seinen Namen, als ich mich seiner Box näherte, sein Fell schimmerte weiß und hell durch die staubigen Gitter. Als er meine Stimme hörte, hob er mit einem Ruck den Kopf und wieherte mir freudig entgegen.

»Na du«, flüsterte ich und pustete zur Begrüßung auf seine Nüstern, während ich meinen Kopf an seinen legte. Endlich! Wie sehr hatte ich mich schreckliche lange Schulstunden danach gesehnt! Wie sehr hatte ich sein weiches Pferdemaul und seine Nasenstüber vermisst!

Hauke schnaubte sanft zurück. Am liebsten hätte ich noch eine Weile mit ihm so nah dagestanden und unser Wiedersehen ausgekostet. Aber Piet wartete. Schnell holte ich Sattel- und Zaumzeug und führte Hauke nach draußen, wo Piet, Wilm und zwei andere Männer sich gerade mit ihren voll besetzten Kutschen auf den Weg machten. Ein kleines Mädchen jauchzte vor Begeisterung, als Luigi während der Fahrt äppelte.

Oft schon hatte ich meinen Onkel bei seinen Fahrten durchs Watt begleitet. Ich kannte den Verlauf der Priele und Strömungen, die gefährlichen Stellen und wusste, wo es besser war, einen Umweg zu reiten, bevor der Wagen im Schlick stecken blieb. Jetzt ritt ich den Weg hinter den Dünen entlang, eine kleine Anhöhe noch und schon öffnete sich vor mir der breite Abgang runter an den Strand, ich hörte bereits das Meer von Ferne rauschen. Ich zügelte Hauke und schaute auf den scheinbar endlosen Strand zu unseren Füßen, der durch die ablaufende Flut noch breiter wirkte als sonst. Glücklich schmeckte ich das Salz auf meinen Lippen, über mir segelten die Möwen und der Wind spielte mit meinen Haaren.

»Hey, willst du ein Reiterdenkmal werden, Modell Rote Zora, die Schimmelreiterin?«, drang plötzlich eine vertraute Stimme an mein Ohr. Unter tausend anderen hätte ich sie erkannt!

Das war Finn, der neben mir sein Pferd gezügelt hatte und mich aus meinen Träumen und Gedanken riss. Zur Begrüßung klopfte er mir herzhaft auf die Schulter, sein sommersprossiges Gesicht strahlte dabei bis über beide Ohren. Wie immer standen ihm seine blonden, strubbeligen Haare wild vom Kopf. Ich grinste ihn an.

»Wer als Erstes bei den Wagen ist!«, rief ich ihm statt einer Begrüßung zu. Schon trieb ich Hauke in den Galopp, doch Finn war mir sofort eine Pferdelänge voraus. Sobald der Weg breiter wurde, hatte Hauke ihn wieder eingeholt und wir galoppierten Seite an Seite über den Wattboden, das Wasser unter den Hufen spritzte bis in mein Gesicht. Kurz blieb mir die Luft weg vor Glück. Das hier war mein Himmel!

Auch Finn stieß einen Juchzer aus, er war wie ich völlig pferdeverrückt und hatte seinen Wallach Morango bei Isodora und Piet unterstehen, einen temperamentvollen, braunen Holsteiner mit astreinen Papieren. Er und Morango hatten in den letzten beiden Sommern etliche Preise auf Turnieren in der Umgebung abgeräumt und galten als vielversprechendes Dreamteam. Finns Eltern gehörte der renommierte »Anker« unten am Hafen, wo es in der Saison wie überall im Ort haufenweise Arbeit gab und Finn helfen musste. Doch wann immer es möglich war, verdrückte er sich in den Stall zu den Pferden. Dann stand er Piet und Wilm zur Seite, kümmerte sich um die Lütten, wenn sie mit ihren störrischen Ponys nicht klarkamen, oder gammelte bei Schietwetter mit Mareike und mir gemeinsam im Heuschober herum, bis die Sonne wieder schien. Mit Finn konnte man stundenlang ausreiten, Zimtwaffeln um die Wette futtern oder einfach nur im Strandkorb abhängen, während einem der Nordseewind um die Nase flatterte.

»Erzähl, was gibt's Neues?«, fragte ich und zügelte Hauke, nachdem wir die Planwagenkolonne eingeholt hatten, die vor uns durchs Watt zockelte. Diese Kutschfahrten waren bei den Feriengästen überaus beliebt und für Piet eine wichtige Einnahmequelle, erforderten jedoch bei den beteiligten Fuhrwerkführern höchste Konzentration und Professionalität. Und von den Pferden auch.

Hauke und Morango kauten zufrieden die Zügel aus der Hand und wir hielten jetzt locker mit dem letzten Wagen mit. Weiter vorne tänzelte eine schwarze Araberstute herum, die Reiterin hatte ihre liebe Mühe, sich zu halten, immer wieder bäumte sich ihr Pferd auf.

Ich grinste in mich hinein. Dass eines dieser Stadtpferde, die mit ihren Reitern zur Sommerfrische ans Meer reisten, durchging, kam in der Saison mindestens einmal pro Woche vor. Die sensiblen Tiere waren weder diese endlose Weite gewöhnt, noch waren sie in der Lage, sich in einer Planwagenkarawane einzuordnen. Und ihre Reiter besaßen in der Regel zu wenig Pferdeverstand und Erfahrung, um ihnen die freie Hand zu lassen, die sie verlangten. Wie gut, dass Piets Pferde allesamt so zuverlässig und sturmerprobt waren und den Weg durchs Watt im Schlaf kannten. Nie im Leben wären sie auf die Idee gekommen durchzugehen, dachte ich gerade, als ich plötzlich hinter uns ein Rauschen und Rascheln hörte, das eindeutig nichts mit Wind, Wellen und Meer zu tun hatte. Hauke spielte nervös mit den Ohren.

»Es gibt jede Menge Neuigkeiten –«, setzte Finn gerade an, doch er kam nicht dazu, mir zu erzählen, was alles seit den Osterferien passiert war, denn das Rauschen kam immer näher, ich hatte meine liebe Mühe, Hauke zu beruhigen, der unruhig umhertänzelte, obwohl ich die Zügel längst wieder aufgenommen hatte. Morango machte einen Satz nach vorne und Finn, der nicht damit gerechnet hatte, segelte im hohen Bogen über seinen Hals und landete unsanft auf dem Wattboden.

Erschrocken drehte ich mich um. Ein Paraglider kam von hinten direkt auf uns zu und hatte offensichtlich die Kontrolle verloren.

»Achtung! Bahn frei! Ich kann nicht mehr steuern!«, schrie der im Geschirr hängende Typ, aber das hätte er sich auch sparen können, das merkten wir auch so. Und dann ging alles ganz schnell.

Piet hatte den Unglückssegler ebenfalls längst gesehen und seine Schimmel mit harschen Kommandos zur Seite gelenkt, soweit es der tiefe Priel neben ihm zuließ. Doch für ein Ausweichmanöver mit den schwerfälligen Fuhrwerken war es längst zu spät! Der Paraglider kam immer tiefer, schwebte jetzt direkt auf uns zu, als hielte er Kurs auf die Kolonne. Hauke bäumte sich wiehernd auf, als der Typ dicht über unsre Köpfe hinwegsegelte, die Leute in den Kutschen schrien. Der Unglückspilot landete stolpernd und fluchend knapp neben Piets Wagen, der Schirm rauschte hinab – und der Nylonstoff begrub die Fahrgäste unter sich. Im gleichen Augenblick galoppierten Alma und Luigi wie von Sinnen los, die anderen Pferde sofort hinterher. Aus irgendwelchen Gründen hatte sich ein Gurt des Gleitschirms gelöst, weshalb der Typ glücklicherweise nicht mitgeschleift wurde und einfach liegen blieb. Dafür rasten jetzt die Wagen – Piets sogar samt Schirm – über den Wattboden um die Wette. Hauke wäre am liebsten hinterher, ich schaffte es kaum, ihn zu zügeln, und ritt enge Volten, damit er endlich stehen blieb. Auch der Reiterin auf der schwarzen Stute war es gelungen, einen großen Bogen zu reiten und ihr Pferd aus der Schusslinie zu bringen.

»Ach du Scheiße! Schau, ob der Idiot Hilfe braucht, und dann komm nach«, rief Finn, stieg wieder in den Sattel und drückte Morango die Hacken in die Flanke, um den durchgegangenen Kutschen hinterherzugaloppieren.

Ich nickte und sprang ab.

»Bist du okay?«, fragte ich und wollte dem Bruchpiloten die Hand reichen, um ihm beim Aufstehen behilflich zu sein. Doch ich erntete nur einen abschätzenden Blick. Irgendwie kam er mir bekannt vor.

»Echte Kerle wirft so schnell nichts aus dem Sattel«, antwortete er lässig und rappelte sich auf. »Bin ja kein Reiter!« Dabei schaute er mich abschätzend von oben bis unten an und ich wusste plötzlich, wo ich ihm heute schon mal begegnet war. Am Bahnhof.

»Wärest du mal ein Reiter!«, rutschte es mir heraus. »Dann würdest du mit deinem dämlichen Verhalten nicht das Leben von uns allen riskieren! Paragleiten ist an diesem Strandabschnitt verboten!« Dann sprang ich auf Haukes Rücken. »Los, komm, die kriegen wir«, trieb ich mein Pferd an und das galoppierte aus dem Stand in einem irren Tempo los, dass ich mich kaum halten konnte.

Glücklicherweise war es Piet gelungen, seinen Wagen mithilfe der Fahrgäste von dem Stoff zu befreien. Doch während Wilm und die anderen Fuhrwerke stoppen und wenden konnten, rasten die Schimmel immer noch wie auf der Flucht durchs Watt.

»Wir müssen sie einfangen! Du Alma, ich Luigi«, rief mir Finn zu, als wir die beiden eingeholt hatten und auf gleicher Höhe links und rechts neben Piets Wagen galoppierten.

»Die Bremsen funktionieren nicht!«, rief mir mein Onkel zu, der es aufgegeben hatte, die Schimmel zu parieren. »Ihr müsst ihnen ins Zaumzeug greifen!«

Ich nickte und versuchte von links, Alma in den Zügel zu fassen und gleichzeitig Haukes Tempo zu drosseln. Der schien verstanden zu haben und drängte Alma langsam ab. Finn hatte von der anderen Seite aus Luigi im Griff und so gelang es uns – es grenzte an ein Wunder! –, die wahnwitzige Fahrt zu stoppen. Endlich!

»Das war Rettung in letzter Sekunde, was?«, rief ich zu Finn hinüber, der noch heftiger schnaufte als Morango. Ich klopfte Hauke erleichtert den Hals und konnte kaum glauben, dass wir es geschafft hatten.

»Noch mal«, rief in diesem Moment einer von den Gästen und da fiel die Anspannung von den Leuten ab und alle lachten befreit und applaudierten und grölten und fielen sich glücklich in die Arme. Obwohl mir immer noch die Knie zitterten, lachte ich mit. Hauke gab einen tiefen Schnauber von sich, Luigi schüttelte die Mähne, als könne er selbst kaum glauben, was geschehen war.

Piet war vom Kutschbock gesprungen und klopfte seinen Schimmeln dankbar den verschwitzten Hals. »Wenn ich den Kerl zwischen die Finger kriege …«, murmelte er dabei vor sich hin und ich dachte nur, dass ich dann lieber nicht in dessen Haut stecken wollte.

»Gut gemacht«, lobte Finn Morango ausführlich und meinte damit ganz bestimmt uns alle.

»So hatte ich mir meinen ersten Ausritt auch nicht vorgestellt«, sagte ich, bevor ich neben den Wagen ritt. »Ist wirklich alles okay bei Ihnen?«, fragte ich, als ich bemerkte, dass ein kleines Mädchen weinte.

»Nichts passiert, nur der Schreck«, antwortete die Mutter und strich der Kleinen über das Haar.

»Mein Hasi ist rauuuusgefallen«, schniefte das Mädchen. »Und ohne Hasi ...«

»Den finden wir, kleine Sprotte!«, versuchte Finn sie zu trösten. »Morango ist der beste Spürhund der Welt, hörst du, wie er *wau-wau-schnüffel-schnüffel* macht?!« Dann zeigte er auf mich. »Und das hier ist eine gute Hexenfee, die rettet sowieso alle!«, fügte er hinzu und grinste in meine Richtung.

Ich rollte die Augen. *Hexenfee* hatte Finn mich früher immer genannt, als wir jünger waren und diese Fantasy-Phase hatten. Wegen meiner roten Kringellocken natürlich. Und weil ich so zauberhaft gut mit Hauke zurechtkam, der sich sonst von niemandem reiten ließ, noch nicht einmal von Finn.

»Wir müssen sowieso schleunigst zurück, bevor die Flut kommt«, meinte Piet und deutete auf die Priele, die deutlich angestiegen waren. Das Wasser strömte bereits von allen Seiten, höchste Zeit, den Rückweg anzutreten. Er prüfte noch mal Gurte und Deichsel und entschuldigte sich in aller Form bei seinen Gästen für die stürmische Fahrt, bevor er zurück auf den Kutschbock kletterte. Dann ging es im gemächlichen Trab nach Hause, jeder für sich froh darüber, dass unser Wattabenteuer so glimpflich ausgegangen war, Luigi und Alma schnaubten tief.

Finn und ich ritten nebeneinander voraus und ließen unsere Blicke suchend umherschweifen, um das Stofftier der Kleinen zu finden.

»Da werden die Stadtlüdd wieder etwas zu erzählen haben«, rief ich zu Finn hinüber und musste kichern, obwohl mir der Schreck immer noch in den Knochen saß. Die Gäste liebten solche Abenteuergeschichten mit Happy End! Egal, ob jemand mitten im Watt eine Durchfallattacke bekam oder eins der Pferde durchging und seinen Reiter in einen Priel abwarf.

In diesem Moment entdeckte ich vorne etwas Kleines, Weißes auf dem Boden und zeigte nach vorne.

»Da ist das Schmuseteil von der Lütten!«, rief Finn und wir zügelten unsere Pferde.

Finn sprang ab, um sich nach Hasi zu bücken. »Matschig, aber unversehrt!«, sagte er und reichte der strahlenden Kleinen ihr Stofftier in den vorüberfahrenden Wagen.

»Wie kommt man nur auf die Idee, seinen Fallschirm direkt über die Pferde zu steuern?«, dachte ich laut nach, während wir weiterritten.

Finn verzog sein Gesicht. »Das war typisch Jan. Jan Friedrichsen. Fußballstar und Angeberarschloch. War doch klar, dass der dort herumsegeln muss, wo er das größte Publikum hat. Sag bloß, du kanntest den nicht? Seit wie vielen Jahren machst du hier schon Ferien?«

»Nie gehört, nie gesehen!« Ich schüttelte den Kopf.

»Na, das wird ein Nachspiel haben, oder?«, rief Finn rüber zu Piet.

»Das kannst du aber man glauben! Den Jung krieg ich bi de Büx! Da hätte sonst was passieren können«, polterte mein Onkel. »Aber jetzt versorgen wir erst mal die Pferde nach dem Schreck. Und dann sehen wir bei 'ner Runde Friesenschnaps weiter.« Sprachs und kutschierte in aller Seelenruhe sein Fuhrwerk an der Unglücksstelle vorbei, wo sich mittlerweile eine aufgeregte Menge um Jan scharte und wild durcheinanderredete. Der gab lautstark seine Story zum Besten von wegen Kontrolle verloren und Rettung in letzter Sekunde. Dass sein Gleitschirm weit draußen irgendwo in den Fluten lag, schien ihn nicht zu interessieren. Als er mich bemerkte, rief er augenzwinkernd: »Hey, *Ginger Bitch*, sehen wir uns später?«

»Keine Lust auf abgestürzte Fußballstars«, konterte ich fix, obwohl es mir beinahe die Sprache verschlug. Dass mich jemand wegen meiner feuerroten Locken aufzog und mich wahlweise als Rote Zora, Feuermelder, Ginger alias Rotschopf oder eben als Hexe bezeichnete, machte mir längst nichts mehr aus. Ginger *Bitch* war jedoch mit Abstand das Gemeinste, was ich bisher gehört hatte, das sagten sie noch nicht einmal in Hamburg. Wie unterirdisch war das denn?! Ich funkelte ihn böse an und erntete nur einen spöttischen Blick.

»Jeder andere hätte sich bei so einem Manöver sämtliche Knochen gebrochen«, knurrte Finn. »Warum nicht der?!«

Auf dem Friesenhof kümmerten wir uns als Allererstes um die Kutschpferde, während Piet ins Haus lief, um zu telefonieren.

»Will er diesen Jan etwa anzeigen?«, fragte ich Finn verwundert. Vorsichtig ließ ich das Wasser aus dem Schlauch über Luigis Beine laufen, strich ihm mit der Hand den Schlick aus seinen dicken Fesseln und dann vorsichtig von seinem Bauch. Zum Glück hatten sich die Tiere bei der wilden Fahrt nicht verletzt! Als wüsste Luigi, dass ich ihm etwas Gutes tue, ließ er mich gewähren und schnaubte vertraut in meine Richtung.

»Keine Ahnung, ich glaube nicht. Dein Onkel ist doch nicht der Typ, der gleich mit der Polizei kommt.« Finn zuckte mit den Schultern und zog Luigi mit dem Schweißmesser das Wasser aus dem Fell. »Aber Piet ist auf die Friedrichsens nicht gut zu sprechen, irgendeine alte Geschichte ... Jans Vater ist ein angesehener Geschäftsmann, ihm gehört die große Wäscherei, bei der alle Hotels hier in der Umgebung waschen lassen. Außerdem ist er Trainer der hiesigen Mannschaft und beim DFB! Dem Sohn von Geert Friedrichsen passiert so schnell nichts, wenn du mich fragst.«

Obwohl die Sonne schon tief stand, war es für die hiesigen Nordseeverhältnisse immer noch sehr warm. Wir würden die Pferde nicht extra mit Stroh trocken rubbeln müssen und konnten sie so auf die Weide schicken, wo sie wie immer die Nacht über blieben.

»Bravo ragazzo! Heute hast du dir den Feierabend verdient ...« Finn kraulte dem kräftigen Friesen zärtlich den Schopf, bevor er Luigi eine Belohnungsmöhre hinhielt.

Als Morango dran war, wurde es kompliziert. Er war weitaus empfindlicher und begann sofort herumzutänzeln, als ich mit dem Schlauch nur in seine Nähe kam.

»Schon gut, mein Hübscher, gleich vorbei«, redetet ich beruhigend mit tiefer Stimme auf ihn ein und gab den Schlauch an Finn weiter. Finn richtete den Wasserstrahl vorsichtig auf die Beine und tauchte unter den Bauch, um ihm ebenfalls den verkrusteten Schlamm abzurubbeln, ich strich ihm das Wasser aus dem Fell. Auf die gleiche Weise kümmerten wir uns dann Hand in Hand um Alma, Hauke und die anderen, bevor wir die Pferde auf die Weide brachten. Merlin stromerte uns auf der Jagd nach Mäusen hinterher.

»Hast du dir eigentlich bei deinem Sturz irgendwas getan?«, fragte ich Finn.

»Ach Quatsch. Wie war das: Das Glück der Pferde sind Reiter auf der Erde …«, sagte Finn und schaute mich von der Seite an. »Gib es zu, ich und meine Sprüche haben dir gefehlt!« Statt einer Antwort stupste ich ihn in die Seite.

Dann standen wir dicht nebeneinander über das Gatter gelehnt und schauten den Pferden zu, wie sie im Schein der warmen Abendsonne grasten. Alles war wie immer.

2

Ich war an meinem Lieblingsort, dem besten Platz der Welt. Entsprechend fühlte ich mich nächsten Morgen beim Aufwachen frisch und ausgeruht, von Müdigkeit keine Spur mehr, die Strapazen der langen Reise waren im Schlaf verschwunden. Hier an der Nordsee bei Hauke und den anderen Pferden, bei Isodora und Piet – hier durfte ich so sein, wie ich wirklich war, hier hatte ich weder Stress mit meinen Klamotten noch mit den Mädchen aus meiner Klasse.

Zu Hause in Hamburg nervte es mich ohne Ende, jeden Morgen aufzustehen und mich in enge Jeans und ein cooles Shirt zu quetschen, das hirnlose Quatschgelaber meiner Mitschüler zu ertragen und geduldig den Lehrern zuzuhören, wenn sie zum wiederholten Male Formeln und Zusammenhänge erklärten. Ich wusste längst, um was es ging, meine Noten waren die allerbesten und wenigstens in dieser Hinsicht hatte ich keinen Stress mit meiner Mutter.

Bezüglich meiner »sozialen Kompetenzen«, wie sie sich ausdrückte, allerdings schon. Mama war der Meinung, ich hätte zu wenig Freizeit und zu wenig Spaß, weil ich ständig über meinen Büchern hing und lernte und mich nur selten mit Kim und Gizem traf, obwohl sie meine Freundinnen waren. Sie verstand nicht, warum ich mich lieber mit Fakten und Buchstaben auseinandersetzte als mit der Frage, ob Ed Sheeran cooler sei als Eminem oder Sia – und warum Eliyah heute Julia angelächelt hat und nicht Pilar.

Mama hatte längst alles Mögliche versucht, um mich öfters unter Leute zu bringen: Sie hatte mich zu einem Hamburger Edelfriseur geschleppt und mir dann in einer ihrer Trendboutiquen coole Outfits gekauft, weil sie der Meinung war, ich wäre modetechnisch unterentwickelt und würde deshalb von den anderen gemobbt.

Sie hatte mich der Reihe nach verschiedene Sportarten von Ballett bis Zumba ausprobieren lassen, damit ich endlich von meinem Pferdefimmel geheilt würde und Anerkennung für meine sportlichen Leistungen erhielte.

Sie hatte mich von Coachs zu Therapeuten geschickt, damit die meine Kompetenzen herausfiltern und mir helfen, mich weiterzuentwickeln.

Sie hatte immer noch nicht verstanden, dass ich nur Pferde um mich brauchte, um glücklich zu sein: Morango, Kusmi, Winston, Alma, Luigi und Hauke, vor allem Hauke.

Gähnend räkelte ich mich jetzt in meinem Bett und verschränkte die Arme hinter meinem Kopf. Nur fünf Minuten Ankommen im Tag, das hatte ich mir von Tante Isodora abgeschaut, die morgens auch immer eine Weile brauchte, bis sie sich aus ihrem Bett schwang. Trotzdem war sie schon lange vor uns anderen wach, schob frische Brötchen in den Ofen und kochte Kaffee, bevor die ersten Feriengäste sich zum Frühstück an den Tisch setzten.

Gestern Abend hatten wir nicht mehr allzu viel miteinander geredet, denn als ich ins Haus kam, glücklich und voller Hauke-Geruch und Nasenstüber im Gesicht, war sie schon auf dem Weg in ihr Zimmer gewesen. Natürlich hatte es sich meine Tante trotzdem nicht nehmen lassen, mir noch ein frisches Stück Rosinenstuten und einen Becher Tee zu reichen. Als ich die ersten Bissen nahm, merkte ich erst, wie hungrig ich gewesen war. Wegen all der Aufregung hatte ich glatt das Essen vergessen.

»Bin ich froh, dass du hier bist, min Deern«, hatte Isodora gesagt und mir glücklich die Stirn geküsst, bevor sie mich überschwänglich an sich drückte. »Dieses Jahr machen mich die Stadtlüdd fertig ... allesamt ganz pingelig, ständig gibt es Gemecker und Diskussionen und die Pferde sind allesamt hochsensibel, vertragen dieses nicht, bekommen von jenem gleich Kolik. Was meinst du, wie oft der Tierarzt schon da war! So einen Sommer hatten wir hier noch nie! Und das Wetter spielt auch verrückt, jeder Tag ist anders als vorhergesagt, du weißt nie, ob es stürmt oder die Sonne scheint, ob die Ausflüge stattfinden oder nicht ...«

Seufzend hatte sie sich die Schläfen gerieben, kein gutes Zeichen. Meine Tante hatte nie irgendwelche Schmerzen und schon gar nicht schlechte Laune, sondern war ein Ausbund an kerngesunder Natur, den so schnell nichts aus den Puschen warf. Zudem verfügte Isodora über ein unerschöpfliches Wissen an Naturheilkunde und kannte für jedes Wehwehchen das passende Mittel: Kräuter, Globuli oder Bachblüten – ob bei Halsschmerzen, verstauchtem Fuß oder Blasenkatarrh, Müdigkeit, Schwäche oder Heimweh. Die Leute hier im Ort hielten sie deswegen für eine Kräuterhexe oder wenigstens für verrückt, manche aber kamen auch heimlich, um sich Rat und Mittelchen zu holen.

»Ich hab sogar schon geräuchert und Mantras getanzt«, sagte Isodora und zupfte an ihrem Kaftan, »hilft alles nichts! Da müssen wir uns wohl fügen ...« Sie rollte lustig die Augen, bevor sie geräuschvoll aufstand und in ihr Zimmer verschwand. Sie und Piet bewohnten getrennte Räume, was diejenigen, die davon wussten, seltsam fanden. Meine Mutter auch. Dabei war sie es doch gewesen, die mir erst neulich erklärt hatte, dass sie nicht wusste, wie eine Liebe ein Leben lang halten soll, wenn man morgens nebeneinander mit Mundgeruch aufwacht ...

Grinsend hatte ich meinen leeren Teller in die Küche getragen und noch in die Spülmaschine geräumt. Es roch nach Roter Grütze und Rosinenbrot, nach einem langen, arbeitsreichen Tag, nach Ferien auf dem Friesenhof – wie immer. Zufrieden war ich hoch auf mein Zimmer gegangen, in das Piet bereits meinen Rucksack und die Tasche gestellt hatte. Schnell war ich noch unter die Dusche gesprungen und dann todmüde in mein Bett gefallen ...

Helles Sonnenlicht blinzelte durch den einen Spalt im Vorhang und blendete mich. Ein eindeutiges Zeichen, aufzustehen! Doch ich huschte nur kurz aus dem Bett, zog die Vorhänge zurück, öffnete das Fenster und lief wieder zurück. Frische Morgenluft wehte zu mir hinein. Ich kuschelte mich noch mal tief in die Decke und schaute nach draußen, während ich tief einatmete und den kühlen Luftzug genoss.

Ich liebte es, einfach so dazuliegen, still und zufrieden dem Morgen zu lauschen, den Blick in den Himmel gerichtet, der quadratisch winzige Ausschnitt, der sich mir durch das Fenster offenbarte, wahlweise regenverhangen oder so strahlend blau wie heute. Man wusste nie, wie es drumrum aussah: War es nur eine vorüberziehende Regenwolke oder war alles komplett grau? Folgten die Wolken rasch aufeinander? Zogen weiter hinten am Horizont dunkle Wolken auf, während hier noch alles ganz hell war? Ich konnte stundenlang darüber spekulieren.

Unten klapperten Pferdehufe über den Hof, ein leises Schnauben, offensichtlich war da jemand schon ziemlich früh unterwegs. Wer mochte das sein? Sicher einer von den Stadtlüdd.

Früher war es Piet gewesen, der immer als Erster vor allen anderen auf seine Stute Nautica gestiegen war und seine Runde übers Feld und Gelände gedreht hatte. Er hatte nach dem Rechten gesehen, kaputte Zäune entdeckt, auch mal eine Kuh vom Nachbarn wieder zurück auf ihre Weide getrieben. Seit seiner Knie-OP vor einiger Zeit saß er allerdings nicht mehr so oft im Sattel und kontrollierte die Zäune lieber mit dem Traktor.

Ein allerletztes Mal einkuscheln und in den Morgenhimmel schauen, dann schwang ich mich aus dem Bett. Gestern Abend hatte ich einfach alles stehen und liegen gelassen. Ich fischte meine Klamotten vom Boden und blickte mich um, das Zimmer war unverändert: die Blümchentapete, der weiße Schrank, das alte Foto vom Leuchtturm und die kleine, verhutzelte Holzkommode in der Ecke. Wie immer, dachte ich zufrieden, während ich rasch meine Sachen in den Schrank räumte und den leeren Rucksack unters Bett schob. Nach einer Katzenwäsche rannte ich hinunter in die Küche, wo Isodora längst mit dem Frühstücksgeschirr klapperte. Warmer Kaffeeduft zog in meine Nase, gefolgt von dem frischer Brötchen, die hier Rundstücke hießen, und selbst gemachter Erdbeermarmelade.

»Moin, moin, min deern! All up stee?«, begrüßte mich Piet herzlich, er wirkte frisch und ausgeschlafen. Offensichtlich hatte er das Chaos von gestern gut weggesteckt.

»Moin, moin!«, grüßte ich zurück und drückte Isodora einen Kuss auf die Wange.

»Diese Kaffeemaschine macht mich ganz rammdösig! Eine gefüllte Kanne hat sie geschafft, und jetzt? Lässt mich einfach im Stich ... Baby, das kannst du nicht machen!«, rief sie mit einer theatralischen Geste. Es zischte und dampfte aus dem Apparat, einem gigantischen Teil aus dem letzten Jahrtausend, das aber Isodoras Meinung zufolge den allerbesten Kaffee der Welt braute – innerhalb von wenigen Minuten. Eine Tatsache, die angesichts Dutzender Feriengäste, die immer alle auf einmal zum Frühstück erschienen, nicht unerheblich war.

»Melitta ist eben eine Diva. Na komm, du Hübsche, verpassen wir dir eine ausgiebige Schönheitskur«, seufzte Isodora und begann in aller Seelenruhe, sämtliche Knöpfe, Siebe und Düsen abzuschrauben und zu reinigen. Nachdem sie die Maschine komplett entkalkt und gesäubert hatte, setzte sie sie wieder zusammen, füllte Wasser und frisch gemahlenes Kaffeepulver ein und drückte den roten Knopf. Kurz darauf waren sämtliche Kannen für den Frühstückstisch gefüllt. Ich verteilte sie auf die bereits eingedeckten Tische, stellte die Brotkörbe daneben und prüfte, ob es ausreichend Saft gab.

»Jetzt erzähl mal, was gibt es Neues bei euch in der Stadt? Gestern Abend hatten wir ja kaum Zeit!« Isodora hantierte geschäftig mit Tellern und Marmeladenschälchen, stapelte frische Servietten und kramte nach den Löffeln in der Schublade, von denen immer zu wenige beim Müsli lagen.

»Alles easy«, winkte ich ab. »Alles beim Alten.«

»Bei Camilla auch? Läuft deine Mutter immer noch wie ein Irrlicht im Watt?« Isodora schaute mich prüfend an, während ich mich neben Piet niederließ und mir von ihm ein Rundstück reichen ließ. Obwohl sie Schwestern waren,

waren die beiden grundverschieden, wie mir zum wiederholten Male auffiel. Mama hatte die hagere Gestalt einer Marathonläuferin: kein Gramm Fett auf den Rippen ihrer zierlichen Figur, lange blonde Haare und ein schmales Gesicht. Wenn sie nicht arbeitete, ging sie laufen, und wenn sie nicht laufen ging, arbeitete sie.

»Hab gelesen, sie hat neulich ihre Bestzeit geknackt«, rief Piet kauend dazwischen, der sich natürlich brennend für Läufergeschichten interessierte, erst recht, wenn sie mit meiner Mutter zu tun hatten. Im Gegensatz zu mir und Isodora. Uns ging nämlich Mamas Superpowerwonderwoman-Getue schrecklich auf die Nerven. Zur Antwort zuckte ich deshalb nur mit den Schultern.

»Immer noch keinen Mann?« Isodora schaute fragend.

»Mama ist halt so beschäftigt, da hat sie keine Zeit für eine Beziehung«, antwortete ich schnell. Meine Tante sollte sich bloß keine falschen Hoffnungen machen, dass ihre Schwester sich wieder in eine feste Beziehung stürzte. In Wirklichkeit war es nämlich so, dass meine Mutter alle Freiheiten ihres Single-Daseins genoss. Und auch, wenn sie mich diesbezüglich für unterentwickelt hielt, war ich mit meinen fast vierzehn Jahren ja nicht vollkommen blöde und wusste, was passierte, wenn sie mit einem Mann hinter ihrer Schlafzimmertür verschwand, was ziemlich häufig vorkam. Irgendeine innere Stimme sagte mir jedoch, dass es nicht gut war, wenn andere davon wüssten, hier auf dem Land tickten die Uhren anders. Denn meine Mutter hatte offensichtlich ihren Spaß, aber keine Lust, sich einem Kerl auszuliefern. So ähnlich hatte sie es mir irgendwann einmal erklärt, als ich sie fragte, warum keiner von denen länger als bis zum Frühstück blieb.

»Wird höchste Zeit, dass deine Mutter wieder zur Besinnung kommt und nicht ständig vor ihren Gefühlen davonläuft!«, fügte Isodora hinzu und da musste ich unwillkürlich nicken. Denn das hatte ich auch kapiert: Selbst wenn Mama mit ihrer Arbeit und unzähligen Lauffreunden unterwegs war, immer mal wieder ausgiebig geküsst wurde und mehr, war sie innendrin doch schrecklich einsam. Die Trennung von meinem Vater und die damit verbundenen Umstände hatte sie nie wirklich verwunden und mehr als einmal hatte ich darüber nachgedacht, wie ich es wohl anstellen könnte, für Mama einen Mann zu finden. In Büchern las man immer wieder von solchen Verkupplungsversuchen. Vielleicht sollte ich diesbezüglich mal eine gute Idee ausbrüten ...

In diesem Moment stolzierte ein dunkelhaariges Mädchen in den Frühstücksraum, gefolgt von einem seriösen Herrn im schwarzen Rollkragenpullover, der offensichtlich ihr Vater war. Die beiden schienen sich nicht viel zu sagen zu haben, kommunizierten stumm über Gesten und Blicke.

»Die sind auch aus Hamburg«, wisperte mir Isodora zu, die meine Neugier bemerkte. »Anna reitet immer ganz früh hinaus an den Strand. Sehr zum Ärger von Piet, weil er findet, dass dadurch die anderen Feriengäste gestört werden.«

Ich biss in mein Rundstück. Dann war es also Anna gewesen, die ich heute Morgen gehört hatte. Und sie war auch die Reiterin im Watt gestern. Bevor ich dazu kam, sie möglichst unauffällig zu mustern und mir zu überlegen, ob ich mit so einer hageren Tusseline etwas zu tun haben wollte oder nicht, wurde ich von hinten stürmisch umarmt und fast vom Stuhl gewirbelt.

»Hey, Liv, wo geit di dat? Is ja irre, dich zu sehen!« Schon fühlte ich dicke Schmatzer links und rechts auf meinen Wangen. Es war Mareike, völlig aus dem Häuschen, mich wiederzusehen.

Ich drückte sie fest an mich. »Was hast du mit deinen Haaren gemacht? Machst du jetzt einen auf Blaubeere?« Beinahe fassungslos griff ich nach ihren blau gefärbten Strähnen.

»Jetzt sei doch nicht so spießig! Meine Mutter hat mir auch schon Stress gemacht. Nur Isodora findet es cool, oder?« Sie grinste meine Tante entwaffnend an und ich musste ebenfalls grinsen. Mareike war die beste Freundin, die man sich denken konnte. Immer gute Laune, immer verlässlich, immer für neue Ideen gut. Beim letzten Mal hatte sie mich mit einem Nasenpiercing überrascht und davor war es ein Tattoo am Knöchel gewesen. Diesmal waren es eben blaue Haare.

»Hab gehört, du hast deinen ersten Ausritt schon hinter dir!« Sie knuffte mich liebevoll in die Seite. »Hättest du nicht auf mich warten können?!«

»Mannomann, ich kann dir sagen ...«, setzte ich an. Natürlich hatte sich unser gestriges Wattabenteuer längst wie ein Lauffeuer im Ort herumgesprochen.

»Jan gibt überall damit an, wie toll er die brenzlige Situation gemeistert habe!« Sie angelte sich ein Stück Rosinenbrot.

»Was???« Fassungslos schaute ich sie an. »Wegen dem sind Alma und Luigi durchgegangen! Das hättest du mal sehen sollen!«

»Beim Störtebeker, ich krieg noch 'ne Glatze«, rief Piet dazwischen. »Jan behauptet, der Verleiher hätte ihm falsche Anweisungen gegeben und zudem seien die Gurte gerissen. Ihn träfe keine Schuld, dass alle durchgedreht sind ... Mannmannmann, dabei weiß jeder, dass an diesem Strandabschnitt Paragleiten verboten ist.«

»Ja, und? Das juckt doch einen wie Jan Friedrichsen nicht«, meinte Mareike und pulte sich eine Rosine aus dem Teig. »Der wollte zeigen, was für ein toller Hecht er ist! Dass er nicht nur Fußball spielen, sondern auch Paragleiten kann ...«

»Und, ist er's?«, fragte ich und konnte mir die Antwort schon denken.

»Pah! Was denkst du denn! Jan ist der größte Angeber ever! Nimm dich in Acht, Liv! Seit er wieder hier ist, hat er eine Freundin nach der nächsten, der baggert jede an ...«, sie zwinkerte mir zu und ich rollte die Augen. »Was ist, gehen wir jetzt endlich rüber in den Stall schnacken?«

»Brauchst du meine Hilfe bei den Ausfahrten?«, fragte ich Piet, der seinen restlichen Kaffee genüsslich ausschlürfte. Ich deutete auf den Plan neben seinem Teller, auf dem er die Gäste von heute aufgeschrieben hatte, die Liste war fast leer.

»Heute nicht ... nach dem Vorfall gestern sind alle Mann noch bang in der Büx. Einige haben abgesagt.« Er runzelte die Stirn. »Na, die werden sich schon wieder einkriegen. Die Sonne scheint, da kommen sie gleich alle an und wollen Abenteuer, selbst Anton aus Tirol!«

»Los, Liv, worauf wartest du noch!« Mareike stupste mich übermütig in die Seite. »Es gibt viel zu erzählen! Du willst doch sicher wissen, *warum* ich blaue Haare habe ... und was mit Lena und den Hühnern los ist.«

Noch ein kurzer Blickwechsel mit Isodora, ein verständnisvolles Nicken, dann war ich entlassen. Sie wusste, dass ich ihr jederzeit helfen würde, aber heute erst mal unbedingt mit Mareike sämtliche Neuigkeiten der letzten Wochen bequatschen musste.

Glücklich rannte ich Hand in Hand gemeinsam mit meiner Freundin nach draußen in die Stallungen, wo Wilm längst mit dem täglichen Ausmisten begonnen hatte. Unsere Pferde waren wie immer auf der Weide, während die Gastpferde mit sehnsüchtigem Blick nach draußen schielten. Sie mussten in ihren Boxen bleiben, weil ihre Besitzer Angst hatten, sie könnten sich verletzen. Dabei kam es selten vor, dass sich die Tiere nicht vertrugen. Pferde waren Herdentiere und es gewohnt, sich ihrer Leitstute unterzuordnen. Aber die Stadtlüdd wussten das eben nicht und wenn ja, ignorierten sie es.

»Schau mal, das ist Moonlight, sie gehört Anna.« Mareike deutete auf eine grazile pechschwarze Stute, die nervös in ihrer Box auf und ab lief.

»Ist mir gestern schon aufgefallen! Was für ein schönes Pferd!« Bewundernd öffnete ich den Riegel, um der Stute beruhigend den Hals zu tätscheln, was sie wachsam über sich ergehen ließ. Prüfend strich ich ihr über Beine und Flanke, eine gesunde, vitale Stute. Ich pfiff anerkennend durch die Zähne.

»Lass dich nicht von ihrer Besitzerin dabei erwischen, wie du ihr Zuckerstückchen oder hartes Brot reichst«, rief mir Mareike zu, die bereits tatkräftig mit der Mistkarre an mir vorüberschob, bevor sie kichernd hinzufügte: »Kannst ja mal aus Spaß fragen, ob du ihren Liebling reiten darfst! Diese klapprige Fahnenstange ist der Meinung, sie sei die Einzige auf der Welt, die sich mit Pferden auskennt ...«

In diesem Moment tauchte Annas zierliche Silhouette in der Stallgasse auf. Ich machte Mareike hektische Zeichen, ihre lästerliche Klappe zu halten, und beeilte mich, aus Moonlights Box zu entwischen.

»... und sie steht direkt hinter mir, richtig?« Mareike zog den Kopf ein und stapfte dann mit energischen Schritten Richtung Misthaufen davon.

Na super, da ließ sie mich alleine!

»Du hast ein tolles Pferd«, wagte ich die Flucht nach vorne. »Sicher nicht einfach zu reiten, was?«

»Kann schon sein«, kam es schlicht zurück. Glücklicherweise war diese Anna weder an einem Gespräch noch an einem Streit interessiert. Auch gut. Ich hatte nichts dagegen, wenn sie mich in Ruhe ließ und sich stattdessen ihrer Stute zuwendete, um sie ausgiebig zu putzen. Dabei glänzte ihr Fell sowieso schon wie ein sternenklarer Nachthimmel.

Mareike und ich ackerten plaudernd und kichernd vor uns hin. Nachdem sämtliche Boxen ausgemistet und frisch eingestreut waren, liefen wir hinter zu Hauke auf die Weide, wo er gemeinsam mit Morango, Zara und den anderen Pferden den Tag über grasen durfte.

»Los, jetzt erzähl schon, warum hast du dir die Haare gefärbt?«, traute ich mich endlich zu fragen, als wir unter uns waren. Ich blickte besorgt in den Himmel. Das strahlende Blau von heute Morgen war mittlerweile von etlichen Wolken verborgen, nicht wenige davon waren grau und verhießen nichts Gutes.

Mareike neben mir atmete tief durch. »Okay«, sagte sie nach einer Weile. »Aber versprich mir, dass du es niemandem erzählst.«

»Jetzt sag schon!« Ich brannte vor Neugier. Mareikes Geheimnisse waren immer die besten und bei mir so sicher aufgehoben wie Störtebekers Schatz. Mit wem auch hätte ich darüber sprechen sollen?

»Das Piercing war, weil du *Pink* toll findest … und das Tattoo ist wegen *Zayn Malik*, weil der einen Wolf am Schienbein trägt und du jetzt eine Tatze am Knöchel. Also, rück schon raus mit der Sprache: Wer ist es diesmal?«

Da grinste mich Mareike breit an, fasste mich an den Händen, drehte mich zu sich um und blieb stehen. Dann erklärte sie feierlich und ganz leise: »Ich habe geküsst! Zum ersten Mal! Und es war Hammer! Mega! Geil!«

Ich spürte, wie mir etwas plötzlich die Kehle zuschnürte. Wenn Mareike jetzt küsste, würde sie in den nächsten Wochen kaum Zeit für mich haben, weil Mädchen, die küssen, nur noch mit ihren *süßen Boys* herumhingen, das wusste ich von Julia, Vanessa und Pilar. Ich schluckte und trat einen Schritt zurück. So richtig freuen konnte ich mich in diesem Moment nicht für meine Freundin.

»Hey, jetzt sag doch mal was! Brian ist total nett, der wird dir gefallen! Am Wochenende im *Zappel* kannst du ihn kennenlernen, ich habe ihm schon viel von dir erzählt, er freut sich auf dich!« Mareike hatte meine Hände losgelassen und guckte mich erwartungsvoll an.

»Schon gut! Das ist … toll!«, antwortete ich schnell und umarmte sie flüchtig. Aber es war nicht von Herzen.

Wie froh war ich, als ich kurz darauf mit Hauke am Führstrick ein Stück alleine über die Felder spazieren gehen konnte, rüber zu den Erdbeeren, um mir ein paar zu mopsen. Mareike hatte mir noch eine Weile von Brian erzählt, wo sie ihn kennengelernt hatte und dass er seine demente Oma regelmäßig besuchte. Dann hatte sie sich eilig verabschiedet, weil sie mit ihm noch am Hafen verabredet war – dort, wo sich die *Blackies* immer trafen. So nannten die Leute im Ort die schwarz gekleideten Jugendlichen, die vor dem Kiosk am Anleger herumlungerten, rauchten, Bier tranken und Musik hörten. Bis vor Kurzem hatte Mareike wie alle über sie gelästert. Aber da hatte sie noch keine blauen Haare getragen. Und erst recht keine schwarzen Klamotten.

Kurz überlegte ich, Finn anzurufen und ihn zu fragen, ob er mit mir ausreiten wollte. Doch dann entschied ich mich, alleine mit Hauke über die Moorwiesen und Feldwege zu stromern und die vertrauten Wege zu begrüßen, die schwarz-weißen Kühe auf der Weide, die Schafe auf dem Deich. Der Wind spielte mit meinen Locken, während mein Blick in die Weite schweifte und Hauke seinen warmen Atem in meinen Nacken blies. Da schwang ich mich, ohne weiter darüber nachzudenken, auf seinen Rücken und trabte los.

3

Auf dem Friesenhof herrschte tote Hose, als ich mit Hauke zurück in die Stallungen kam. Der rote Klinker vom reetgedeckten Haupthaus mit der verrutschten Dachrinne leuchtete mir warm entgegen. Jemand hatte seine Wasserflasche auf dem Sims vorm Stallfenster vergessen und auf dem Boden lag ein kaputtes Halfter. Ich hob es auf und legte es auf den Plastikstuhl neben dem Eingang. Merlin, der weiße Kater, stromerte mir zwischen den Beinen herum.

»Na du«, sagte ich und bückte mich, um ihn ausgiebig zu streicheln, doch er schmiss sich direkt vor meine Füße und räkelte sich genüsslich neben ein paar Strohfitzeln auf dem Boden

Wie immer, wenn gerade Badezeit war, befanden sich die meisten Gäste am Strand, selbst bei diesem unbeständigen Wetter. Da durch das Zusammenspiel von Ebbe und Flut die Badezeiten streng geregelt waren, nutzten sie jede sich bietende Gelegenheit, sich in die Wellen zu stürzen und die gemieteten Strandkörbe zu bevölkern.

»Na, min Deern«, begrüßte mich Piet, als ich mit Hauke zum Putzplatz kam. Er war gerade dabei, die Planwagen auf Vordermann zu bringen. In einer Stunde war ablaufende Flut und zwei Stunden vor Niedrigwasser würde es heute auf die Insel gehen, die man durchs Watt bequem mit den Fuhrwerken erreichen konnte.

»Haben sich also doch noch welche angemeldet!«, stellte ich fest und machte mein Pferd fest. Prüfend fuhr ich Hauke über die Beine und Sprunggelenke. Hauke war komplett fit und lahmte nicht die Bohne, er hatte den wilden Ausritt gestern bestens überstanden.

»Morgen machen wir einen schönen Ausritt zusammen mit deinem Freund Morango, mein Hübscher«, versprach ich und klopfte ihm ausgiebig den Hals. »Ich hoffe, dass Finn Zeit hat. Wenn wir den Strand für uns haben wollen, müssen wir früh los!«

Rasch brachte ich Hauke in seine Box und verpasste ihm ein paar Leckerli extra, was mir einen dankbaren Stupser von seinem Pferdemaul einbrachte. Draußen schepperte ein Fahrrad auf den Hof. Das konnte nur Finn sein. Wie immer hatte er auf der kurzen Strecke vom Hafen bis zum Stall alles gegeben. Auch wenn er nicht der Sportlichste war, hatte er eine persönliche Wette mit sich laufen, die fünfeinhalb Kilometer so schnell wie möglich zu radeln, ob mit oder ohne Gegenwind, mit oder ohne Regen. Seine Bestzeit lag bei siebzehn Komma fünf drei Minuten, aber das war an einem windstillen, lauen Sommermorgen gewesen. Vor zwei Jahren, als er noch die Hälfte wog und deutlich kleiner war als jetzt. Denn als Finn mir jetzt langsam entgegengeschlendert kam und sich die verstrubbelten Haare dabei lässig aus dem Gesicht strich, erkannte ich ihn kaum wieder. Und das lag nicht nur an den drei Pickeln am Kinn. Genauer gesagt, war Finn seit den Osterferien um mindestens einen Kopf gewachsen, hatte breitere Schultern und eine tiefere Stimme gekriegt. Ohne seine Zahnspange konnte man ihn locker ein paar Jahre älter schätzen, ging es mir durch den Kopf, während ich ihm entgegenlief. Dabei war er immer noch fünfzehn und ein Kindskopf durch und durch.

»Na, Hexenfee, heute schon gezaubert?«, begrüßte er mich augenzwinkernd und berührte dabei flüchtig meine Schulter.

Irritiert blickte ich ihn an. Warum nannte er mich schon wieder so?

»Willst du wirklich später mit den Kutschen rausfahren?«, wollte er von Piet wissen. »Die haben Sturm angesagt. Unten am Hafen sind sie schon dabei, die Boote festzumachen.«

»Weiß ich!« Mein Onkel winkte ab. »Aber solange es nicht regnet ...« Er deutete in den Himmel, wo bereits die Wolken sich dunkel zusammenzogen. Selbst mir als Stadtpflanze war klar: Es würde keine zwei Stunden dauern, bis der große Regen kam. Und Piet wusste das. An sich war er die Vernunft in Person, einer, der den Wetterfunk ernst nahm und die Gesundheit der ihm anvertrauten Gäste niemals leichtsinnig aufs Spiel setzte. Wenn er so wie jetzt trotzig an den Riemen und Gurten zurrte, konnte das nur einen Grund haben: Er hatte Ärger mit Isodora.

Finn und ich grinsten uns an, zuckten mit den Schultern und dachten offensichtlich dasselbe. Dann ließen wir meinen Onkel einfach stehen und gingen in den Stall.

Finn öffnete den Riegel zu Morangos Box. Der Dunkelfuchs begrüßte uns mit einem freudigen Schnauben, ich hielt ihm einen Apfel hin und zeichnete zärtlich mit den Fingern die Konturen seiner Blesse nach. Finn kramte unterdessen nach dem Putzzeug.

»Wie läuft's bei euch im Laden? Hat die große Neueröffnung schon stattgefunden?«, fragte ich neugierig.

In den Osterferien hatten Finns Eltern eine große Summe in die Renovierung des Restaurants investiert, Wände und Küche gestrichen und komplett neues Mobiliar gekauft. Ich war dabei gewesen, als sie sich über die Farbwahl gestritten hatten. Finn wünschte sich einen Extra-Arbeitsplatz als Patissier, doch seine Eltern waren anderer Meinung: Finn solle lieber sein Abitur machen, statt seinen schlauen Kopf der Gastronomie mit ihrem Rund-um-die-Uhr-Job zu opfern. Aber da kannten sie ihren Sohn schlecht – Finn besaß eine große Leidenschaft für Kuchen, Desserts und Süßspeisen aller Art, und wenn er etwas mehr liebte als Morango, dann war es das stundenlange Tüfteln über der besten Rezeptur für rote Grütze oder Teewaffeln. Sein aktuelles Lieblingsthema war Limette in allen erdenklichen Variationen, das hatte er mir letztens verraten, als ich noch in Hamburg war und wir uns per WhatsApp über unsere Lieblingsobstsorten ausgetauscht hatten. Meine war Erdbeere.

»Frag nicht! Die Eröffnung war ein Riesenerfolg mit Bürgermeisterin und Gesangsverein, alle püükfein, ein Riesentamtam mit Pipapo.« Finn winkte genervt ab. »Seitdem kommen noch mehr Gäste als früher! Sie haben extra drei Aushilfskräfte angestellt, aber trotzdem bleibt genug für uns alle zu tun. Maurice arbeitet rund um die Uhr und selbst Marlene hilft mit.«

»Sag bloß!«

»Meine liebe Schwester hat mittlerweile kapiert, dass sie mit ihrem miesen Schulabschluss gar keine andere Wahl hat. Du magst es kaum glauben, aber sie kniet sich voll rein und ist eine der besten Servicekräfte, die wir je hatten.« Finn striegelte Morango mit geübten Griffen das Fell.

Ich zupfte unterdessen seine Schweifhaare einzeln voneinander und rümpfte die Nase, als er zum Dank einen fetten Furz fahren ließ.

»Echt jetzt?« Ich kannte Marlene als träge Tussi, die weder Lust zum Reiten noch zum Helfen noch zum Lernen hatte und sich am liebsten mit einem ihrer Kitschromane in die Ecke zum Lesen verzog.

»Hast du denn deine Konditorecke in der Küche bekommen?«, hakte ich nach. Wenn Finn das nächste Mal mit Limette experimentierte, wollte ich unbedingt dabei sein und seine Kreationen probieren. Seine Schokoladenphase vom letzten Jahr war nämlich vom Feinsten gewesen und Limetten mochte ich eigentlich auch ganz gerne. Ich kannte sie von Mamas Mojitos.

»Jo, habe ich! Mit allem drum und dran, sogar mit Dressiersackständer und einem Schokoladentunkgerät«, antwortete er und ich verstand nur Bahnhof. »Aber im Moment keine Zeit. Aktuell sind nur die Standards gefragt. Hauptsache schnell …« Finn rümpfte die Nase, obwohl – wie ich wusste – seine *Standard*-Desserts alles andere als normal waren. Wann immer es meine Zeit zuließ, hatte ich mit ihm gemeinsam im Anker alle erdenklichen Variationen eines *Mousse au Chocolat* getestet und die leckerste war die mit der Vanillecreme-Füllung gewesen.

Eine Weile arbeiteten wir schweigend vor uns hin, bis Morangos Fell samt seinen weißen Stiefeln glänzte.

»Was ist, kommst du mit?« Finn hatte das Zaumzeug geholt und schaute mich erwartungsvoll an. »Nimm doch Winston, wenn du Hauke heute schon geritten bist.«

»… es regnet jeden Moment, wenn du mich fragst«, antwortete ich ausweichend und deutete nach draußen, wo bereits der Wind die ersten Tropfen über den Hof blies. »Und ich hab keine Lust, nass zu werden.« In Wirklichkeit hatte ich keine Lust, ein anderes Pferd außer Hauke zu reiten.

»Seit wann bist du aus Zucker?« Finn schaute mich verwundert an. Aber weil es tatsächlich in diesem Moment zu pladdern begann, sattelte er Morango wieder ab.

»Lass uns lieber die Sattelkammer aufräumen. Jede Wette hat Piet wieder alles durcheinandergebracht. Und die Lütten kapieren nicht, dass jedes Pferd seine eigene Satteldecke braucht ...« Schon war ich in dem kleinen Räumchen am Ende der Stallgasse verschwunden, dessen Geruch nach Leder und Pferdeschweiß ich unter Millionen anderer Gerüche herausschnuppern würde.

»Hey, Sidoline, leg mal den Schongang ein ... da wird man ja ganz rammdösig im Kopp!« Finn guckte mir kopfschüttelnd dabei zu, wie ich durch die Sattelkammer wirbelte, das Zaumzeug sortierte, die Sättel wieder korrekt auf ihre Böcke schob und binnen kürzester Zeit für Ordnung gesorgt hatte. Die Reitschülerinnen und -schüler von Piet waren lieb und süß, aber hoffnungslos chaotisch, die Lütten mit ihren Ponys sowieso. Und Lena und ihre Hühner, wie wir ihr Gefolge aus mindestens fünf blonden, langhaarigen und dauerkichernden Freundinnen nannten, war sich viel zu vornehm dazu. Als Tochter der hiesigen Bürgermeisterin bildete sie sich sonst was ein, die Frage war nur, auf was. Reiten konnte sie nämlich nicht. Und nachdem bereits ihr drittes Pferd gleich nach sechs Wochen lahmte, hatte ihre Mutter ihr kein eigenes mehr erlaubt.

»Hilf mir lieber, dann sind wir schneller fertig und haben Zeit zum Chillen!« Ich blickte kurz von meiner Arbeit auf und erwischte einen Blick aus Finns dunklen Augen, die mich amüsiert anblinzelten. Schnell wendete ich mich wieder dem Putzzeug zu, das überall verstreut in Eimern und Ecken herumlag, Finn hatte sich einen Besen geholt und fegte den Sand zusammen. Schweigend arbeiteten wir Seite an Seite, bis alles picobello sauber war.

»Aus die Maus, für heute reicht's mir«, sagte Finn irgendwann und stellte Eimer und Schaufel in die Ecke. »Ich muss wieder zurück … du weißt ja, einmal Küchenhelfer, immer Küchenhelfer. Kommst du mich mal besuchen?« Er schaute mich erwartungsvoll an.

»Klaro. Und morgen früh reiten wir aus, oder?« Zufrieden hielt ich ihm die Hand hin und wir machten high-five.

»Klaro!«

Abends saß ich dann gemütlich mit Piet und Isodora in der Küche und löffelte meine Erbsensuppe, während draußen der Wind über den Hof pfiff und die Fensterläden klappern ließ. Natürlich hatte Piet mit den Wagen zu Hause bleiben müssen, weil es zu stürmisch war, denn der Wind hatte das Wasser in die Priele gedrückt und ein Durchkommen hinüber auf die Insel war in so einem Fall unmöglich – und gefährlich. Auch wenn der Regen nachgelassen hatte, eine Wattwagenfahrt war unter diesen Umständen kein Vergnügen. Die Pferde hatten wir in dieser Nacht auch im Stall untergebracht.

Um Isodoras Fragerei zu entkommen, tischte ich ihr ein paar Lügenmärchen (oder war es mein Wunschdenken?!) über meine Mutter auf: dass sie seit Neustem nicht mehr so viel wegging, sich nur noch ganz selten mit Männern traf und ich die Vermutung hatte, sie wäre verliebt.

»Das würde ich Camilla von Herzen wünschen!« Isodora hatte ihren leeren Suppenteller längst zurückgeschoben und sich gemütlich in ihrem Stuhl zurückgelehnt. Feierabend, sollte diese Geste bedeuten. Von den Gästen war niemand mehr unterwegs, sämtliche Pferde waren versorgt und nichts würde sie dabei stören, gleich ihre Lieblingssendung zu schauen, die sie viel zu oft leider verpasste, weil ja doch irgendjemand mit einem Extrawunsch kam. Dabei war sie gerne Gastgeberin und sorgte und kümmerte sich um alle. Ein bisschen war sie da wie Finn, schoss es mir durch den Kopf. Er ruhte auch nicht eher, bis es allen um ihn herum gut ging, wobei er seine Fürsorge durch massenhaft Nachtisch bekundete oder Extralöffelchen voller Irgendwas, die man probieren sollte.

Weil Isodora sofort nach dem Essen Richtung Fernseher verschwand und Piet an jenem Abend keine Lust auf unser sonst übliches Mau-Mau-Spiel hatte, ging ich hoch auf mein Zimmer.

Die ungewohnt frische Seeluft hatte mich müde gemacht, ich wollte früh schlafen gehen. Doch als ich nach einer ausgiebigen Dusche in meinem Bett lag, war ich mit einem Schlag hellwach. Also knipste ich das Licht wieder an und las ein paar Seiten in meinem Buch, bis mir die Augen zufielen und ich getrost die Lampe wieder ausmachen konnte. Doch kaum war es dunkel, beschlich mich eine innere Unruhe, begannen meine Augenlider zu zucken, war es unmöglich für mich, die Beine still zu halten. Keine Chance auf Schlaf, zumal der Nachthimmel, den ich durch das kleine Fenster sah, nicht dunkler zu werden schien. Im Gegenteil, es konnte einen der Eindruck ereilen, draußen sei es taghell. Nachdem ich ein Glas Wasser getrunken, abermals zehn Seiten gelesen und das Licht aus- und wieder angeknipst hatte, schwang ich mich entnervt aus dem Bett und zog mich wieder an. Oft schon hatte ich mich abends, wenn alle schliefen, heimlich hinüber in den Stall geschlichen, um noch ein bisschen mit Hauke zu kuscheln und seinen warmen Pferdeatem zu spüren. Und oft schon war ich einfach in seiner Box eingeschlafen, gut von ihm bewacht und von einer Pferdedecke gewärmt.

Doch heute war es anders. Es begann schon damit, dass die Haustür beim Öffnen grässlich knarzte und ich befürchtete, dass Isodora jeden Moment auf der Matte stehen würde. Als ich dann über den Hof lief, hatte ich das Gefühl, als würden mich Scheinwerfer verfolgen. Dabei war es nur der Vollmond, der alles taghell erleuchtete und den Hof mit seinen Schlammpfützen, vergessenen Eimern und geparkten Deichseln in ein unwirkliches Licht tauchte. Schnell lief ich zu Hauke, doch statt mich wie üblich mit einem fröhlichen Schnauben zu begrüßen, lief der Schimmel augenrollend und mit nervös zuckenden Ohren in seiner Box auf und ab. Im ersten Moment befürchtete ich, er wäre krank, womöglich eine Kolik. Ich öffnete den Riegel zu seiner Box und trat ein, tätschelte ihm beruhigend den Hals und fuhr prüfend über seinen Bauch. Aber Hauke schien nichts zu fehlen, nur irgendetwas schien ihn unglaublich aufzuregen. Aus alter Gewohnheit legte ich meine Stirn an seine, um herauszufühlen, was er hatte, doch er ließ diese ruhige, vertraute Geste nicht zu, schnickte mit dem Kopf und schüttelte immer wieder seine Mähne, lief auf und ab. Wie um mir zu zeigen, dass er nicht eingesperrt sein wollte.

»Du willst, dass wir ausreiten?«, versuchte ich sein unruhiges Verhalten zu deuten, einen Blick aus seinen dunklen

Pferdeaugen zu erwischen. Ohne weiter darüber nachzudenken, streifte ich ihm das Zaumzeug über und führte den tänzelnden Schimmel nach draußen auf den Hof, seine Hufe klapperten unnatürlich laut und im Mondschein konnte ich seine aufgeregt rollenden Augen sehen, sein Fell leuchtete gespenstisch weiß. Beruhigend tätschelte ich ihm den Hals. Hoffentlich hörte uns keiner! Ich würde versuchen, ganz langsam und leise davonzureiten. Doch kaum war ich aufgestiegen, preschte Hauke auch schon los, ich konnte mich gerade noch auf seinem Rücken halten. Was war nur in ihn gefahren? So kannte ich mein ruhiges Pferd gar nicht! Ich gab ihm den Hals frei, balancierte mich aus und wollte Hauke sanft Richtung Feld lenken, doch ihn zog es mit aller Macht zum Meer. Auch gut, dachte ich, da hatten wir freie Bahn und würde sich auf dem weichen Wattboden ausgaloppieren können. Der Vollmond leuchtete uns den Weg durch die Dünen und kurze Zeit später empfing uns das Meer mit einer stürmischen Brise. Hatte sich das Wetter bis zum späten Abend wieder beruhigt, schien es sich es jetzt wieder anders zu überlegen, der Wind jagte dunkle Wolken über den sternenklaren Himmel, zwischendrin blitzte der Mond gleißend hell.

Nach der ersten Schrecksekunde konnte ich mich seinen geschmeidigen Bewegungen anpassen. Tief gebeugt über Haukes Hals, ging es im gestreckten Galopp am Strand entlang, meine Haare flatterten im Wind. Plötzlich drehte Hauke ab, jagte hinaus Richtung offenes Meer und da wusste ich, wohin er wollte: zum alten Leuchtturm am anderen Ende der Bucht, dessen Fundament nur bei Ebbe zu erreichen war. Panik erfasste mich, ich versuchte, ihn zu zügeln, Paraden, Volten, vergebens. Es war, als wäre Hauke ohne Reiterin unterwegs, als hätte er völlig vergessen, wen er auf seinem Rücken trug. Was blieb mir anderes übrig, als mich seinem wilden Galopp anzupassen und irgendwie ohne Sattel die Balance zu halten. Festgeklammert an Hals und Mähne, konnte ich ihm nur vertrauen. Vertrauen, dass seine wirbelnden Hufe den sicheren Weg über den Wattboden fanden und nicht in einer Kuhle oder Kante hängen blieben.

Oft schon war ich mit Hauke durchs Watt galoppiert, oft schon waren wir heimlich zum Leuchtturm geritten oder ich alleine hinspaziert, obwohl es jene Legende gab und Isodora mich beschworen hatte, mich dort bloß nicht aufzuhalten. Aber ich liebte diesen einsamen Platz mitten im Meer! Wenn ich auf dem alten Fundament saß, den Rücken an die Mauerreste gelehnt, und in die Weite des Watts blickte, während Hauke in der Sonne neben mir vor sich hin döste. Wenn ich zusehen konnte, wie sich das Wasser bei Flut langsam immer näher schob, von allen Seiten, bis erst meine Zehen und Haukes Hufe, später dann Waden und Fesseln nass waren und es höchste Zeit wurde, nach Hause zu reiten.

Noch nie war ich jedoch nachts dorthin geritten. Und noch nie hatte Hauke den Weg bestimmt! Wir jagten zwischen den Wolken dahin, geführt vom Vollmond, ein gleißender Lichtpfad im Watt. Schon meinte ich, vor uns die Umrisse des alten Leuchtturms zu erkennen, da verdunkelte sich der Himmel wieder.

Von jetzt auf gleich fiel Hauke in einen lockeren Trab, bevor er sich dem Leuchtturm näherte und einfach stehen blieb. Nur langsam begriff ich, dass er mich tatsächlich dorthin geführt hatte.

»Geht's dir jetzt besser, Spinner?« Ich klopfte Hauke liebevoll den Hals und ließ mich von seinem Rücken rutschen. Meine Beine wackelten ein bisschen, als ich den Sockel erklomm, um meinen Lieblingsplatz aufzusuchen. Weiter hinten am Steg lag ein Boot auf dem Trockenen, das niemandem zu gehören schien. Manchmal, wenn ich ohne Hauke hier war, legte ich mich hinein und wartete, bis die Flut es anhob und ich in den Wellen schaukelte ...

Plötzlich war mir, als ob mich jemand beobachten würde, der Wind wurde immer heftiger und wehte mir die Haare ins Gesicht. Unsicher schaute ich mich um, konnte in der Dunkelheit aber kaum etwas erkennen. Mich fröstelte. Es war höchste Zeit, wieder zurückzureiten. Schnell lief ich zu Hauke zurück. Da löste sich eine dunkle Gestalt aus dem Schatten des Leuchtturms.

Ich klammerte mich an Haukes Zügel, bereit, jeden Moment auf seinen Rücken zu springen und davonzugaloppieren. Langsam kam mir die Gestalt jetzt entgegen, locker eineinhalb Köpfe größer als ich. Ich verfluchte die dicken Wolken, die sich vor den Mond geschoben hatten, sonst hätte ich mehr erkennen können. Noch war es nicht zu spät abzuhauen, doch wie eingemeißelt blieb ich stehen. Dafür flatterte mein Herz wie eine Fahne bei Orkan.

Ich hielt den Atem an, unfähig, mich zu rühren. Schritt für Schritt kam die Gestalt näher, ihr Umhang wehte im Wind wie ein dunkler Schatten. Da gaben die Wolkenfetzen das Mondlicht einen Moment lang frei. Es war Jan. Ausgerechnet der!

»Was machst du hier?«, rief er mir entgegen.

»Was machst *du* hier?«, fragte ich zurück.

»Ich hab dich zuerst gefragt.« Er war vor mir stehen geblieben und grinste mich entwaffnend an. Als wäre es das

Normalste der Welt, mitten in der Nacht, mitten im Watt und bei Vollmond hier am Leuchtturm einer wildfremden Reiterin zu begegnen.

»Mein ... mein Pferd ist mir durchgegangen ...«, stotterte ich. Er sollte bitte aufhören, mich so anzulächeln.

»Solltest es mal zum Tierpsychologen schicken, das scheint ja öfter zu passieren«, spottete er und strich sich mit einer lässigen Geste die Haare aus der Stirn.

»Hauke ist mir vorher noch nie durchgegangen.« Ich hatte mich wieder beruhigt und hielt seinem Blick stand, obwohl im Wolkendunkel nicht viel zu erkennen war. Einem wie dem erzählte ich doch nicht, dass ich, geführt von einer fremden Macht, die stärker war als ich, mitten in der Nacht im Watt gestrandet war.

»Hauke?!« Jan kam noch dichter an mich heran. Seine plötzliche Nähe hatte etwas Unheimliches, Bedrohliches.

»Mein Pferd heißt Hauke«, sagte ich und trat einen Schritt zurück, als plötzlich gleißendes Mondlicht auf sein Gesicht fiel und ich seinen neugierigen, forschenden Blick bemerkte. Der sollte mich bloß in Ruhe lassen! Ich musste daran denken, was Finn über ihn erzählt hatte. Unwillkürlich griff ich Haukes Zügel fester.

»Und wie heißt du?«, fragte er. Dass er mich neulich abfällig als *Ginger Bitch* bezeichnet hatte, war ihm wohl entfallen. Mir nicht. Auch nicht, was er im Watt mit seinem Gleitschirm angestellt hatte. Ohne seine Augen von mir abzuwenden, griff Jan nach einer meiner Haarsträhnen, die der Wind ihm ständig entgegenblies, und rollte sie um seinen Finger. »Mit so wunderschönen Haaren hat man doch sicher auch einen wunderschönen Namen ...«

Seine Stimme drang sanft in meine Ohren, zu schön,

um wahr zu sein, und kitzelte mich am ganzen Körper. Du kannst mich mal!, dachte ich, aber das Prickeln in mir war stärker.

»Liv«, hörte ich mich sagen und wehrte seine Hände ab, doch er hielt mich fest.

»Cooler Name«, sagte er und lächelte mich an.

»Krieg dich wieder ein!«

Wir standen ganz nah zusammen. Ich tauchte in seinen Blick, vergaß, mit wem ich es hier zu tun hatte. Vergaß, dass wir am Fuße des alten Leuchtturms standen, mitten im aufkommenden Sturm mit den nachtdunklen Wolken am Himmel über uns, und nur der Mond schaute in diesem Augenblick zu, wie ich es zuließ, dass er langsam meine Hände zu seinem Mund führte und einen kleinen Kuss hineinhauchte. Ganz zart und fein und kaum spürbar, aber es machte, dass mir eine Gänsehaut über den Rücken jagte und ich für immer so mit ihm stehen bleiben wollte.

Erst als Hauke ein unruhiges Wiehern von sich gab, begriff ich, dass wir uns auf den Heimweg machen mussten, und zwar schnell, bevor die auflaufende Flut uns den Weg versperren würde. Es gab zwar dieses Boot, das Jan und mich womöglich retten könnte – aber Hauke nicht. Das Wasser umspülte bereits unsere Füße.

»Kannst du reiten?«

»Ich bin Fußballer, schon vergessen?« Er grinste mich an.

Vorbei der Zauber von gerade eben. Typisch, so einer wie der konnte wohl nicht anders. Am liebsten wäre ich davongeprescht, aber was war mit Jan? Wir konnten ihn doch nicht einfach hier stehen lassen.

»Los, komm, beeil dich, wir müssen hier weg!« Ich half Jan auf Haukes Rücken, schwang mich hinter ihm hoch.

Hauke bäumte sich kurz auf, bevor er im Galopp davonschoss, ich konnte nur hoffen, dass er die richtige Richtung eingeschlagen hatte, ich hatte jegliche Orientierung verloren. Mit aller Macht drängte das Meer jetzt von allen Seiten an den Strand, Haukes Hufe peitschten durchs Wasser, der Wind flatterte in meinen Ohren. Im gleißenden Mondlicht flogen wir dahin und ich hielt den fremden Jungen vor mir fest umklammert, der Hauke jetzt die Zügel freigab. Seine linke Hand sicherte meine und ich werde nie vergessen, wie warm und vertraut sie sich anfühlte, trotz des Windes, trotz des Regens, der sich nun wie aus Fässern über uns ergoss.

4

Die spektakuläre Vollmondnacht hing mir noch lange in den Klamotten. Ich hatte wie eine Tote bis fast zum Mittag geschlafen, nachdem mich Isodora und Piet völlig durchnässt und erschöpft von Haukes Rücken gepflückt hatten. Ich war weit nach Mitternacht auf den Hof geritten und habe keine Erinnerung mehr daran, wann und wo sich Jan verabschiedet hatte und wie ich in mein Bett gekommen war, nur dass ich beim Aufwachen einen dicken Schal um den Hals und Socken an den Füßen trug.

Zum Glück hatten mir die beiden zunächst keine weiteren Fragen gestellt, sondern mich einfach bedingungslos mit ihrer Wärme und ihrer Liebe versorgt, es gab zur Stärkung eine doppelte Portion Rührei und literweise Lindenblütentee. Ich glaube, Piet hatte mir auf den Schreck hin noch einen *Friesengeist* eingeflößt, weil er Isodoras Notfalltropfen nicht vertraute. Ich war froh, dass sie nicht weiter nachhakten, was geschehen war. Wie auch hätte ich ihnen erklären können, was ich in jener Nacht erlebt hatte? Ich konnte es ja selbst immer noch nicht glauben, dass mir Hauke, mein geliebter, gutmütiger Hauke durchgegangen war und mich in einem wahnwitzigen Ritt zum alten Leuchtturm geführt hatte, den sämtliche Dorfbewohner mieden wie Gespenster das Licht.

Wie alle war ich mit der *Legende vom Leuchtturmmädchen* aufgewachsen, Sommer für Sommer von Isodora mit trauriger Stimme erzählt, wenn sie zur Entspannung draußen im Garten in ihrem Strandkorb saß oder angesichts stürmischer Regenwolken an das traurige Schicksal des Mädchens erinnert wurde. Ganz schlimm wurde es mit ihr, wenn wieder mal ein Tourist die Einheimischen nicht ernst genommen und allen Warnungen zum Trotz auf eigene Faust und ohne Tidekalender ins Watt marschiert und dort geblieben war, weil er die Gefahr unterschätzt hatte.

Und jetzt hatte ich ausgerechnet dort draußen an jenem tragischen Ort diesen Angeber von Jan wiedergetroffen, den bei diesem Sturm wahrscheinlich auch das kleine Boot nicht gerettet hätte, wenn Hauke mich nicht zu ihm geführt hätte. Denn ebenso leicht, wie man bei Ebbe den Leuchtturm durchs Watt erreichte, wurde man dort bei Flut zum Spielball der Wellen, weil an jener Stelle das Wasser auf mehr als zwei Meter anstieg und die Strömung einem den Boden unter den Füßen wegriss. Alle im Dorf wussten das – und niemand wagte sich freiwillig dorthin, schon gar nicht bei Vollmond.

Mich fröstelte bei dem Gedanken, ebenso, wie es mich heiß durchschoss, wenn ich daran dachte, wie Jan meine Fingerspitzen geküsst und seine Augen mich dabei angeschaut hatten …

Dumme Kuh, du bist ja schlimmer als Julia, Vanessa und Pilar, schimpfte ich mich selbst und sprang mit einem Ruck auf. Jan hatte uns mit seinem leichtsinnigen Verhalten in Gefahr gebracht, da gab es nichts schönzuquatschen und schon gar nicht zu träumen, Handkuss hin oder her! Niemand durfte von meiner Vollmondbegegnung erfahren, niemand würde es verstehen, erst recht nicht Isodora und Piet. Ausgerechnet Jan Friedrichsen! Am besten vergaß ich sofort, dass ich ihn überhaupt getroffen hatte. Schnell sprang ich unter die Dusche und versuchte, meine Verwirrung der Gefühle wegzuspülen und die Erinnerung an seine warme Hand wegzuschrubben. Es gelang mir nicht.

»Wenn ich nur wüsste, was geschehen ist! Hoffentlich hat ihr niemand Gewalt angetan, verstört, wie sie wirkt ...«, hörte ich meine Tante besorgt seufzen, als ich die Treppe hinunterkam. »Warum auch musste sie ausgerechnet in dieser Nacht und bei diesem schrecklichen Sturm ausreiten? Bei Jansens hat es sogar die Ziegel von der Scheune geweht!«

»Es ist doch nichts weiter passiert! Sie wird es uns schon noch erzählen«, meinte mein Onkel beschwichtigend. »Spätestens wenn sie erfährt, dass Hauke verletzt im Stall steht, wird sie aus den Puschen kommen ...«

»Was ist mit Hauke?« Mit diesen Worten stürmte ich in die Küche, mit einem Schlag war ich wieder bei mir. Piet hatte also recht gehabt.

»Er lahmt ... Wenn das so weitergeht ...« Piet brauchte gar nicht weiterzusprechen, ich wusste, was er sagen wollte. Seit einigen Monaten fing er immer wieder davon an, dass Hauke ihnen als unnützer Fresssack auf der Tasche lag.

»Bin schon unterwegs!« Nie im Leben würde ich zulassen, dass sie Hauke verkauften! Eher würde ich ihm beibringen, im Geschirr zu gehen und sich endlich von Finn reiten zu lassen. Ich machte auf dem Absatz kehrt und wollte Richtung Stall verschwinden, doch Isodora hielt mich am T-Shirt fest.

»Halt, hiergeblieben, min Deern! Erst wird etwas gegessen! Reicht, wenn hier eine vor sich hinklappert ...« Sie machte eine vage Geste hin zu Anna, die gerade draußen vorm Fenster mit ihrem Vater über den Hof lief und dabei noch dünner wirkte als sonst.

Also tat ich brav wie geheißen, setzte mich und ließ mir von ihr einen kräftigen Bohneneintopf servieren. Ihr brannten lauter Fragen auf den Lippen, das konnte ich förmlich spüren. Ich schenkte ihr ein dankbares Lächeln, löffelte brav meine Suppe und trank meinen Tee, während sie in der Küche wuselte. Piet war wieder nach draußen entschwunden, später würde er wie immer mit den Planwagen ins Watt fahren. Bei dem strahlenden Sommerwetter war garantiert jeder Platz längst ausgebucht.

Prompt beschlich mich ein schlechtes Gewissen, dass ich nicht früher aufgestanden war, um Isodora und Piet zu helfen, wie ich es sonst immer machte, wenn ich hier war. Ich nahm mir vor, ihnen ab sofort wieder mehr zur Hand zu gehen.

Rasch räumte ich meine Sachen in die Spüle und wollte meiner Tante einen Kuss auf die Wange drücken, da griff sie plötzlich nach meinen Händen und schaute mich prüfend an.

»Ist wirklich alles in Ordnung mit dir? Du wirkst ... so verändert ... Ich meine, du kannst mit mir über alles reden, wirklich.« Sie drückte mich an sich und ich bemerkte, wie ihr üppiges Dekolleté vor lauter Anspannung auf- und abwogte.

»Ich weiß!« Betreten senkte ich den Blick. »Daran liegt es nicht«, presste ich noch hervor. Es ist nur ...«

»Nur was?« Sie schaute mich erwartungsvoll an, mit einer Mischung aus Angst, Neugier und Sorge, was ich denn wohl Schlimmes in jener Vollmondnacht erlebt hatte.

Ein tiefer Seufzer entsprang Isodoras Brust, als sie mein Zögern bemerkte. Sie schüttelte besorgt den Kopf, ihr prüfender Blick ging mir durch und durch. »Ach, Kindchen, Kindchen! Gut, ich vertraue dir. Sag mir nur: Hat dir jemand was getan?«

Ihre Fürsorge hatte etwas Rührendes, ich drückte dankbar ihre Hand und für den Bruchteil einer Sekunde hätte ich mich gerne an meine Tante geschmiegt und ihr alles erzählt. Allein schon, um sie zu beruhigen, dass mich niemand überfallen oder vergewaltigt hatte, was offensichtlich ihre größte Sorge war. Aber ich konnte es nicht, wie auch. Ich spürte, wie Tränen in mir hochsteigen wollten, als sie mich abermals in ihre Arme zog und feste an sich drückte.

Schnell schluckte ich den Kloß im Hals hinunter und antwortete: »Mach dir keine Sorgen, bitte! Mir hat niemand etwas getan. Und Schmerzen habe ich auch keine.« Ich versuchte ein Lächeln und erntete einen warmen Blick aus ihren Augen.

Wie anders sie als meine Mutter war. Meine Mutter hätte nie im Leben mehr als einmal nachgefragt, wie es mir ging! Ich wischte schnell den Gedanken an Mama zur Seite.

»Geh man zu Hauke, min Deern«, sagte Isodora mit sanfter Stimme nach einer Weile. »Er wartet sicher schon auf dich. Helfen kannst du mir später immer noch, einverstanden?« Sie verabschiedete mich mit einem liebevollen Klaps durch die Tür und begann geräuschvoll, Zwiebeln für den Matjessalat zu pellen.

»Alles klaro! Du bist die Beste!« Dankbar drückte ich ihr einen Kuss auf die weiche Wange.

»Halt, stopp, du hast etwas vergessen!« Ehe ich mich versah, warf sie mir einen Apfel zu. Ich fing ihn grinsend mit der linken Hand aus der Luft.

Hauke wieherte mir freudig entgegen, als er meine Schritte die Stallgasse entlangkommen hörte. Schnell öffnete ich den Riegel zu seiner Box und schlüpfte hinein, hielt ihm den Apfel mit der flachen Hand hin.

»Na du, wie geht's dir!«, flüsterte ich leise und kraulte seine Mähne, während er den Apfel zermalmte. »Bist du immer noch so unruhig? Kein Wunder ...« Prüfend fuhr ich seine Beine entlang. Piet hatte recht, das rechte Vorderbein fühlte sich wärmer an als die anderen, aber nur ein winziges bisschen.

»Das hast du jetzt von deinem verrückten Ausritt! Erhol dich nur fix, ab morgen reiten wir nämlich wieder aus, du und ich, einverstanden?« Ich redete beruhigend auf ihn ein, während ich den Verband mit der essigsauren Tonerde wechselte. Ich war mir sicher, dass Hauke morgen wieder fit sein würde. Finn hatte uns sicher schon vermisst und war hoffentlich nicht sauer, weil ich unsere Verabredung vergessen hatte. Aber wie ich Isodora kannte, hatte sie ihm längst wortreich erklärt, dass ich mich erst »akklimatisieren« musste ...

»Meinst du, wir können einen Spaziergang wagen?« Ich legte Hauke einfach Halfter und Führstrick an. Das Wetter war allererste Sahne, kein Wölkchen am Himmel und Sonne satt. Gemeinsam machten wir uns auf den Weg zum Strand, wo jetzt zur Badezeit alle jauchzend durch die Brandung tobten. Gemütlich schlenderte ich an dem bunten Treiben vorbei. Ein paar Kinder wollten Hauke streicheln, ein Junge fragte sogar, ob er ihn reiten dürfe.

Ich verneinte lächelnd, lud sie aber alle ein, die Ponys auf dem Friesenhof zu besuchen oder einen Ausflug mit der Kutsche zu buchen, was sie jubelnd begrüßten. Noch lauter johlten sie, als Hauke ein paar Pferdeäppel fallen ließ, was eine der umstehenden Mütter nicht so toll fand.

»Kannst du das mal wegmachen?«, pflaumte sie mich an. »Das ist hier schließlich ein Badestrand! Wozu bezahlen wir denn diese unverschämt hohe Kurtaxe?«

»Sorry, kommt nicht wieder vor«, murmelte ich rasch eine Entschuldigung, grub mit den Hacken ein Loch und schob die Äppel hinein. Dann machte ich mich wieder auf den Weg. Bloß nicht mit den Touristen anlegen!, war Piets Devise. Und bloß keine sinnlosen Diskussionen führen, schließlich lebten wir alle von ihnen. Er mochte recht haben, aber manchmal fragte ich mich, wie viele blöde Sprüche oder Ansagen man ertragen musste. Denn die ewige Leier über die hohe Kurtaxe war ebenso schwer auszuhalten wie das Lamento über das unbeständige Wetter an der Nordsee oder Teer am Strand oder Möwenkacke auf dem Strandkorb.

Ich führte Hauke den schmalen Weg zwischen den Dünen entlang, der uns Reitern vorbehalten war. Mein Blick schweifte suchend umher, ich hatte keine Ahnung, wo Jan um diese Uhrzeit steckte, wahrscheinlich auf dem Fußballplatz beim Training. Aber dort war niemand, wie ich zu meinem Bedauern feststellen musste, als wir an der Anlage vorbeikamen. Hätte ja sein können …

Es vergingen ein paar Tage, in denen ich bei Wind und Wetter unterwegs war, um heimlich nach Jan Ausschau zu halten. Obwohl alle um mich herum über ihn herzogen und schimpften, allen voran Piet, machte mein Herz jedes

Mal einen Hüpfer, wenn auch nur irgendjemand in meiner Nähe seinen Namen erwähnte, ich konnte nichts dafür. Ich recherchierte im Internet alles, was es über ihn und die Fußballmannschaft herauszufinden gab und einmal ritt ich sogar bei Ebbe zum Leuchtturm hinaus in der Hoffnung, dort vielleicht eine abgelegte Jacke im Boot oder eine verlorene Kappe zu finden. Aber nichts dergleichen, natürlich nicht. Die Flut hatte längst alles fortgespült und die Spuren verwischt, wenn es überhaupt jemals welche gegeben hatte. Ich war alles abgeritten, den Strand bei Ebbe und bei Flut, rauf und runter und wieder rauf, die Felder mit und ohne Erdbeeren und sogar das Moor, den gesamten Ort, den Hafen, die Cafés, aber Jan war mir nirgends wieder begegnet. Sicher war es auch besser so.

Manchmal dachte ich, ich hätte alles nur geträumt.

Hauke wirkte immer noch unruhig, fraß wenig und hatte einen Hang zum Durchgehen. Türenschlagen, Möwengeschrei oder Schafgeblöke – und er tänzelte nervös herum. Das kannte ich nicht von ihm! Glücklicherweise lahmte er nicht mehr, unsere langen Ausritte schienen ihm nichts auszumachen und oft kam es mir vor, als wäre er noch unermüdlicher unterwegs als ich.

»Such ihn!«, war ich versucht, ihm zuzurufen, aber Hauke war kein Hund, den man auf eine Fährte ansetzte. Gleichzeitig wirkte er mir so treu ergeben wie nie zuvor, bewegte sich ständig in meiner Nähe, selbst wenn ich mich auf dem Friesenhof um die anderen Pferde kümmerte und Wilm beim Ausmisten und Füttern half, nur selten stand er alleine auf der Koppel oder Weide.

Zum Glück hatte es Mareike ziemlich bald aufgegeben, mich über die Vorfälle jener Nacht auszuquetschen, als sie merkte, dass ich ihr nichts erzählen wollte. Wie hätte ich ihr auch erklären sollen, dass mich ausgerechnet dieser Jan so durcheinandergebracht hat und ich deswegen kaum noch schlafen konnte! Glücklicherweise hielt sie mich für eine einsame Stadtpflanze mit Hang für romantisch-magische Momente. Daher fand sie es nicht weiter verwunderlich, dass ich mitten in der Nacht alleine ins Watt geritten war, und ließ mich in Ruhe.

Stattdessen schwärmte sie mir pausenlos von ihrem süßen Brian vor. Ich musste ihr hoch und heilig versprechen, sie Samstagabend ins *Zappel* zu begleiten, um ihn endlich kennenzulernen. Halb genervt, halb amüsiert willigte ich ein. Insgeheim hoffte ich, Jan dort zu treffen. Wenn er wirklich so ein Angeber und Mädchenheld war, wie hier alle behaupteten, standen meine Chancen überhaupt nicht schlecht, dass er dort war.

Nur deswegen ließ ich mich auch von Mareike dazu überreden, mich für den Abend von ihr stylen zu lassen. Natürlich suchte Mareike eine schwarze Jeans und ein schwarzes Top für mich heraus.

»Du hast so tolle Locken, die musst du einfach mehr zur Geltung bringen«, sagte sie, als wir gemeinsam vor ihrem Badezimmerspiegel standen, und knetete Haarwachs hinein. Ich konnte sie gerade noch daran hindern, mir Glitzerhaarspray aufzusprühen, dabei war sie doch selbst gar nicht so eine Schminktussi! Geduldig ließ ich mir von ihr dann meine Augen mit Kajalstift schwarz umranden und die Wimpern ausgiebig tuschen. Als ich mich betrachtete, klimperte mir eine Fremde entgegen.

»Du siehst toll aus«, behauptete Mareike zufrieden und tupfte mir noch etwas Gloss auf die Lippen.

»Weiß nicht …«, antwortete ich seufzend und hätte mir am liebsten den ganzen Kram wieder aus dem Gesicht gewischt, das Make-up wirkte wie eine Maske. Ich kannte das Mädchen nicht, dass mich jetzt mit dramatischem Blick im Spiegel anblinzelte.

»Wirklich!«, wiederholte sie. Mareike hatte sich hinter mich gestellt und lugte mir mit ihrem Blauschopf über die Schulter. Sie selbst hatte noch schwärzer umrandete Augen und dunkelblau lackierte Fingernägel. Für einen Moment guckten wir uns an und ich hatte ein schlechtes Gewissen. Warum hatte ich ihr nicht von meiner besonderen Begegnung erzählt? Wir kannten uns schon so lange und waren doch beste Freundinnen …

»Wir kommen zu spät!«, rief sie plötzlich mit einem erschrockenen Blick auf ihre Uhr und drängelte mich zum Aufbruch. »Brian wartet bestimmt schon …«

Das *Zappel* war der einzige Club am Ort und wie immer in der Hochsaison gut besucht. Hannes, der Türsteher, hatte ein strenges Auge auf das jugendliche Publikum: Unter sechzehn hatte man keine Chance. Aber da der Besitzer vom *Zappel* Mareikes Bruder war und Hannes ihr Cousin, mussten wir noch nicht einmal unsere Ausweise zeigen.

Ich war gerne im *Zappel.* Erstens roch es dort angenehm nach süßem Nebelrauch. Und zweitens tanzte ich für mein Leben gern! Marco, der DJ, winkte mir lässig zu und ich wollte gleich loslegen, weil er zur Begrüßung meinen Lieblingssong spielte. *Captured effortlessly, that's the way it was. Happend so naturally, I did not know it was love …* Doch bevor ich auf der Tanzfläche verschwinden konnte, hatte mich Mareike an der Hand zu unserem Stammplatz hinter der Plastikpalme gezogen. Dort stellte sie mich einem hageren Typen komplett in Schwarz gekleidet und im Punk-Rave-Mantel vor, er trug Piercings an beiden Ohrenmuscheln – und blaue Haare.

»Das ist Brian!«, erklärte sie feierlich, genauer gesagt, schrie sie es gegen den wummernden Bass aus den Lautsprechern an.

»Und das ist meine beste Freundin Liv aus Hamburg!«

Brian nickte nur, meine ausgestreckte Hand ignorierte er, dafür war er wohl zu cool. Stattdessen zog er Mareike in seine Arme und begann, sie ausführlich abzuknutschen. Und Mareike küsste zurück, als ob sie nie etwas anderes getan hätte.

Irritiert wendete ich mich ab, die beiden waren jetzt mit sich beschäftigt, so viel war klar. Weil ich mir blöd dabei vorkam, Knutschzeugin der beiden verknäulten Turteltäubchen zu sein, beschloss ich, endlich abzudancen. Ein Fehler, wie sich herausstellen sollte. Denn als ich die kleine Stufe runter zur Tanzfläche nehmen wollte, stolperte ich und stieß gegen Lena. Ausgerechnet die!

»Ey, spinnst du!«, machte sie mich an und wischte sich die verschüttete Cola vom Arm. »Kannst du nicht aufpassen?«

»Sorry, war keine Absicht«, entschuldigte ich mich und wollte mich an ihr vorbeidrängeln, doch sie rempelte mir fies den Ellenbogen in die Seite. Ich stolperte abermals und schlug diesmal der Länge nach hin. Die Musik verstummte. Ich spürte, wie sämtliche Augen auf mich gerichtet waren, einige lachten, allen voran Lena und ihre Hühner. Neben ihr stand Jan und grinste breit, während er seinen Arm um Lena legte und ihr etwas ins Ohr flüsterte, woraufhin sie kichernd errötete. Niemand half mir hoch.

5

Nach dem Abend im *Zappel* versuchte ich endlich, Jan zu vergessen. Nach dem Anrempler am Bahnhof und der Bruchlandung zwischen den Pferden hatte er ein weiteres Mal sein wahres Gesicht gezeigt und ich verstand: Er war genau der richtige Freund für so eine eingebildete Ziege wie Lena. Sollten sie doch gemeinsam glücklich werden und um die Wette lästern! Ich hatte in meinen Sommerferien wirklich anderes zu tun, als mich ständig von so einem wie dem auslachen zu lassen. Warum nur war er mir in der Vollmondnacht so anders erschienen? Jetzt jedenfalls zeigte er, dass er genau der Blödmann war, von dem alle sprachen. Er konnte mir echt gestohlen bleiben!

Also stand ich wie üblich mit Isodora in aller Herrgottsfrühe auf, um die Gedecke im Frühstücksraum zu richten, ging ihr in der Küche zur Hand und half ihr später bei der Wäsche, beim Bettenüberziehen, Staubwischen oder Fensterputzen. Egal, was sie mir auch auftrug, ich erledigte es ohne Murren und sofort, was sie dankbar registrierte. Denn der Friesenhof war ausgebucht, die Gäste gaben sich die Klinke in die Hand und sie selbst hatte alle Hände voll zu tun. Nur ihre Mittagsruhe, die hielt sie streng ein, von 13:00 Uhr bis 14:30 Uhr, egal, ob die Sonne schien oder es draußen stürmte, ob Ebbe war oder Flut – oder ob Piet sie bei der Organisation seiner zahlreichen Ausflugsfahrten hätte gebrauchen können.

Das übernahm dann nur allzu gerne ich. Wenn ich im Haus fertig war, half ich in den Stallungen beim Ausmisten oder Zaumzeugpflegen oder den Lütten mit den Ponys. Oder machte die Planwagen startklar. Gerne wäre ich mit Piet auf dem Kutschbock mitgefahren, aber in der Hochsaison war jeder Platz vergeben. Ich würde bis zu den Herbstferien warten müssen. Oder endlich selbst das Fahrabzeichen erwerben, ich büffelte schon wie eine Wilde. Trotzdem ging mir Jan nicht aus dem Sinn.

Eines Tages war ich mit Hauke unterwegs zum Hafen, um Finn einen Besuch abzustatten, der auf dem Friesenhof so gut wie unsichtbar geworden war. Wahrscheinlich musste er im Restaurant in der Küche helfen, vielleicht war er aber auch sauer, weil ich ihn an dem Morgen unseres geplanten Ausritts versetzt hatte. Morango fraß sich derweil einen Weidebauch an, weil Finn kaum Zeit zum Reiten fand und der Wallach von niemand anderem geritten werden durfte. Finn war da eigen. Er hätte ja wie sonst immer mich fragen können, aber in diesem Sommer war Finn irgendwie anders. Und ohne seine Erlaubnis wagte ich es nicht.

Ich hatte ausnahmsweise den schmalen Weg hinter der Schule genommen, der für Reiter verboten war, aber wunderschön durch eine Allee von Dünenrosen führte. Deshalb kam ich von der anderen Seite her am Fußballplatz vorbei und wurde unfreiwillig Zeugin davon, wie der Trainer wutentbrannt einen seiner Spieler anschnauzte, sodass es von den umliegenden Häusern widerhallte. Er brüllte lauter unverständliche Worte, dann wendete er sich wieder den anderen zu, kickte Bälle in die Runde und setzte das Training fort.

Ich brauchte kein zweites Mal hinzuschauen, an seiner

Körperhaltung, seinem gesenkten Kopf erkannte ich ihn sofort. Genau so hatte er in jener Nacht dagestanden, bevor er sich aus dem Schatten des Leuchtturms gelöst hatte. Ganz langsam ritt ich mit Hauke näher an die Anlage heran, unbemerkt von Jan, der weiterspielte, als wäre nichts geschehen. Seine Mitspieler bedienten ihn mit zielgerichteten Pässen, wenn er sich freilief, und ebneten ihm den Weg, damit er Tore schießen konnte, jubelten, beklatschten und motivierten ihn zu Dribblings und waghalsigen Schüssen. Nur sein Trainer war ständig unzufrieden.

»Mannmannmann, was soll das Getüddel! Geh mal ran! Grätsch ihn aus!«, schrie er mit hochrotem Gesicht. »Einsatz, Einsatz, Einsatz! Oder ich hau dir die Töppen um die Ohren ...«

Jedes Mal zuckte Jan leicht und duckte sich, als erwartete er Schläge. Doch dann eroberte er sich den Ball, machte einen kunstvollen Hackentrick und schoss das Tor. Strahlend ließ er sich feiern, er wirkte plötzlich wieder sehr groß und selbstbewusst. Jan lief sogar zum Spielfeldrand, um sich von Lena einen Kuss abzuholen. Zum Glück war ich weit genug weg und musste mir nicht mitanhören, welche Sprüche und Sülzereien er absonderte. Ich griff die Zügel und ritt weiter.

Finn freute sich, dass ich ihn für ein paar Minuten aus dem Küchendampf befreite, und strahlte über sein ganzes Gesicht. Sofort bekam ich ein schlechtes Gewissen, weil ich ihn nicht längst schon mal besucht hatte. Mein bester Kumpel schien echt in Not zu sein, und anstatt ihn zu unterstützen, schwärmte ich heimlich für den größten Angeber aller Zeiten, nur weil der mir bei Vollmond die

Hand geküsst hatte. Ich nahm mir vor, in Zukunft öfter bei Finn vorbeizuschauen und ihn so wie jetzt zu einer kleinen Pause auf der Hafenmole abzuholen.

»Stell dir vor, Maurice hat sich am Daumen verletzt und fällt für einige Zeit aus«, klagte Finn mir sein aktuelles Leid, während er seufzend das Eis in seiner Hand drehte. »Als gäbe es in der Hochsaison nicht schon genug zu tun, jetzt muss ich auch noch für ihn einspringen.«

»Können deine Eltern nicht eine Aushilfe einstellen?«, fragte ich.

»Pah, vergiss es! Wir haben Hauptsaison. Und so einen wie Maurice findest du nicht so schnell ... Wenn der Wahnsinn hier vorbei ist, habe ich wieder Zeit für lange Ausritte. Hoffe, du bist dann noch da?« Er blinzelte mich gegen die Sonne an.

»Das hoffe ich auch!« Die Sommerferien waren immer viel zu kurz, das wusste ich leider aus Erfahrung.

»Und, wie schmeckt dir mein Erdbeereis?«, fragte er neugierig. »Für meinen Geschmack müsste noch etwas mehr Limettenabrieb hinein ...«

»Für meinen Geschmack dürfte es noch eine Kugel mehr sein!« Ich stupste ihn neckend in die Seite und schleckte genüsslich an meiner Waffel. »Dein Eis ist wirklich genial!«

»Wenn du morgen vorbeikommst, kannst du Erdbeersoufflé probieren!« Finn blinzelte mich von der Seite an. Dann streckte er die Beine aus und sagte seufzend: »Es ist schon komisch. Einerseits bedeutet der Ausfall von Maurice für mich riesigen Stress. Andererseits ist es die Chance, meinen Eltern endlich zu beweisen, dass mein Platz in der Küche ist und nirgends sonst!«

»Es wäre ein Jammer, wenn du dein Talent fürs Abitur

verschwenden würdest!«, antwortete ich grinsend und schob mir das letzte Stück des selbst gedrehten Waffelhörnchens in den Mund. »Sei dir sicher, meine Unterstützung hast du!«

Ein Lächeln huschte über Finns Gesicht. Dann griff er nach meiner Hand, bevor er sagte: »Ich habe eine Idee: Wollen wir heute Abend ausreiten? Ich mache einfach früher Schluss, das müssen meine Eltern erlauben! Ist doch noch lange hell ...«

»Auja, so wie immer! Gute Idee!« Doch dann fiel mir was ein: »Heute ist das große Fußballspiel, da kann ich nicht!«, fügte ich genervt hinzu.

»Seit wann interessierst du dich denn für Fußball?« Finn sah mich stirnrunzelnd an. Meine Hand hatte er wieder losgelassen.

»Seit unsere Gäste mitspielen«, antwortete ich und rollte mit den Augen. »Die hiesige B-Jugend spielt gegen eine bunt gewürfelte Gästemannschaft, Fischköpp gegen Antons, wie immer, weißt du doch! Diesmal machen drei Jungs von uns mit. Isodora hat mich quasi zwangsverpflichtet, mit ihr gemeinsam die Friesenhof-Fahne zu schwingen ... Komm doch auch!«, fügte ich rasch hinzu, als ich die Enttäuschung in Finns sommersprossigem Gesicht bemerkte.

»Um Fußballgott Jan live und in Farbe zu erleben? Pah! Ohne mich! Ich kann diesen Typ nicht ab! Alle denken, er wird der nächste Messi, die hiesige Presse überschlägt sich vor lauter Lobeshymnen! Dabei ist er der größte Macker Ostfrieslands ... hast du doch selbst erlebt!«

Finn war aufgesprungen und zog mich ebenfalls hoch. Für einen Moment standen wir uns gegenüber, ganz dicht, und ich konnte sehen, dass ihm kleine Schweißperlen auf der

Oberlippe standen, so heiß war es. Er roch nach Erdbeereis und ein bisschen nach süßer Sahne, die Haare standen wie immer in sämtliche Richtungen ab. Seine dunklen Augen guckten mich forschend an, als würde er immer noch nicht kapieren, warum ausgerechnet ich zum Fußballspiel ging, wo ich mich doch nur für Pferde interessierte.

»Ich muss …« Ich nickte ihm zu, bevor ich zu Hauke lief, der ein paar Grashalme zupfte und alles andere als erfreut darüber war, dass ich ihm nun wieder den Sattelgurt festzurrte.

Als ich auf den Friesenhof kam, herrschte dort immer noch Mittagsruhe. Isodora döste vor sich hin, die Badelatschen hatte sie sich von den Füßen gestreift und es sich in ihrer vollen Leibesfülle in ihrem Strandkorb auf der Wiese hinterm Haus bequem gemacht. Ganz zufrieden und entspannt wirkte sie, wie sie da vor sich hin schnorchelte und dabei ein leises Lächeln über ihr rundes Gesicht huschte. Ganz anders als meine Mutter, schoss es mir durch den Kopf, die eher wie ein Streichholz auf Urlaub gewirkt hätte, wenn sie überhaupt jemals für eine halbe Stunde die Augen geschlossen hätte. Das schwere Amulett um Isodoras Hals hob und senkte sich bei jedem Atemzug auf ihrem üppigen Dekolleté. Fasziniert guckte ich zu und bemerkte, wie ich mich bei diesem Anblick selbst entspannte. Sanft drückte ich ihr einen Kuss auf die Wange, dann legte ich mich auf die Liege daneben und schlief ebenfalls ein.

»Was tut man nicht alles für seine Gäste«, stöhnte Isodora, als wir uns abends Richtung Fußballplatz auf den Weg machten. Sie trug die blau-weiße Fahne mit dem Friesenhof-Logo unterm Arm.

»Pass nur auf, dass du Geert Friedrich nicht im Sonnenuntergang sitzt, mit dem Kerl ist nicht gut Kirschen essen«, meinte Piet kopfschüttelnd, als wir ihm Tschüss sagten.

»Wieso?«, hakte ich neugierig nach.

»Geert is'n oller Smeerbüddel!«, sprang ihm Isodora zur Seite. »Niemand möchte gerne mit ihm etwas zu tun haben. Leider ist er der einzige Trainer hier. Und seine Wäscherei ist unschlagbar günstig! Deswegen sind wir auf ihn angewiesen. Kein Wunder, seine Frau und die Töchter schuften sich ja auch zu Tode ...«, fügte sie leise hinzu.

»Sei dir sicher, ich prüfe jeden Beleg von dem Pennschieter! Und wenn er sich nur um einen Cent verrechnet, ist es zappenduster. Nicht mit mir! Und wegen seinem Jung hatten wir ja genug Ärger!« Piet hatte sich in Rage geredet und einen roten Kopf bekommen.

»Die beiden haben noch eine alte Rechnung offen ...« Meine Tante verzog ihr Gesicht und schüttelte sich. »Geert ist ein unangenehmer Zeitgenosse, wirklich. Aber Fußball spielen nun mal alle Jungs gerne und er ist der einzige Trainer in der Gegend, alle sind froh, dass er in dieser Saison wieder hier ist. Obwohl er mit seinen Spielern nicht zimperlich umspringt. Vor allem nicht mit seinem Sohn! Jan soll mal Profispieler werden, dabei hat der nur Mädchen im Kopf ...«

»Aber ihr seid für unsere Mannschaft! Das wird ihn ärgern! Wehe du jubelst für Jan, lass dich von dem man nicht um den Finger wickeln!« Piet zwinkerte mir zu. »Einer von unseren Gästen spielt bei Darmstadt 98 in der Jugend. Der wird ihm zeigen, wo das Leder hingehört, da kannste drauf wetten!« Er grinste zufrieden, bevor er sich die Fernbedienung schnappte und es sich im Sessel gemütlich machte. Er hatte vor, eine Boßel-Live-Übertragung im Regionalfernsehen zu gucken, ganz bequem mit einem Bier in der Hand und mit Wiederholungen und Zeitlupe ...

Kurz darauf standen Isodora und ich zwischen lauter jubelnden Fußballfans aus ganz Deutschland am Spielfeldrand, die Stimmung war grandios. Jan sprintete über den Platz, er musste ständig in der Abwehr aushelfen, weil der 98er in Tornähe brandgefährlich war. Jan wurde von drei Spielern gleichzeitig gedeckt, spielte sich aber so oft wie möglich frei, was unglaublich schwer war. Egal, was er versuchte, Jan hatte kaum eine Chance, Tore zu schießen, weil er ständig daran gehindert und einmal sogar gefoult wurde. Andererseits kam auf diese Weise das Spiel nicht in Gang und verlief ziemlich langweilig, auch wenn Jan und der 98er sich ein atemberaubendes Duell um den Ballbesitz lieferten. Trotzdem tobte die Menge, als handele es sich um die Weltmeisterschaft und nicht um ein popeliges Freundschaftsspiel in einem kleinen Ferienort an der Nordseeküste. Kurz vor Spielende stand es 1:0 für die Gäste, weshalb die Stimmung erst recht hochkochte. Wildfremde Menschen aus ganz Deutschland lagen sich in den Armen und feierten bereits den Sieg ihrer bunt zusammengewürfelten Mannschaft.

Da gelang es Jan mit einem energischen Lauf, sich freizuspielen und mit einem gelungenen Fallrückzieher den Ausgleich zu erzielen. Als er dann sogar noch einen Eckstoß in ein Tor verwandelte, gab es kein Halten mehr. Kurz darauf wurde das Spiel abgepfiffen.

Alle jubelten! Die Fischköppe hatten gewonnen!

Geert tobte wie Rumpelstilzchen am Spielfeldrand. Obwohl seine Jungs gewonnen hatten, war er mit deren Leistung sichtlich unzufrieden.

Lena und die Hühner tanzten wie Cheerleader und klatschten wie verrückt.

Die Jungs trugen Jan stolz in ihrer Mitte über den Spielfeldrand. »Hast du gesehen, wie ich den abgeledert habe?« – »Den Antons haben wir es aber gezeigt!« – »Keine Chance für Nulpen!« – »Wir sind die Mannschaft!« – »Ey, was für Heulsusen!«, dröhnten ihre Sprüche zu uns rüber.

Angewidert drehte ich mich ab und spürte Isodoras prüfenden Blick auf mir.

»Na komm, spendieren wir unseren Jungs 'ne Runde Eis, das haben sie sich verdient«, sagte sie. »Meinst du, Finn hat noch ein paar Portionen für uns übrig?«

In dieser Nacht schlich ich mich später noch heimlich zu Hauke in den Stall, nachdem es auf dem Hof ruhig geworden war, weil ich wieder einmal nicht einschlafen konnte. Der Schimmelhengst begrüßte mich mit einem sanften Schnauben und stupste mich auffordernd in den Bauch.

»Na du«, begrüßte ich ihn und kraulte ihn am Schopf, »sag bloß, wir sollen schon wieder ausreiten?«

Zur Antwort schnaubte er mir sanft ins Gesicht. Ich schaute ihm prüfend in die Augen.

»Was sollen wir da draußen, he? Kein Vollmond, keine Flut, dir wird langweilig sein ...« Trotzdem führte ich ihn leise auf den Hof und schwang mich auf seinen Rücken, im Schlafzeug und barfuß, wie ich war, nachdem ich ihm die Trense über den Kopf gestreift hatte. In Gedanken versunken gab ich Hauke die Zügel hin, wie von selbst schlug er den Weg zum Fußballplatz ein. Das merkte ich erst, als er einfach am Zaun stehen blieb.

»Verrückter Kerl!«, flüsterte ich und sprang ab. Die Kiesel unter meinen Füßen piksten. »Was willst du hier?«

Jetzt, im Dunkeln, wirkte alles gespenstisch ruhig und leer im Gegensatz zu heute Abend, als Anfeuerungsrufe hin und her schallten und Geert Friedrichsen auszurasten drohte, wenn Jan das Tor wieder einmal um Haaresbreite knapp verfehlt hatte. Hauke widmete sich den saftigen Grasbüscheln am Spielfeldrand, während ich über den Rasen lief. Im Mittelfeld blieb ich einfach stehen und sah mich um, mich fröstelte. Es war höchste Zeit, wieder nach Hause zu reiten und endlich ins Bett zu gehen.

Da erhob sich hinten bei den Bänken eine Gestalt und kam langsam auf mich zu.

»Das muss Schicksal sein!«, begrüßte mich Jan und grinste mich breit an.

»Und du glaubst noch an Klabautermänner, was?« Ich schenkte ihm einen abschätzigen Blick und wollte mich auf Hauke schwingen, der seine Ohren spitzte, als würde er uns zuhören. Jan sollte bloß nicht merken, wie sehr er mich durcheinanderbrachte. Doch er hielt meine Hand fest.

»Lass mich los!«

»Und wenn nicht?«

»Du kannst mich mal!«

Jan hielt mich immer noch fest. Seine Hand fühlte sich warm an, wie in jener Nacht, als ich dicht an ihn geschmiegt den weiten Weg durchs Watt nach Hause geritten war. Jan musterte mich aufmerksam, als sähe er mich zum ersten Mal. Sein Blick ging mir durch und durch, und ob ich es wollte oder nicht, spürte ich, wie meine Knie wackelten. Das ging nicht gut hier, dieser Angeber lächelte mich viel zu süß und lieb an. Mein Herz funkte Seenot, Gefühlswellen schlugen über mir zusammen. Es war längst verloren.

»Kein gutes Match heute«, wechselte er plötzlich das Thema und es hörte sich an, als ob er den ganzen Abend schon über seine mäßige Leistung nachgedacht hatte, obwohl er schließlich doch noch zwei Tore gemacht und seiner Mannschaft zum Sieg verholfen hatte.

»Ihr habt gewonnen, das allein zählt.«

Wie weich und verletzlich er plötzlich wirkte, ganz anders als gerade eben noch. Vom Sprücheklopfer keine Spur mehr. Wie am Leuchtturm.

»Nein, das ist nicht alles, was zählt. Die waren nicht aufeinander eingespielt und unerfahren. Und der eine Superkicker hatte ein viel zu leichtes Spiel ... wir hätten viel höher gewinnen müssen!«, sagte er leise und rieb sich die Schläfen.

»Wer sagt das, etwa euer Trainer? Ihr habt toll gespielt, vor allem du!« Ich schüttelte verwundert den Kopf und verstand nicht, was er meinte.

»Du hast ein hübsches Pferd. Er wirkt so ... geschmeidig ... und athletisch«, wechselte Jan abrupt das Thema, ohne auf meine Frage einzugehen. Meine Hand hatte er losgelassen. Beinahe zärtlich strich er über Haukes Fell, das hell im Mondlicht schimmerte, fuhr sanft die Konturen seiner Flanke nach. Der tat, als würde es ihm nichts ausmachen, mitten in der Nacht begutachtet zu werden, was mich sehr verwunderte, Hauke ließ sich nicht von jedem anfassen.

»Hauke gehört mir nicht. Er steht auf dem Friesenhof ...«

»Ich weiß, ich lebe hier, schon vergessen?« Jan blickte mich spöttisch an.

»Dann weißt du ja auch, wo du noch mehr Pferde streicheln kannst!«, antwortete ich so cool wie möglich und schwang mich sehr lässig auf Haukes Rücken.

»Hey, lässt du mich mal auf ihm reiten?« Jan hielt Hauke am Zügel fest.

»Hauke ist kein Schulpferd!«, antwortete ich knapp.

»Bitte!« Er schaute mich durchdringend an. »Weil ich es bin!«

Ich schluckte.

»Na gut«, hörte ich mich dann zu meiner eigenen Verwunderung sagen. »Morgen am Oststrand!«

»Ich bin da, versprochen!« Jan grinste und gab Hauke zum Abschied einen aufmunternden Klaps auf die Flanke. Das hätte er besser nicht tun sollen. Hauke bäumte sich auf, stieg mit den Vorderhufen in die Luft und schoss dann wie ein Komet durch die Nacht zurück nach Hause auf den Friesenhof.

6

Aufgeregt wie noch nicht einmal vor einer Klassenarbeit ging ich am nächsten Morgen zu Hauke. Als wartete er nur wie ich darauf, Jan wiederzusehen, wieherte er mir ungeduldig entgegen und stupste mich zur Eile an. So schnell wie nur irgendwie möglich, hatte ich Isodora beim Frühstücksgeschäft geholfen, in Windeseile die Tische abgeräumt und mich um die anfallende Wäsche gekümmert. Meine Tante hatte mich nur mit einem amüsierten Blick bedacht, als ich mir einen Apfel von der Anrichte schnappte und eilig nach draußen verschwand.

Ich putzte Hauke nur flüchtig die dreckverkrustete Flanke und beeilte mich mit dem Satteln, ich wollte Jan auf keinen Fall verpassen. Wir hatten ausgemacht, uns am Oststrand bei den Muschelbänken zu treffen, dort waren immer nur wenige Menschen unterwegs. Mit klopfendem Herzen wollte ich gerade vom Hof reiten, als mir Lena entgegenkam. Ausgerechnet sie.

»Das ist aber ungünstig«, sagte sie statt einer Begrüßung mit süffisanter Stimme und verstellte mir einfach den Weg. »Ich wollte nämlich heute mal Hauke reiten!« Dabei schnickte sie ihre langen blonden Haare nach hinten.

»Hauke ist kein Schulpferd!«, antwortete ich so ruhig wie möglich. Alle wollten gerne auf Hauke reiten, weil er ein so außergewöhnliches Pferd war und so geschmeidig ging, das war nichts Neues für mich, ein bisschen schmeichelte es mir auch. Jeder auf dem Friesenhof wusste, wie schwierig er zu reiten war. Ich bezweifelte, dass Lena mit ihm zurechtkommen würde, sie war eine unsensible, ungeschickte Reiterin mit wenig Einfühlungsvermögen. Sie war auch Seglerin und manchmal kam es mir so vor, als wisse sie nicht, ob sie jetzt in einer Jolle saß oder auf einem Pferderücken. Bei ihr verweigerte sich bisweilen selbst der geduldige Kusmi. Deswegen konnte ich mir nicht vorstellen, dass Piet ihr erlaubt haben sollte, Hauke zu reiten. Und schon gar nicht während der Zeit, in der ich hier auf dem Friesenhof weilte. Mal abgesehen davon, dass sie die eingebildetste Ziege des Universums war und selbst Piet sie nicht leiden konnte, Bürgermeisterinnentochter hin oder her.

»Hat mir dein Onkel aber versprochen.« Lena funkelte mich mit zusammengekniffenen Augen an.

»Glaube ich nicht.«

»Glaubst du aber wohl.« Lena reckte schnippisch ihr Kinn in meine Richtung und guckte mich provozierend an.

Ich atmete tief durch.

Lena sollte bloß nicht merken, dass mir mein Herz bis zum Hals klopfte. Was, wenn Piet es Lena wirklich angeboten hatte? Oder sie es ihm abgetrotzt hatte? Wenn eine wie sie sich etwas in den Kopf gesetzt hatte, ließ sie sich so schnell auch nicht davon abbringen. Auch Piet war dem nicht gefeit. Das war damals so gewesen, als sie bei den Ferienspielen die Nixe sein wollte – wie wir Mädchen *alle*. Oder als sie beim Wattwagenrennen unbedingt bei Piet vorne auf dem Kutschbock sitzen musste. Oder als es letztes Jahr darum ging, ganz dringend auf Kusmi Westernreiten zu lernen.

»Glaube ich nicht!«, rief ich und trieb Hauke an, direkt auf sie zu.

»So eine wie du macht mir keine Angst! Du gehörst sowieso nicht hierher!«, rief sie, sprang dann aber doch erschrocken zur Seite, als ich mit Hauke an ihr vorbeipreschte. »Blöde Stadttussi!«, hörte ich sie hinter mir herbrüllen, doch da war ich schon um die Ecke verschwunden. Wenn es stimmte, was sie behauptete, würde ich später Ärger bekommen.

Ich ließ Hauke in einen lockeren Trab fallen und umrundete den Ortskern in einem weiten Bogen. Bei dem leichten Nieselregen waren sämtliche Touristen zum Shoppen unterwegs. Normalerweise ritt ich mitten durch das Dorf die Hauptstraße entlang, wenn ich zum Oststrand wollte, weil es der kürzeste Weg war. Aber heute hatte ich keine Lust auf Menschen, die mich als Schimmelreiterin beklatschten oder Hauke bewunderten. Ich wollte einfach nur Jan wiedersehen, und zwar so schnell wie möglich.

Der Wind hatte sich jetzt gedreht, fröstelnd zog ich meine Weste zu. Hauke schien zu wissen, wohin ich wollte, wie von selbst schlug er jetzt den schmalen Pfad zwischen den Häusern ein. Dann ging es noch ein Stück hinter den Dünen entlang, bevor das Meer sich vor uns öffnete und sich links und rechts von uns der Strand unendlich weit erstreckte.

Ich zügelte Hauke und stützte mich auf den Sattelknauf. Dieser Anblick war jedes Mal atemberaubend schön, überwältigend, egal, ob die Sonne vom strahlend blauen Himmel schien oder es regnete so wie heute und alles grau verhangen war. Das Tosen der See vermischte sich mit dem Kreischen der Möwen, der Wind pfiff mir sein Lied um die Ohren. Glücklich atmete ich die würzige Seeluft tief in meine Lungen und ließ meinen Blick in die Weite schweifen. Und als ob Hauke spüren würde, was in mir vorging, hielt er still, bis ich satt war von diesem Moment.

Langsam ritt ich runter auf den Strand, der Wind peitschte mir den Regen nun immer heftiger ins Gesicht.

»Na komm, reiten wir ihm ein Stück entgegen!«, ermunterte ich mich selbst und trieb Hauke an, dem das schlechte Wetter nichts auszumachen schien. Als wäre er mit dem Sand verwoben, trabte er locker durch die auslaufenden Wellen, die Gischt sprühte bis in mein Gesicht. Suchend hielt ich dabei Ausschau nach Jan – der immer heftiger werdende Regen nahm mir die Sicht. Schon meinte ich ihn vorne am Spülsaum auszumachen, doch bei genauerem Hinsehen entpuppte der dunkle Schatten sich als ein Stück Treibgut. Bei dem miesen Wetter war kaum jemand unterwegs. Irgendwann drehte ich um, ritt noch mal die andere Seite der Bucht ab, doch Jan kam und kam nicht.

Völlig durchnässt und frustriert kehrte ich auf den Friesenhof zurück. Ich rieb Hauke mit Stroh trocken, zum Glück war er nicht empfindlich. Mir selbst war kalt, aber das kam mehr von innen, selbst eine heiße Dusche taute mich nicht auf. Ich hatte mich gerade mit einer Tasse Friesentee in die gute Stube verzogen, da wehte Mareike herein.

»Moin, moin! Wo geit di dat?« Sie nahm sich einfach einen Becher aus der Anrichte und schnitt sich ein großes Stück Rosinenstuten ab. Ohne meine Antwort abzuwarten, fing sie an zu quasseln.

»Wie findest du das: Ich will Brian unsere Lieblingssongtexte in ein kleines schwarzes Büchlein schreiben, hab schon im Netz nachgeschaut ... Ist das nicht die romantischste Idee ever?« Sie schaute mich erwartungsvoll an und ich brachte es nicht übers Herz, sie zu fragen, ob ein so dunkel gekleideter Typ mit Vorliebe für Gothic Rock und Dark Wave überhaupt rosarote Gefühle aufbringen konnte. Stattdessen hörte ich mich sagen: »Vergiss nicht, stahlblaue Tinte zu nehmen, wenn das eure gemeinsame Lieblingsfarbe ist!«

»Geht klar! Und dann müssen wir auch mal wieder in die Dünen, zum Sonnen. Nur du und ich!« Mareike stupste mich in die Seite und kicherte.

Unwillkürlich musste ich grinsen. Seit wir uns kannten, gingen wir, so oft es das Wetter und die Arbeit auf dem Friesenhof es mir erlaubten, zu unserem Lieblingsplatz. Weitab vom Hauptstrand, tief in einer Kuhle, vom Strandhafer gut versteckt, zogen wir uns komplett nackt aus und ließen uns von der Sonne unsere Haut und Popos wärmen. Niemand wusste davon, wir hatten uns gegenseitig allertiefste Verschwiegenheit geschworen und fühlten uns wunderbar kribbelig und leicht dabei. Als wir um die elf, zwölf waren, hatte mir Mareike an jenen Nachmittagen gestanden, dass sie sich immer so komisch fühlte, wenn sie Pärchen beim Küssen beobachtete. Ich wiederum hatte ihr anvertraut, dass ich mir oft ein Kissen auf die Ohren drückte, wenn meine Mutter nicht alleine schlief und Geräusche aus ihrem Zimmer kamen, von denen ich nicht wusste, ob sie mich anmachten oder störten. Was genau es damit auf sich hatte, wusste ich seit der vierten Klasse und seitdem fand ich es einfach nur peinlich. Weil es meine Mutter war.

»Ich glaube, Brian will mehr ... und ich auch«, flüsterte Mareike in ihre Teetasse und ich verschluckte mich an einem Bissen Rosinenstuten.

»Echt? Wie kommst du darauf?« Ich spülte schnell mit Tee hinterher.

»Er macht ständig so Andeutungen … und die Art und Weise, wie er mich küsst und anfasst.« Sie lächelte verzückt und ich schluckte abermals.

Da saß meine beste Freundin, schwärmte mir von ihren ersten Erfahrungen mit Jungs vor – und ich fühlte mich so jungfräulich dabei wie eine Pfuhlschnepfe. Schlimmer noch: Ich war so dämlich gewesen, auf einen wie Jan hereinzufallen, und war vorhin sogar extra wegen ihm im strömenden Regen an den Oststrand geritten. Alles nur, weil er gestern so weich wirkte und von Hauke schwärmte! Wahrscheinlich saß er jetzt zu Hause, Arm in Arm mit Lena, und lachte sich kringelig über mich. Eigentlich wäre das der Moment gewesen, Mareike alles zu erzählen.

Doch ich hörte nur weiterhin zu, wie sie begeistert von ihrem gemeinsamen Shopping-Trip in Hamburg vorgestern berichtete, wo sie im Szene-Laden die geilsten schwarzen Klamotten gekauft hatten und Brian sich drei neue Piercings an der Augenbraue hatte stechen lassen.

»Und, lässt du dir jetzt auch welche machen?«, fragte ich, halb amüsiert, halb neugierig. So verliebt, wie meine Freundin war, traute ich ihr alles zu.

»Nicht an der Augenbraue.« Mareike grinste verlegen und jetzt lief ich wirklich rot an.

»Hast du schon Finn im neuen Anker besucht? Du musst unbedingt seine Dessertkreationen testen, die sind köstlich«, wechselte ich schnell das Thema.

»Wir können ja demnächst mal gemeinsam hin«, schlug Mareike vor, bevor sie vielsagend hinzufügte: »Heute Abend bin ich schon mit Brian zum Sonnenuntergang in den Dünen verabredet …«

Nach einer unruhigen Nacht mit leichtem Schlaf und einem endlos langen Frühstücksgeschäft, weil die Gäste alle in Plauderlaune waren, sattelte ich am nächsten Morgen Hauke für einen Ausritt. Die Sonne stand strahlend am blauen Himmel, als hätte sie gestern nur für einen Tag Urlaub gemacht. Ich ließ mich auf Haukes Rücken im gemächlichen Schritt über die Moorwiesen und vorbei an den Erdbeerfeldern tragen. Tief an seinen Hals geschmiegt, hatte ich mein Gesicht in seiner Mähne vergraben und hielt die Augen geschlossen, träumte vor mich hin, die Nase voller Pferdegeruch. Hauke ging vorsichtig, als wollte er mich in den Schlaf schaukeln, während der Wind mit meinen Haaren spielte und mir die Sonne den Rücken wärmte.

Als ich nach einer gefühlten Ewigkeit endlich wieder die Augen aufmachte, fand ich mich auf dem Dünenweg Richtung Oststrand wieder.

»Du meinst, wir sollen diesen Weg zurück nehmen? Spinner!« Ich klopfte Hauke den Hals und griff die Zügel fester. Sofort galoppierte Hauke los, ich spürte, wie sich sein kräftiger Körper unter mir streckte, seine Hufe flogen über den Strand.

Diesmal schloss ich nicht die Augen. Diesmal richtete ich meinen Blick nach vorne. Deswegen bemerkte ich auch, wie ein Jogger direkt Kurs auf unsere Bahn hielt und kurz bevor wir ihn beinahe über den Haufen geritten hätten, die Arme ausbreitete. Es war Jan, der uns in kurzer Hose und grünem Sportshirt den Weg versperrte.

»Hohoho!«

Hauke bäumte sich wiehernd auf und blieb einfach stehen, anstatt vorbeizugaloppieren, wie er es bei jedem anderen gemacht hätte.

»Spinnst du? Das kannst du doch nicht bringen!«

»Und wenn doch?« Jans Augen blitzten mich unternehmungslustig an. Er hatte in Haukes Zügel gegriffen.

»Du kannst mich mal! Lass Hauke los ...«

»Kein Bock!«

»Blödmann!« Ich wollte Hauke mit aller Kraft antreiben, doch ich hatte keine Chance. Mein eigensinniges Pferd hatte beschlossen, lieber Jan zu gehorchen anstatt mir, und tänzelte wie ein Fohlen herum, sodass ich in einem unbedachten Moment aus dem Sattel rutschte.

»Hoppla!« Jan fing mich auf.

»Lass mich los!« Ich nahm ihm die Zügel aus der Hand und befreite mich aus seinem Griff.

»Verstehe. Die Dame ist sauer auf mich, weil ich unsere Verabredung nicht eingehalten habe.« Jan fuhr sich grinsend durch seine Haare.

»Stimmt.«

»Sorry, mir ist etwas dazwischengekommen ... und ich hatte keine Telefonnummer von dir ... kannst du mir noch mal verzeihen?« Er hatte sich gebückt und hielt mir mit einem verschmitzten Lächeln ein Sträußchen Blasentang unter die Nase. Fehlte nur noch, dass er einen Kniefall machte.

»Blödmann!« Ich schmiss das Grünzeug nach ihm, musste aber dabei grinsen. Wie süß war das denn?

»Also ich finde, so allmählich könntest du mal etwas Netteres zu mir sagen!«, meinte er lächelnd. »Schau, dein Pferd mag mich auch!«

In der Tat war Hauke, der alte Verräter, dabei, Jans Arm ausgiebig abzuschnuppern.

»Gehen wir ein Stück?«, fragte er und zog mich einfach

mit sich. Hauke trottete hinter uns her, als wäre er damit einverstanden.

Wir liefen barfuß durch die Wellen, ab und zu spritzte das Wasser an meine Arme. Ich wusste nicht, was ich sagen sollte – und Jan schwieg.

»Bist du eigentlich öfter auf dem Friesenhof?«, fragte Jan nach einer Weile.

»Jede Ferien!«

»Und warum habe ich dich vorher nicht getroffen?«

»Vielleicht, weil ich kein Fußball spiele?«, fragte ich grinsend und zwirbelte eine Haarsträhne zwischen meinen Fingern.

Prompt reagierte er auf mein Stichwort und fing an, ausführlich von seinen Pokalen, Medaillen und gewonnenen Meisterschaften zu erzählen.

»Für dich gibt's wohl nichts außer Fußball?«, rutschte es mir heraus. Unwillkürlich musste ich an Finn denken, der zwar stundenlang über die Zubereitung seiner Desserts referieren konnte, sich aber zudem für Pferde, Kino und Musik interessierte. Mit Finn konnte man sich über alles Mögliche unterhalten, er wusste zu allem etwas zu sagen und hatte immer eine eigene Meinung, egal, ob es um die Wahl der Bürgermeisterin ging, Horsemenship oder den neusten Song von Eminem. Jans Leben dagegen schien nur aus Fußball zu bestehen, doch das schien ihn nicht froh zu machen. Denn mitten in seiner Erzählung über spezielle Trainingseinheiten und das von seinem Vater abverlangte Durchhaltevermögen hielt er plötzlich in seiner Erzählung inne. So wie gestern.

»Fußball ist mein Leben.« Jan war stehen geblieben und strich sich die Haare aus der Stirn.

»Verstehe.« Unsere Augen trafen sich.

»Wirklich?« Jans Stimme klang weich, ganz anders sonst, wenn er seine derben Sprüche absonderte.

»Klar, warum nicht?« Ich lächelte ihn an. »Ich meine, Pferde sind *mein* Leben, Hauke bedeutet mir alles! Ich war dabei, wie er auf die Welt gekommen ist, ich denke jeden Tag an ihn, wenn ich in Hamburg bin, und ich verbringe hier jede freie Minute mit ihm ... Ich hab zwar keine Ahnung von Fußball, aber ich weiß, wie es ist, wenn man für eine Sache brennt.«

In diesem Moment begann Hauke, hinter uns unruhig zu werden, was an einem frei herumjagenden Dackel lag, der uns hechelnd entgegengerannt kam. Obwohl am Strand zur Hauptsaison Leinenpflicht herrschte.

»Komm, gehen wir zurück«, schlug ich Jan vor. »Willst du jetzt ein Stückchen reiten?«

»Gerne!« Er lächelte mich dankbar an und zu meiner Verwunderung ließ Hauke es geschehen, dass Jan auf seinen Rücken kletterte. Ganz vorsichtig, als trüge er eine besondere Fracht, setzte er einen Huf vor den anderen und muckte kein bisschen, als ihm Jan aus Versehen seine Ferse in die Flanke rammte.

Von nun an trafen wir uns jeden Tag am Oststrand, wann immer ich mich vom Friesenhof davonstehlen konnte. Heimlich natürlich, denn niemand sollte wissen, dass ich mich ausgerechnet mit Jan Friedrichsen angefreundet hatte und ihn auf Hauke – meinem Hauke! – reiten ließ. Bei mir zu Hause sollte das niemand wissen und natürlich erst recht nicht Lena. Die würde mir die Hölle heißmachen, weil sie offensichtlich auch in Jan verknallt war.

Zu Isodoras Verwunderung stand ich jeden Morgen noch früher auf als sonst und erledigte in aller Eile mein Pensum im Haus und im Stall. Sobald die letzten Handgriffe getan waren, sattelte ich Hauke und ritt zu unserem Treffpunkt, wo Jan meistens schon auf mich wartete und mir freudig entgegenkam. Dann liefen wir am Strand entlang und erzählten uns gegenseitig die Neuigkeiten vom Tag und Jan lachte sich jedes Mal halb tot, wenn ich die neusten Schoten von dem ulkigen Horst aus Halle zum besten gab, der seit ein paar Tagen seine Stute Walhalla bei uns eingestellt hatte und die Reitkünste eines Mehlsackes beherrschte. Oder von der sauertöpfischen Anna, die in aller Herrgottsfrühe auf ihrer Moonlight vom Hof klapperte und man nicht wusste, waren es die Hufe oder ihre Knochen, die diese Geräusche machten.

»Du hast es gut«, sagte Jan, »bei dir ist immer so viel los! Wenn ich mal etwas anderes mache außer Fußball, gibt es Stress mit meinem alten Herrn. Liegestütze, Sprints, Dribblings ..., das volle Programm tagein, tagaus.«

Interessiert hörte ich ihm zu, er wirkte während unserer Spaziergänge am Strand ganz anders als auf dem Fußballplatz. Wenn Jan auf Hauke ritt, gab es den Angeber und Sprücheklopfer nicht. Dann war er ein liebenswerter, sensibler Typ, der einfühlsam mit meinem Pferd umging und es sichtlich genoss, auf dessen Rücken über den Wattboden getragen zu werden.

Hauke wiederum wirkte so frisch und vital wie nie, auch wenn wir mehrmals täglich ausritten und er Jan als Schulpferd diente. Bei jedem anderen wäre er durchgegangen, hätte so lange gebuckelt oder getänzelt, bis sein Reiter aufgegeben hätte, selbst von Finn ließ er sich ja kaum bändigen. Aber von Jan. Bei ihm erkannte ich mein Pferd kaum wieder. Es schien ihm nichts auszumachen, dass dieser ihm am Gebiss zerrte oder unsanft seine Hacken in die Flanke bohrte. Wenn sie unter meinen Kommandos Trab und Anhalten übten, ertrug Hauke Jan mit Sanftmut und einer stoischen Gelassenheit, die mich immer wieder beeindruckte. Überhaupt schien es mir mehr als besonders, wie einfühlsam Jan als Reiter war und welche unglaublichen Fortschritte er in dieser kurzen Zeit machte, in der ich ihm auf Hauke Unterricht gab. Auf meine Frage hin, ob er denn schon früher mal mit Pferden zu tun gehabt habe, antwortete er ausweichend, dass er als Knirps auf den Ponys bei seinem Opa geritten sei, bis ihn sein Vater in den Fußballkader gesteckt hatte. Reiten – das sei doch Mädchenkrams ...

Ich war gerne mit Jan zusammen, obwohl ich selbst erlebt hatte, wie rücksichtslos und gemein er sich verhalten konnte. Und obwohl er eigentlich mit Lena was am Laufen hatte.

Ich konnte ihm stundenlang zugucken, wenn er auf Hauke ritt, auch wenn er beim Aussitzen nicht immer eine gute Figur machte.

Ich hörte ihm gerne zu, wenn er von seinen Fußballcamps erzählte und mit wem er schon alles gemeinsam trainiert hatte.

Ich liebte es, neben ihm am Strand barfuß durch die Wellen zu laufen.

Ohne es zu wissen, hatte ich mich hoffnungslos in ihn verliebt.

7

Isodora machte sich Sorgen um mich. Sie brauchte es nicht zu sagen, ich merkte es an ihren Blicken, die mich aufmerksam musterten, wenn ich von einem meiner vielen Ausritte mit Hauke zurück in ihre Küche kam. Ich merkte es an der Extraportion Milchreis mit Zimt, den sie mir zum Nachtisch hinstellte. An ihren vorsichtigen Fragen danach, ob es mir in Hamburg auch wirklich gut ging. Und ob ich mich nicht in diesem Sommer ziemlich alleine fühlen würde, weil ich vielleicht Streit mit meinen Freunden hätte?! Letzteres meinte sie in Anspielung darauf, dass ich dauernd alleine ausritt und sich weder Finn noch Mareike wie sonst immer auf dem Friesenhof blicken ließen.

Die Fragen nach meinem Hamburger Alltag ohne Pferde und Stall hatten wir in den vergangenen Jahren ausgeklammert und ich verdrängte diesen Gedanken nur allzu gerne. Wenn ich zu Hause jeden Tag zur Schule gehen und meine Hausaufgaben erledigen musste, blieb mir oft keine Zeit für meine brennende Sehnsucht nach Hauke, den endlos langen Ausritten und der salzigen Nordseeluft – nach dem erhabenen Gefühl, auf Haukes Rücken sicher die Gegend zu erkunden, stundenlang und völlig frei. Und wenn ich hier war, vergaß ich, dass ich den größten Teil meines Lebens zwischen Hochhäusern, Straßen und Schulbüchern verbringen musste.

Ab und zu erzählte ich meiner Tante von der Schule und

meinem Trouble mit dem Englischlehrer, aber ansonsten galt auf dem Friesenhof: Ferien sind Ferien! Ich hatte niemals Schulzeug dabei, um noch für irgendwelche Fächer zu lernen oder ein Referat vorzubereiten. Und schon gar nicht erzählte ich von Vanessa, Julia und Pilar oder jemandem wie Eliyah, der mir bis heute nicht auf meine Nachricht geantwortet hatte.

Dafür hatte ich jedes Mal ein schlechtes Gewissen, wenn ich mich wieder heimlich Richtung Oststrand davonmachte. Schließlich konnten meine Tante und mein Onkel Jan nicht leiden und es ging auch niemanden etwas an, dass ich verliebt war. Ich hoffte, sie dachten sich nicht allzu viel dabei. Denn eigentlich war es nichts Ungewöhnliches für mich, alleine auszureiten und die Gegend zu erkunden. Auf diese Weise hatte ich sommerlang die Felder hinter dem Friesenhof und die Moorlandschaft durchstreift, mich heimlich an Erdbeeren satt gefuttert, Fasane und Kaninchen von Weitem beobachtet, bevor Hauke sie mit seinen kräftigen Huftritten aufscheuchte. Genauso oft war ich natürlich auch mit Finn und Mareike ausgeritten, stundenlang, nachmittagelang. Ich fühlte mich hin- und hergerissen und verbrachte meine Ferientage wie in einer Nebelbank. Ich unterstützte Isodora und Piet bei der täglichen Arbeit so weit wie möglich und versuchte, mir nicht anmerken zu lassen, wie durcheinander ich war. Einerseits vermisste ich meine Freunde, die Zeit mit ihnen, das Lachen, die gemeinsamen Ausritte und die Badeausflüge zu unseren Lieblingsplätzen am Strand, das Toben in der Brandung und stundenlange Suchen nach einer besonderen Muschel.

Andererseits war ich froh, dass ich weder Finn noch Mareike von Jan erzählen musste, der mich völlig in seinen

Bann gezogen hatte. Mit dem ich am liebsten von morgens bis abends zusammen gewesen wäre, hätte er nicht ständig zum Fußballtraining weggemusst. Ich hatte nicht gewagt, ihm ein Treffen am Brunnen oder Eiscafé vorzuschlagen oder dass er mich mal auf dem Friesenhof besuchen käme. Eine innere Stimme hatte mich davon abgehalten und riet mir, unsere Verabredungen lieber geheim zu halten. Nicht nur vor seinem Vater und Piet, weil die noch eine alte Rechnung miteinander offen hatten, sondern auch vor allen anderen hier im Ort.

Aber heute ließ Isodora nicht locker. Sie ahnte etwas und wollte es wissen.

»Was ist los, Liv?«, fragte sie mich rundheraus, als wir uns zur Mittagspause in den Garten verzogen hatten. Sie in den Strandkorb mit ihrem Strickzeug, ich auf die Liege daneben. Es war ein beinahe windstiller Tag mit einem strahlend blauen Himmel. Entsprechend fröhlich war die Stimmung auf dem Friesenhof. Wetter gut, Ferien gut, das war die Glücksformel an der Nordsee und Isodora seufzte jeden Morgen zufrieden auf, wenn die Regenprognose ihrer Wetter-App gegen null Prozent tendierte.

»Spucks aus, min Deern! Ich kenne dich gut genug! Seit jener Vollmondnacht bist du so verändert ... du lachst kaum, isst wie ein Spatz, bist ständig unterwegs ... Was ist los?«

Auch wenn ich die Augen geschlossen hielt, spürte ich ihren forschenden Blick förmlich auf mir.

»Ich weiß, dass dich etwas bedrückt!« Isodora hatte sich aus dem Strandkorb geschält und kniete jetzt vor mir. Sanft streichelte sie mir eine lockige Strähne aus dem Gesicht. »Ich kenne dich gut genug ... du bist doch wie eine eigene Tochter für mich. Und es tut mir weh zu sehen, wie unglücklich du bist.«

Ich nickte. Es tat gut zu hören, was Isodora da vor sich hin murmelte, ich sog es mit jedem Atemzug ein. Andere, allen voran meine Mutter, ertrugen kaum ihre einfühlsame Art und ihre besondere Form von Nähe. Ich musste ein paar Mal schlucken, bevor ich den Mut fand, meine Tante anzuschauen und ihr alles zu erzählen. Dass ich ja gar nicht unglücklich war. Sondern irgendwie nur sehr durcheinander. Und zwischendurch auch sehr glücklich. Aber dass ich mich das nicht zu zeigen traute. Dass Jan und ich uns jeden Tag heimlich am Strand trafen und er dann auf Hauke ritt und welche Fortschritte er dabei machte. Wie sehr ich mich jedes Mal auf ihn freute und wie enttäuscht ich war, wenn er sich einmal nicht per WhatsApp bei mir meldete. Wie toll ich es fand, mich mit ihm zu unterhalten und Neuigkeiten über den Verein und seine Zukunftspläne zu erfahren. Wie stolz ich insgeheim war, als ich hörte, dass er in der übernächsten Saison in der U18-Mannschaft des DFB spielen soll. Nur wie ich ihn kennengelernt hatte und dass Hauke ihn am alten Leuchtturm vor der Flut gerettet hatte, behielt ich für mich. Das mit Lena und Jan sowieso.

Isodora schwieg eine Weile, nachdem ich meinen Bericht beendet hatte. Dann sagte sie nur: »Jan Friedrichsen also.« Isodora wirkte beinahe erleichtert, als sie seinen Namen hörte. »Aber weshalb bist du dann so bedrückt? Das ist doch ein netter Jung!«

»Weil ... weil ... er auf dem Fußballplatz so ein schrecklicher Angeber und Mädchenheld ist und nicht den besten Ruf genießt. Mareike kann ihn nicht ausstehen! Und weil sein Vater und Piet ...« Ich schluckte abermals. Befangen blickte ich meine Tante an. Nahm sie das wirklich alles auf die leichte Schulter? Jetzt, wo sie wusste, dass ich mich täglich mit dem Sohn ihres Erzfeindes traf, den zudem der ganze Ort für den grässlichsten Aufschneider aller Zeiten hielt, selbst wenn er spielte wie Messi und Ronaldo zusammen? Der Piets Fuhrwerk fahrlässig gefährdet und sich mit einer Ausrede aus der Affäre gezogen hatte?

Doch statt einer Moralpredigt atmete sie nur tief durch. Dann blickte sie mich amüsiert an. »Wenn das alles ist.« Isodora schüttelte den Kopf und ich fragte mich, was sie daran so lustig fand, wenn ich unglücklich verliebt war.

»Triff dich mit dem Jungen, hab Spaß! Du arbeitest mir hier sowieso zu viel. Wobei ich natürlich dankbar und froh über deine Hilfe bin.« Isodora hatte sich längst aufgerichtet und lächelte mir wohlwollend zu. »Jetzt, wo Mareike und Finn sich kaum noch blicken lassen, ist es doch großartig, wenn du einen neuen Freund gefunden hast.«

Neuer Freund – diese Worte gingen mir den restlichen Tag durch den Sinn, während ich Wilm beim Füttern in den Stallungen half. Wenn Isodora wüsste, wessen Freund Jan tatsächlich war.

Finn kam auf seinem Fahrrad angeschnauft und kümmerte sich missmutig um Morango, der sich unwillig auftrensen ließ. Kein Wunder, der kraftvolle Wallach stand von morgens bis abends auf der Weide und hatte sich an sein faules Leben gewöhnt! Und natürlich spürte er Finns Stress, der im Gegensatz zu sonst schlecht gelaunt und unmotiviert wirkte. Immer wieder warf er mir fragende Blicke zu und ich hatte keine Ahnung, warum. Hatte er irgendwas mitgekriegt? Nein, das konnte nicht sein. Und dennoch: So miesepetrig kannte ich meinen besten Kumpel gar nicht. Normalerweise war Finn nämlich ein Ausbund an Fröhlichkeit, der jeden mit seinem unbekümmerten Lachen ansteckte und immer einen passenden Spruch auf Lager hatte. Aber anscheinend hatte die tägliche Arbeit in der Küche aus ihm einen bleichen Grottenolm gemacht, dem das Händchen für sein Pferd abhandengekommen war.

Kopfschlagend und tänzelnd trabte Morango davon, nachdem Finn unter Aufbietung sämtlicher Kräfte endlich den Sattelgurt festgezurrt hatte. Morango neigte dazu, sich beim Satteln extra aufzupumpen, und mit dem angefressenen Weidebauch hatte Finn seine liebe Mühe, den Dorn wenigstens ins erste Loch zu fummeln, er würde später nachgurten müssen.

Seufzend blickte ich den beiden nach, wie sie über den Feldweg davonritten. Ein schlecht gelaunter Finn gefiel mir gar nicht, aber bei all der Arbeit in der dampfenden Küche war es auch kein Wunder. Gleich würde Finn am Strand im gestreckten Galopp durch die Wellen reiten und seine schlechte Laune in den Wind schießen. Erst später fiel mir auf, dass er mich überhaupt nicht gefragt hatte mitzukommen, wie er es sonst immer gemacht hatte.

Für Isodora war der Fall längst klar. »Da müssen wir was tun, min Deern«, sagte sie an dem Abend nach meinem »Geständnis« zu mir. »So geht das ja nicht weiter! Piet und Geert müssen sich endlich versöhnen und ihre alte Geschichte vergessen, damit du kein schlechtes Gewissen mehr wegen uns haben musst. Und Piet muss Jans Entschuldigung wegen des Vorfalls im Watt neulich akzeptieren, schließlich hat er sogar schriftlich und in aller Form darum gebeten. Das kann ich ja nicht mitanschauen, wie du hier herumschleichst! Wie soll ich das Camilla erklären, wenn sie kommt, um dich abzuholen, und du blass wie Weißkohl bist? Die verwechselt dich ja man glatt mit Anna! Also, wie wäre es, wenn wir hier ein großes Sommerfest für alle veranstalten?«

Sie grinste breit und ich fragte mich, seit wann sie wohl an dieser Idee herumknobelte. Gegrillt und gefeiert wurde nämlich ständig auf dem Friesenhof.

»Schaffen wir es bis Samstag? Einladungen verschicken, Tische und Stühle organisieren, Scheune dekorieren ...« Sie guckte mich erwartungsvoll an.

»Und du meinst, das hilft?« Skeptisch blinzelte ich sie an. Toll wäre es natürlich schon, wenn Piet und Geert sich wieder versöhnten und alles wieder ins Lot käme. Auch wenn ich keine Ahnung hatte, worum es ging. Und wenn ich richtig im Bilde war, würde Lena übers Wochenende auf einem Segeltörn in Kiel sein. Ich hätte also beste Aussichten, ohne Hühnergegacker zu feiern, und Jan für mich alleine ...

»Klar, ein Fest hilft immer!« Isodora stupste mich in die Seite. »Lockere Stimmung, gute Musik, leckeres Essen – du kannst das gebrauchen. Und wir auch!«

»Wenn du meinst ...«

Angsteckt von ihrem Eifer und ihrer Begeisterung, machte ich mich sofort daran, gemeinsam mit ihr das Essen fürs Büfett abzustimmen, die Gästeliste aufzusetzen und was sonst noch alles so dazugehörte. Gleich morgen würde ich gemeinsam mit Wilm die Scheune aufräumen für den Fall, dass das Wetter nicht hielt und wir bei Regen feiern müssten.

»So ein Tüddelkram«, meinte Piet, als wir ihm von unserer Idee erzählten. »Aber Geert auf unserem Fest, den will ich sehen!«

Mit Feuereifer stürzte sich Isodora in die Vorbereitungen und organisierte sogar Marco vom *Zappel* als DJ. Im Hafenrestaurant fragte sie ein Spanferkel an und Finn willigte missmutig ein, sich darum zu kümmern. Die Aussicht, den Abend am Grill zu verbringen, schien ihn nicht sonderlich zu begeistern, dabei hätte er doch froh sein müssen, endlich mal aus seiner Küche herauszukommen. Ich verstand nicht, was er hatte.

Zum ersten Mal in meinem Leben freute ich mich auf eine Party. Zu Hause in Hamburg wurde ich ja so gut wie nie eingeladen. Aufgeregt stand ich schließlich am Samstagnachmittag vor meinem Kleiderschrank und wusste nicht, was ich anziehen sollte. Jeans, T-Shirt, Sommerkleid? Nachdem ich etliche Outfits durchprobiert hatte, entschied ich mich für das schwarze Top zu einer hellen Jeans und lässige Flip-Flops. Piet lästerte gerne darüber und meinte, mit solchen Un-Schuhen könnte ich ja gleich barfuß gehen, aber er hatte ja keine Ahnung. Doch für Jan wollte ich schön sein und diese Flip-Flops waren in Hamburg aktuell angesagt, behauptete zumindest meine Mutter und die war modisch immer *up to date*.

Dann bürstete ich meine Haare sorgfältig und knetete etwas Wachs hinein, damit die Locken glänzten. Normalerweise trug ich sie zu einem Zopf gebändigt, weil es zum Reiten praktischer war.

Ob Jan kommen würde? Auf meine Einladung hin hatte er seltsam reagiert, als wüsste er nicht, ob er Zeit hätte oder nicht. Dabei war für Samstagabend unter Garantie weder

Training noch ein Spiel angesetzt, denn Isodora hatte sich vorsorglich schlaugemacht und zudem die gesamte Mannschaft eingeladen, Cederik, Florian und wie sie alle hießen – und natürlich Geert Friedrichsen, der offensichtlich sehr verwundert zugesagt hatte, aber dann in Begleitung von Frau und Töchtern auf dem Friesenhof erschien. Ohne Jan.

»Dem ollen Stinkstiefel haben wir es auf diese Weise gezeigt! Ich bin nicht nachtragend, ich bin ein ehrenwerter Mensch. Wenn er schmutzige Wäsche wäscht, bitte«, wisperte Piet mir zu. »Gleich werde ich zu ihm gehen und in aller Form erklären, dass ich Jans Verhalten neulich als Dummejungenstreich entschuldigen werde. Auch wenn mir innerlich immer noch die Hutschnur hochgeht, wie er uns alle durch sein leichtsinniges Verhalten in Gefahr gebracht hat ...«

Er winkte Isodora zu, die in ihrem bunt getupften Wickelkleid strahlend die Gäste begrüßte und jeden mit ihrer guten Laune ansteckte. Alsbald tummelten sich alle fröhlich um den Schwenkgrill herum, an dem Finn das Spanferkel drehte und drehte und immer wieder mit einer speziellen Soße bestrich, dass es knusprig über den ganzen Hof duftete. Merlin saß erwartungsvoll daneben. Piet drückte meiner Tante im Vorübergehen einen dicken Schmatzer auf die Wange, bevor er die Bürgermeisterin herzlich begrüßte. Neben ihr stand – natürlich! – die aufgebrezelte Lena, die sich offensichtlich die Party nicht entgehen lassen wollte und ihren Segeltrip kurzerhand abgesagt hatte. Ungünstig, dachte ich zerknirscht, damit hatte ich nicht gerechnet. Wie sollte ich jetzt mit Jan einen unbeschwerten Abend verbringen, wenn sie ihn in Beschlag nahm? Wenn er überhaupt kam ...

Möglichst unauffällig beobachtete ich Geert, der sich in der Tat prächtig zu amüsieren schien. Keine Spur von dem rotgesichtigen Choleriker vom Fußballplatz, der seine Spieler und allen voran Jan in Grund und Boden brüllte. Mit seinem Flensburger in der Hand stieß er mit jedem an und beinahe hätte man meinen können, er wäre selbst der Gastgeber auf dem Friesenhof und nicht Piet, so, wie er galant den Damen die Gläser auffüllte oder die Platte mit den kleinen Brezeln reichte. In diesem Moment bekam ich eine Ahnung davon, weshalb Piet und er sich nicht sonderlich gut leiden konnten. Aber ich war froh, dass die beiden offensichtlich ihr Kriegsbeil begraben hatten und der Abend friedlich verlief. Einzig Finn machte unter seinem Strubbelkopf ein missmutiges Gesicht.

»Hier, trink mal was«, sagte ich und reichte ihm ein Glas Pfirsichbowle. »Soll ich dich ablösen? Dann kannst du gucken, wer sonst noch da ist, und dir was am Büfett in der Scheune holen ...«

»Schon okay.« Finn winkte lässig ab, griff aber nach dem Glas und trank es in einem Zug leer. Dann hielt er mir ein aufgepikstes Stück Pfirsich hin. »Hier, den Plüschappel kannst du haben.« Ich schnappte danach und sagte kauend: »Solange du mir das Obst nicht auf der flachen Hand anbietest wie deinem Morango ...«

Er grinste nur schwach. Es würde wohl nicht so einfach werden, Finn aufzumuntern.

»Hast dich ganz schon aufgetakelt!«, sagte er auf einmal, nachdem wir eine Weile schweigend nebeneinandergehockt hatten. »Mit Pferdeschwanz gefällst du mir besser. Und seit wann benutzt du Parfum?«

»Was geht dich das an, wie ich meine Haare trage?!«, gab

ich zurück. Jetzt reichte es mir aber. »Kann dir doch egal sein ...« Ich streckte ihm die Zunge raus und sprang auf, um Mareike zu begrüßen, die gerade mit ihrem Brian auf den Hof kam. Natürlich eng umschlungen und komplett in Schwarz gekleidet, bis auf das Gesicht sah man nicht einen Fitzel Haut. Dabei war es immer noch ganz schön warm. Der Sommer meinte es gut mit uns und ein Wetterumschwung schien nicht in Sicht.

»Moin, moin! Hey, du siehst cool aus.« Mareike ließ eine Hand von Brian ab und umarmte mich herzlich. Sie winkte Finn, der sich zu einem knappen Kopfnicken herabließ. »Was ist denn mit dem los? Der ist ja saurer als Sauerkraut!« Sie rollte die Augen.

»Schön, dass du da bist«, sagte ich. »Dachte schon, ich muss den Abend mit Lena und ihren Hühnern verbringen ...« Ich drehte meinen Kopf genervt Richtung Scheune, wo sich ein Haufen kichernder Mädels um die Fußballer geschart hatte. Witze und Scherze flogen hin und her. Und zwischendrin immer wieder Lena, die ihre langen blonden Haare über ihre Schultern schnickte und Beifall heischend um sich blickte. Als sich unsere Blicke trafen und sie mich anfunkelte wie eine Warnboje, wurde mir klar: Sie wartete ebenfalls auf Jan und würde mir hier die Tour vermasseln. Hätte die sich nicht lieber in ihrer Jolle einen Skipper angeln können?

»Komm, holen wir uns Pfirsichbowle«, rief Mareike übermütig und zog uns – mich an der einen, Brian an der anderen Hand – mit sich an den Getränketisch.

»Oder lieber lütt un lütt?« Sie deutete kichernd auf die Flasche Korn und das Bier. Wilm prostete ihr mit seinem Schnapsglas zu.

»Ein Plüschappel für mich ... und zwei für euch«, zählte ich die Pfirsichstücke in die Gläser und füllte sie randvoll.

»Denn man Prost!«, machte Mareike und stieß mit mir an. Brian war aufs Klo verschwunden.

»Du fehlst mir ...«, rutschte es mir heraus. Ich schaute sie an, doch meine Freundin senkte rasch den Blick.

»Tut mir leid«, murmelte sie. Doch dann straffte sie die Schultern und sagte schnippischer, als es sonst ihre Art war: »Das mit Brian ist so megacool, das ... das kann ich nicht erklären. Ich meine, ich kann ja nichts dafür, dass du noch keinen Freund hast.«

»Nur weil du mit deinem *Black Beauty* andauernd Händchen hältst und dich halb blöd knutschst, heißt das noch lange nicht, dass ich unterentwickelt bin«, pfefferte ich zurück.

Mareike guckte mich verwundert an, kam aber nicht dazu, mir zu antworten. Denn in diesem Augenblick kam Brian zurück und hängte sich sofort an ihre Lippen. Oder sie sich an seine.

Seufzend wendete ich mich ab. Mit dem Bowlenglas in der Hand schlenderte ich durch die feiernde Menge, prostete unseren Gästen zu, die sich freudig überrascht über das spontane Sommerfest gezeigt hatten. Selbst Anna wirkte locker und fröhlich und gar nicht so angestrengt wie sonst. Das mochte auch an den Fußballjungs liegen, die für sie extra die Pfirsiche aus der Bowle pickten.

»Wo steckt er denn, dein Jan? Hast du den Jung nicht eingeladen?«, raunte mir Isodora zu, ein Tablett voller Gläser vor sich her jonglierend. »Es ist so ein herrlicher Abend ... wäre doch schade, wenn er nicht käme!«

Ich spürte, wie ich rot anlief, zumal Finn ausgerechnet

in jenem Moment zu mir herüberblickte. Er wirkte immer noch miesepetrig und wurde jetzt kichernd von Lena und ihren Hühnern umgarnt, die ihn offenbar aus der Reserve locken wollten.

»Keine Ahnung«, murmelte ich. »Er hat sich nicht bei mir gemeldet.« In der Tat hatte ich immer wieder mein Handy gecheckt, ob Jan mir eine Nachricht geschickt hat, wieder und wieder. Aber sooft ich auch den Button drückte, kein Banner, der den Eingang einer Message vermeldete. Enttäuscht verstaute ich mein Handy für den restlichen Abend in meiner Jackentasche und begab mich auf die Tanzfläche, ließ mich von der Musik gefangen nehmen und in die Beats und Rhythmen gleiten. *I've been waitin' for you, it's been so long ...*

8

Und dann kam er doch. Frisch geduscht und im weißen Hemd zur Jeans, die nassen Haare lässig zurückgestrichen. Sofort wurde er von Lena belagert, die ihm ein Flensburger in die Hand drückte, das er breit lächelnd entgegennahm, bevor er sie zur Begrüßung küsste. Ein fieser Stich durchfuhr mich. Lena also. Immer noch.

Was hattest du denn gedacht? So eine wie Lena ist doch die perfekte Freundin für ihn! Die lässt ihn doch nicht eine Minute alleine in deiner Nähe, flüsterte mir ein kleiner Klabautermann ins Ohr, eisiger Ostwind blies durch meinen Körper und ließ mein Herz gefrieren.

Jan lachte laut, offensichtlich hatte Lena ihm etwas Lustiges zugeflüstert. Er schien entsprechend zu antworten, woraufhin sie einen Kicheranfall bekam und sich kokett durch ihre blonden Haare fuhr. Mittlerweile hatten sich ihre Hühner zu ihnen gesellt und Jan genoss es, Publikum zu haben, auch seine Kumpels aus dem Verein kamen dazu. Von der Tanzfläche aus beobachtete ich, wie Jan mit ihnen allen herumalberte, und sofort fühlte ich mich an die hässliche Szene im Zappel erinnert. Aber das war eine Woche her. Mittlerweile waren wir mindestens Freunde, wenn nicht mehr, wir trafen uns regelmäßig und erzählten uns vertrauliche Dinge – und er durfte Hauke reiten. Meinen Hauke, der sich sonst von niemandem reiten ließ.

»Hey«, winkte ich ihm aus der Ferne zu, als er in meine

Richtung schaute. Kaum merklich winkte er mir zurück, doch dann legte er seinen Arm um Lena und prostete den anderen zu.

Siehst du, meldete sich der Klabautermann wieder, *der hat schon eine Freundin, lass besser die Finger von ihm!* Bevor ich dazu kam, Jan innerlich zum Teufel zu schicken, weil er ein doppeltes Spiel spielte, schlug ihm sein Vater von hinten die Flasche aus der Hand, dass sie klirrend zu Boden kullerte.

»Was fällt dir ein!«, schrie er ihn so laut an, dass seine Stimme sogar die Musik übertönte. »Kann man dich nicht eine Minute aus den Augen lassen? Ich dachte, wir hätten eine Vereinbarung.« Geert wankte unmerklich, um sich auszubalancieren, hielt er sich an einem Margeritenbusch fest, sein Bierglas in der Hand ließ er nicht los. Ein paar Blüten mussten daran glauben und rieselten zu Boden.

Erschrocken hielt ich in meiner Bewegung inne, ich war nur noch wenige Meter von Jan entfernt. Auch die umstehenden Gäste waren auf die unschöne Szene aufmerksam geworden. Alles um sie herum verstummte, auch die Musik.

»Ich ...« Jan senkte betreten den Kopf und ließ die Schultern hängen. Keine Spur mehr von dem großartigen Fußballstar, der sich von allen bewundern und abklatschen ließ, der laut und angeberisch mit den Mädchen herumalberte und scherzte. Lena hatte sich mit einem Aufschrei in die schützenden Arme ihrer Hühner gerettet, seine Kumpels waren zur Seite getreten.

»Du nichtsnutziges, faules Stück Treibholz«, fuhr Geert ihn an und baute sich wankend vor ihm auf. »Siehst du nicht, was du angestellt hast? Anstatt deine Trainingseinheiten zu absolvieren, ruinierst du hier die komplette Einrichtung.«

Wie um seine Worte zu unterstreichen, riss Geert den Blumen ein paar Köpfe ab. Provozierend guckte er seinen Sohn dabei an. Ein Raunen ging durch die Menge.

»Ich habe gar nichts gemacht! Bitte, Vater, beruhige dich.« Jans Stimme klang ganz weich und sanft. Wie wenn er mit Hauke sprach, fiel mir auf, dann murmelte er auch lauter kleine, liebe Worte, die kaum einer verstand, sich aber wunderschön anhörten, als würde er singen.

Doch statt sich wieder einzukriegen, packte Geert seinen Sohn kräftig an der Schulter und schüttelte ihn durch. Ich schrie erschrocken auf. Wer weiß, was er sonst noch gemacht hätte, wäre Piet nicht energisch mit einem »Gut jetzt!« zwischen die beiden getreten und hätte sich schützend vor Jan gestellt.

»Schieß in Wind, Geert Friedrichsen!«, sagte er mit fester Stimme, die keinen Widerspruch duldete. Mein Onkel machte eine Kopfbewegung Richtung Mischpult. Marco verstand sofort und drehte die Musik wieder auf. Sofort fingen alle wieder an zu tanzen, binnen Sekunden hatte sich die neugierige Menge um die beiden aufgelöst. Erst jetzt fiel mir auf, dass Jans Mutter und Schwestern die ganze Zeit über still und stumm dabeigestanden hatten, offensichtlich unfähig, sich zu rühren. Mit bangen Gesichtern verfolgten sie den Streit.

Während Jan erschrocken zurückgewichen war, wirkte Geert nicht so, als würde er sich von irgendwem einschüchtern lassen, auch wenn sich mein Onkel groß und mächtig vor ihm aufgebaut hatte. Auge in Auge standen die beiden da. Piet wirkte unerschütterlich und äußerlich ruhig, dabei war ich mir sicher, dass er innerlich vor Wut bebte. Da hatte er es zugelassen und seinen Hof für seinen Erzfeind geöffnet, ihn als versöhnliche Geste willkommen geheißen – und nun das.

Geert dagegen hatte einen knallroten Kopf und seine Hand zur Faust geballt, die andere hielt das Bierglas fest umklammert. Für einen Moment befürchtete ich, Geert würde Piet eine verpassen, seine Körperhaltung wirkte bis aufs Äußerste gespannt. Doch mein Onkel hielt seinem Blick stand, was auch an Isodora liegen mochte, die mittlerweile neben ihn getreten war und Geert beschwörend anblickte.

»Komm, Vater, wir gehen.« Jans Stimme klang immer noch ganz weich, wie er das sagte. Er nahm ihm vorsichtig das Glas aus der Hand und schaute ihn aufmunternd an. »Und dann absolviere ich ein paar Hanteleinheiten extra und sehe mir die Spielanalyse vom DFB an, die du mir besorgt hast …«

Zu meiner großen Erleichterung schienen seine Worte Geert zu beruhigen, zumindest ließ dieser es geschehen, dass sein Sohn ihn jetzt an der Schulter fasste und Richtung Hoftor bugsierte, Mutter und Schwestern hinterher. Isodora atmete tief durch.

»Donnerlüttchen, das war knapp!«, entfuhr es ihr.

»Das hätten wir uns ja eigentlich auch denken können, oder?« Piet guckte sie stirnrunzelnd an und ich fragte mich, was sie mir über diesen Geert verheimlichten.

Weil ich froh war, dass diese unschöne Szene so glimpflich ausgegangen war, verkniff ich mir jede weitere Frage und bückte mich nach den abgerissenen Blumenköpfen. Sehnsüchtig blickte ich Jan nach, wie er jetzt gemeinsam mit seinem Vater durchs Hoftor verschwand. Er drehte sich noch nicht einmal mehr um.

»Puh! Kein Wunder, dass Jan einen an der Klatsche hat. Bei dem Vater ...« Finn war unbemerkt neben mich getreten und guckte mich aufmerksam von der Seite an. »Oh nö, bitte, sag's nicht! Diesen Ausdruck habe ich heute schon mal gesehen, nämlich bei Mareike und ihrem Typen. Die schmachtet den auch an wie 'ne rossige Stute.«

»Und wenn ich Mitleid habe?«

»Du hast ja keine Ahnung«, schnaubte Finn und ich fragte mich, worüber er sich so aufregte.

»Stell dir vor, habe ich auch nicht. Aber ich kann mir ziemlich gut vorstellen, was es heißt, von seinem Vater so angemacht zu werden. Mann, der hätte ihn beinahe geschlagen, wenn mein Onkel nicht dazwischengegangen wäre.«

»Wirst schon sehen, was du davon hast!« Finn guckte mich kopfschüttelnd an. Dann atmete er einmal tief durch, bevor er sich wieder Richtung Grillplatz davonmachte.

Mittlerweile ging es auf Mitternacht zu. Isodora hatte längst überall auf den Tischen und in den Büschen lauter bunte Windlichter angezündet, die jetzt im Dunkeln wunderschön leuchteten. Marco hatte sich auf ruhigere Musik verlegt, hier und da hatten sich Pärchen zusammengefunden, die Händchen haltend auf den Bänken saßen oder eng umschlungen herumspazierten. Mareike und Brian sowieso.

Ich stand da und kämpfte mit den Tränen. Ich hatte mich so auf Jan gefreut! Wollte mit ihm lachen, herumalbern wie die anderen auch. Oder tanzen ... *ain't nobody* ... Und vielleicht auch küssen. Aber er hatte nur Augen für Lena gehabt und dann war er ohne ein weiteres Wort mit seinem schrecklichen Vater abgezogen. Klar hatte ich Mitleid mit ihm. Aber das änderte nichts an meiner Enttäuschung.

»Dann eben nicht, Jan Friedrichsen«, murmelte ich trotzig, zog mein Handy aus der Hosentasche und löschte den Kontakt.

»Mach dir nichts draus, min Deern, der kriegt sich schon wieder ein«, sagte Isodora, die unbemerkt neben mich getreten war. Sie musterte mich nachdenklich von der Seite, bevor sie hinzufügte: »Tut mir leid, das war keine gute Idee von mir, Geert einzuladen. Ich hatte gehofft, er hätte sich wieder im Griff. Aber offensichtlich hat ihm die Geschichte mehr zugesetzt, als wir alle vermutet haben.«

»Welche Geschichte? Kannst du mir nicht endlich mal erzählen, was hier los ist?« Ich guckte meine Tante verständnislos an. Was hatte das alles zu bedeuten? Wieso machten alle ein so großes Geheimnis um Geert? Dass er einen Hang zum Jähzorn hatte, wussten alle, die ihn jemals auf dem Fußballplatz hatten herumtoben sehen. Dass er gerne über den Durst trank, dürfte für die Dorfbewohner ebenfalls nichts Neues sein. Und dass Jan unter seiner Fuchtel stand auch nicht.

Isodora machte einen tiefen Seufzer, dass ihr üppiger Busen wogte und ihr buntes Kleid flatterte. »Ach, das haben Piet und Geert längst ausklamüsert, aber du kannst ihn ja mal fragen, bestimmt erzählt er dir alles«, winkte sie ab und ich nahm mir vor, meinen Onkel auf alle Fälle bei der nächsten Gelegenheit auszuquetschen. »Komm, geh dich noch ein bisschen amüsieren, bevor der Wind sämtliche Lichter ausbläst ... wie mir scheint, steht uns ein Wetterwechsel bevor.« Sie blickte skeptisch in den Himmel, wo sich in der Tat ein paar dunkle Wolken am Nachthimmel zusammengeballt hatten.

Aber mir war die Lust auf Party längst vergangen. Unbemerkt von den anderen schlich ich mich zu Hauke in den Stall. Der schnaubte mir freudig entgegen und begrüßte mich mit einem Nasenstüber.

»War ja wohl klar, was?«, flüsterte ich. Mit Tränen in den Augen vergrub ich mein Gesicht in Haukes Mähne, klammerte mich an seinen Hals und hielt mich fest. »Der ist wie Eliyah! Erst große Versprechungen und alles und dann tut er so, als sei ich Luft für ihn!«

Am nächsten Morgen regnete es in Strömen und entsprechend mies war die Stimmung auf dem Friesenhof. Vielleicht lag es auch daran, dass alle ein bisschen verkatert waren und die Badezeit heute wegen des schlechten Wetters ausfallen würde. Auch an eine Wattwagenfahrt war nicht zu denken, bei Schietwetter wollte keiner raus.

Isodora schlappte müde durch den Frühstücksraum, verteilte gähnend die Brötchenkörbe und Thermoskannen, während ich unsere Gäste mit frischen Waffeln versorgte, die es sonntags immer auf dem Friesenhof gab. Aber selbst die leckerste Marmelade und die frischsten Eier vermochten nicht die Stimmung zu heben, dabei waren gestern alle so fröhlich gewesen. Mareike hatte sogar noch laut singend auf dem Tisch getanzt und Annas Vater hatte Isodora zum Tänzchen aufgefordert. Alles, nachdem Jan und seine Familie bedröppelt abgezogen waren …

Bei dem Gedanken an Jan setzte mein Herz für einen Moment aus. Er hatte sich bisher nicht gemeldet. Wahrscheinlich war er heute Morgen längst zu seinem täglichen Dauerlauf unterwegs, bevor er später im Kraftraum Hanteln stemmen würde. Oder er war mit Lena verabredet, die nach der unschönen Szene gestern noch dramatisch in Tränen ausgebrochen war und sich von ihren Hühnern hatte nach Hause bringen lassen. Wäre sie doch erst gar nicht aufgetaucht!, dachte ich wieder und wieder, dann wäre der Abend mit Jan vielleicht ganz anders verlaufen. Vielleicht ... Immer wieder schlich ich zu meinem Handy, aber außer einer Nachricht von meiner Mutter, dass sie heute Morgen zum Brunchen verabredet war, und einem Ich-bin-so-verliebt-Smiley von Mareike gab es nichts zu lesen.

Von der allgemeinen schlechten Laune angesteckt, ging ich hinüber in den Stall. Wilm hatte längst die Pferde gefüttert und den Hof aufgeräumt, sodass nur noch ein paar vergessene Lampions und leere Flaschen an das Fest von gestern erinnerten. Merlin döste faul und zufrieden im Stroh, den Bauch voller Würstchenreste. Hauke stupste mich aufmunternd in die Seite, als ich ihm zur Begrüßung eine Möhre unter die Nase hielt.

»Wie? Du meinst, wir sollen ausreiten? Bei dem Wetter?« Ich verzog mein Gesicht, Widerstand war zwecklos. Hauke würde nicht eher nachgeben.

»Aber vorher geht's zum Pferdefriseur, so kann man mit dir sonntags ja nicht unter die Leute!«, schimpfte ich liebevoll. Ich putzte und schrubbte seine Flanken sauber, bis sein weißes Fell weich schimmerte, bevor ich das Sattel- und Zaumzeug holte. Wie oft bei Schmuddelwetter war ich die Einzige im Stall, obwohl ich mir keinen besseren Ort bei diesem Wetter vorstellen konnte. Was gab es Gemütlicheres, als warm und trocken auf einem Strohballen zu sitzen und durch die geöffnete Scheunentür dem Regen draußen zuzuschauen? Merlin schnurrend auf dem Schoß zu haben, der einen wärmte und Geborgenheit verströmte? Sommerlang hatte ich so meine Zeit gemeinsam mit Finn und Mareike verbracht, wir hatten uns gegenseitig unsere Geschichten erzählt oder von Pferden geschwärmt, über die Stadtlüdd abgelästert oder über Lena und ihre Hühner.

Auch heute war es hier drin angenehm ruhig, nur hier und da ein Schnauber und aus der Halle war der Hufschlag zu hören. Das war garantiert Anna auf Moonlight.

»Ich mach ja schon!« Hauke hatte mich vorwurfsvoll in die Seite gestupst, offensichtlich ging es ihm nicht schnell genug.

»Wo geht's hin?«, fragte mich Piet, als wir kurz darauf vom Hof ritten. »Am Strand drücken die Wellen in die Dünen, pass bitte auf ... am besten nimmst du den Weg hinterm Deich.«

»Geht klar!« Ich zog meine Jacke zu und die Kapuze tiefer in die Stirn, der Regen war in ein feines Geniesel übergegangen und sprühte mir ins Gesicht. Ich ließ Hauke die Zügel frei und war gespannt, welchen Weg er einschlagen würde, dabei wusste ich es längst.

Am Oststrand schlugen die Wellen wie von Piet angekündigt mit lautem Getöse hoch an den Strand und rollten fast bis in die Dünen. Der Wind hatte gedreht und peitschte mir den wieder stärker gewordenen Regen entgegen, Haukes Mähne wehte im Wind. Doch meinem Pferd schien das alles nichts auszumachen, unermüdlich stapfte er durch den nassen Sand, wie von einer inneren Hand geführt, als suchte er wen. Auch ich hielt durch die sprühende Gischt Ausschau nach Jan, konnte aber nirgends seine schmale

Silhouette ausmachen, wie auch, bei dem grau verhangenen Wetter konnte man kaum etwas sehen. Ich weiß nicht, wie lange wir in den Dünen nach ihm suchten, auf und ab ritten, warteten, suchten, irgendwann spürte ich nicht mehr die Zügel in der Hand. Klamm und verfroren schlug ich den Rückweg ein.

»Das hast du jetzt davon!«, schimpfte ich mit Hauke, dabei meinte ich mich eigentlich selbst.

Auf dem Friesenhof angekommen, rieb ich Hauke gründlich trocken und legte ihm eine wärmende Pferdedecke um, bevor ich selbst unter die heiße Dusche sprang. Um mich abzulenken, beschloss ich, Finn zu besuchen, der gestern Abend schlecht gelaunt abgezogen war, ohne sich von mir zu verabschieden. Wenn es nicht immer noch geregnet hätte, wäre ich ohne zu fragen einfach auf Morango zu ihm geritten, aber für heute hatte ich vom Ausreiten genug. Dick eingemummelt und mit einem Regenschirm bewaffnet, machte ich mich auf den Weg.

Finn schmollte immer noch, wie sich herausstellte, als er mir missmutig die Tür öffnete. »Was willst du?«, muffelte er mich an, offensichtlich kam er gerade erst aus der Küche, er trug immer noch seine schwarze Hose und die grüne Kochjacke.

»Kommst du mit zu Conny, Zimtwaffeln essen?«, fragte ich und versuchte, seine schlechte Laune einfach zu ignorieren. Für Süßspeisen war Finn eigentlich immer zu haben! Und Connys Waffeln mit Zimtsahne waren das Beste, was man an der gesamten Nordseeküste essen konnte. Mal abgesehen von Isodoras Rosinenstuten und Finns jeweiliger aktueller Dessertkreation.

»Ich komme gerade vom Arbeiten ...«, murmelte er und knöpfte sich die Jacke auf. »Bin total erledigt! Außerdem war da gestern eine lange Fete mit einem Spanferkel, schon vergessen? Und aufgeräumt haben sich Geschirr und Bestuhlung auch nicht von alleine.«

»Tut mir leid, ich war zu müde, um noch mit anzupacken ...« Ich schaute ihn zerknirscht an.

»Ach ja!?« Finn verzog sein Gesicht. Er hatte sich von der Anrichte den Saftkrug geangelt und schenkte sich ein Glas ein, mir bot er noch nicht einmal eins an. »Zu müde, was? Kein Wunder, wenn du von morgens bis abends ausreitest.«

»Ich habe Ferien, schon vergessen?«, rief ich.

»Stell dir vor, ich auch!«, schnauzte er zurück.

»Ist doch nicht mein Problem, wenn du dich hier in der Küche versklaven lässt und du deswegen schlechte Laune hast«, rutschte es mir heraus.

»Könntest mir ja auch helfen, wenn dir so sehr an meinem Befinden etwas liegt.«

»Ich helfe genug, das weißt du ganz genau! Ohne mich könnten sie während der Sommersaison auf dem Friesenhof einpacken.«

Was Finn nur hatte! Ich atmete tief durch und musterte ihn unverhohlen von der Seite, er wirkte bleich und müde. Seine Haare klebten strähnig am Kopf, er duftete bis zu mir herüber nach Bratenfett. War es wirklich derselbe Finn, der sich auf seinem Drahtesel gegen sich selber Wettrennen lieferte und sein Pferd liebevoll umsorgte? Der sommersprossig und verstrubbelt Arschbomben in den Waldsee machte? Der stundenlang auf Strohballen abhängen und dabei über die richtige Zubereitung von Mousse au Chocolat philosophieren konnte? Der von Pferden und Morango nie genug bekam?

»Tut mir leid ...«, murmelte ich versöhnlich. »Ich wollte mich mit dir nicht streiten, sondern einfach nur einen gemütlichen Nachmittag erleben. Wie früher! Mit wem soll ich denn Zimtwaffeln um die Wette futtern? Und was soll ich sonst bei diesem Regen machen, wenn du dich auf dem Friesenhof nicht mehr blicken lässt?«

Finn schwieg eine Weile vor sich hin. »Schon okay, mir tut es auch leid«, sagte er dann. »Ich spring schnell unter die Dusche, kannst du solange noch warten? Nur noch eine Minute ...« Er grinste mich an.

»Okay, schwing die Hufe!«

Als wir kurz darauf bei Conny im gemütlichen Postcafé saßen und uns von ihr mit Waffeln und Zimtsahne verwöhnen ließen, war es dann wie früher. Finn gab eine Schote nach der anderen zum Besten, erzählte, wie seine Schwester Marlene im Service Pils und Pilz verwechselte, und ich berichtete ihm im Gegenzug von der sonderbaren Anna und ihrem Moonlight.

»Das war eine gute Idee von dir!«, sagte er und leckte sich Puderzucker aus dem Mundwinkel. »Eigentlich habe ich heute genug gegessen, wenn ich nicht aufpasse, gehe ich auf wie ein Hefekloß!« Er kniff sich kokett in seinen Bauch, ich übersah geflissentlich seine winzigen Speckröllchen.

»Und morgen kommst du endlich mal wieder auf den Friesenhof und wir reiten aus, versprochen?«, sagte ich stattdessen und schaute ihn erwartungsvoll an.

»Versprochen!« Er nickte mir zu und schaute mir dabei direkt in die Augen und wahrscheinlich wären wir am nächsten Tag wirklich endlich wieder gemeinsam ausgeritten, wäre in diesem Augenblick nicht Lena mit ihren Freundinnen im Schlepptau anstolziert gekommen.

Lena strahlte Finn an, während sie mich geflissentlich ignorierte, und setzte sich in die Tischreihe hinter uns.

»Komm, wir gehen«, sagte ich, »lass uns am Tresen zahlen.«

»Gleich«, meinte Finn, »ich muss vorher noch wohin.«

Er lächelte mir entschuldigend zu und erhob sich ächzend. Also checkte ich zum wiederholten Male mein Handy an diesem Tag, ein paar Neuigkeiten von Kim und Gizem und eine kurze Nachricht von meiner Mutter, dass sie diesmal beim Abholen nicht länger als eine Nacht bleiben könne, ich solle das bitte schon mal Isodora schonend beibringen. Genervt rollte ich die Augen, als ob sie jemals länger geblieben wäre! Nur einmal hatte sie zwangsläufig ein paar Tage bleiben müssen. Damals hatte ich mir in den Osterferien eine fiese Erkältung mit hohem Fieber zugezogen und Isodora hatte mir strenge Bettruhe verordnet und nicht zugelassen, dass ich in diesem Zustand reise.

»Stell dir vor, ein blaues Auge, ja«, drang plötzlich Lenas schrille Stimme vom Nebentisch an mein Ohr. »Der Arme! Ihm ist beim Hanteltraining eine Scheibe abgerutscht, deswegen mochte er jetzt nicht mitkommen ... aber er sah trotzdem süß aus.«

Jan!, durchfuhr es mich heiß, sie musste von Jan reden. Ich hielt den Atem an und rückte unmerklich ein Stück näher.

»Und was habt ihr dann gemacht, nachdem du ihn abgeholt hast?«, fragte ihre Freundin.

»Erst mal dachte ich, er kommt gar nicht, weil sie ja diesen Streit hatten. Stell dir vor, der hat lauter geschrien als sonst auf dem Fußballplatz! Das war noch schlimmer als auf der Party gestern«, erzählte Lena. »Geert war außer sich! Irgendwann hat Jans Mutter etwas gesagt, dann war ein Rumpeln zu hören und dann nichts mehr. Jan kam dann raus und hatte einen riesengroßen Regenschirm für uns beide dabei. Wir waren in den Dünen spazieren ...«

9

Lenas Worte hallten den ganzen Abend noch in meinen Ohren nach. Nachdem Finn wieder an den Tisch gekommen war, hatte ich ihm mit hektischen Zeichen bedeutet, sich noch einmal neben mich zu setzen, damit wir heimlich lauschen konnten, was Lena da zum Besten gab. Wortreich hatte sie erzählt, wie sie mit Jan spazieren war, wie sie bei dem Regen Unterschlupf in einer der Schutzhütten gefunden hatten und wie süß er dabei ausgesehen hatte, trotz des blauen Auges. Obwohl ich es nicht wissen wollte, hörte ich gebannt zu, wie sie erzählte, dass sie Hand in Hand zurückgelaufen waren und er sie zum Abschied geküsst hatte, seine Lippen so weich und die Haut so kalt, wie sie innerlich zerschmolzen war.

Ihre Hühner schrien verzückt auf und beglückwünschten sie überschwänglich, als hätte sie den ersten Preis eines Schönheitswettbewerbs gewonnen.

Finn hatte nur genervt sein Gesicht verzogen, als er von Jans unglücklichem Unfall erfahren hatte. »Typisch, geschieht diesem Angeber ganz recht!«, hatte er gesagt. »Aber ohne Fleiß kein Preis, so heißt es doch, oder? Ich habe mit dem kein Mitleid. Wenn er zu blöd ist, mit Gewichten zu trainieren ...« Kopfschüttelnd hatte er sich von mir verabschiedet.

Ich verbrachte eine unruhige Nacht, was auch an meinem überfüllten Waffelbauch liegen mochte. Zudem prasselte der Regen unermüdlich an das Fenster. Normalerweise hatte dieses regelmäßige Geräusch für mich etwas Beruhigendes, aber jetzt machte es mich nur traurig. Er liebt Lena, er liebt Lena, trommelten die Tropfen unaufhörlich in meinen Kopf, in mein Herz. Er hat dir die ganze Zeit über nur etwas vorgemacht! Von wegen Pferdenarr! Er hat mit dir und Hauke nur ein Spielchen gespielt und ich hätte es längst kapieren müssen.

Immer wieder spickte ich trotzdem auf mein Handy, doch Jan meldete sich nicht. Natürlich nicht. Er war ja mit Lena zusammen und würde sich nie wieder mit mir und Hauke am Oststrand treffen. So ein Idiot!, dachte ich zum wiederholten Male, was nichts daran änderte, dass ich unsagbar traurig war.

Irgendwann gegen Morgen, es dämmerte bereits, hielt ich es nicht mehr länger in meinem Bett aus und schlich mich aus dem Haus hinüber in den Stall. Der Einzige, der mich jetzt trösten konnte, war Hauke. Er begrüßte mich mit einem leisen Wiehern, und als ob er wüsste, was in mir vorging, drängte er mich nicht zu einem Ausritt. Im Gegenteil, er ließ es zu, dass ich mich an seinen Hals hängte, stand still wie eine Bronzefigur und wartete geduldig, bis ich mich ausgeweint und beruhigt hatte. Nur hin und wieder schnaubte er zärtlich in mein Ohr, tröstete mich mit seinem warmen Atem und seiner Nähe.

Keine Ahnung, wie lange ich reglos dagestanden habe. Ich kam wieder zu mir, als mir Hauke so lange Nasenstüber gab, bis ich schließlich lächelte.

»Du willst jetzt doch raus?«, sagte ich leise. »Gute Idee! Daran habe ich gerade auch gedacht!« Schon lief ich in die Sattelkammer, um Sattel und Trense zu holen, entschied mich dann in letzter Sekunde aber, Hauke blank zu reiten.

Glücklicherweise hatte es aufgehört zu regnen. Als ich die Stalltür öffnete und Hauke nach draußen führte, strömte mir die frische Luft wie reingewaschen entgegen. Ich schwang mich auf Haukes Rücken und hoffte, weder Isodora noch Piet würden bemerken, wie ich noch vor dem Frühstück heimlich vom Hof ritt. Ausgerechnet Anna war es, die mir auf dem Dünenweg entgegenkam, als wir das Tor passierten. Sie trug ihre Sportklamotten und war offensichtlich in aller Herrgottsfrühe zum Joggen am Strand gewesen. Wir nickten uns kurz zu und in diesem Moment war ich froh, dass ich mit ihr nichts weiter zu tun hatte, als Tee am Morgen einzuschenken.

Hauke wollte unbedingt zum Oststrand, doch ich trieb ihn mit aller Macht in die entgegengesetzte Richtung. Ich wollte Jan nie wiedersehen! Ich musste ihn vergessen, er tat mir nicht gut und brachte mich dazu, Dinge zu tun, die nicht zu mir passten. Aber ich hatte nicht mit Haukes Widerstand gerechnet! Starrsinnig wie ein Esel weigerte er sich, auch nur einen Huf ins Watt zu tun.

»Hey, komm schon! Du musst nicht immer deinen Willen durchsetzen!«, trieb ich ihn an und bohrte ihm meine Hacken in die Flanken, doch Hauke blieb stur.

Unter Aufbietung all meines reiterischen Könnens schlugen wir dann den schmalen Pfad hinunter ans Meer ein, doch bei jedem Schritt tänzelte Hauke unruhig umher, als müsste er über ein Wespennest laufen.

»Auf, auf! Komm schon, was soll das?«

Ich trieb ihn mit aller Kraft an, lockte, schnalzte, kämpfte, aber Hauke weigerte sich. Mitten auf dem Pfad drehte er sich um, stieß ein schrilles Wiehern aus und stieg mit den Vorderhufen in die Luft.

»Hey, spinnst du! Wir landen gleich im Graben ... oder du mit deinen Hufen im Karnickelloch und dann stehst du das nächste halbe Jahr auf der Weide herum«, schrie ich ihn in meiner Hilflosigkeit an und versuchte, mich auszubalancieren. Mittlerweile hatte es wieder zu regnen begonnen, der Wind klatschte kalte Tropfen auf mein Shirt. Ich drückte Hauke meine Schenkel an den Bauch, machte mich schwer, zog die Zügel fest und trieb ihn an die Hand heran. Aber egal, was ich auch anstellte, es war, als säße ich auf einem Stück Beton. Hauke reagierte nicht die Bohne auf mich, im Gegenteil. Er keilte mit den Hufen aus, bäumte sich auf, schüttelte den Kopf und schlug mit dem Schweif, dass mich die feinen Haare am Bein streiften.

Keine Ahnung, wie lange ich auf diese Weise mit Hauke darum kämpfte, wer von uns über den Weg bestimmen durfte. Irgendwann fand ich mich heulend vor Erschöpfung vornübergebeugt an Haukes Hals geklammert wieder, mein Gesicht in seiner feuchten Mähne vergraben. Der Wind wehte kalt über meinen nassen Rücken hinweg, während Hauke am Strand entlang Richtung Osten galoppierte.

Ich war wütend auf Hauke, der nie machte, was ich wollte, sondern immer seinen eigenen Willen durchsetzen musste. So war das bisher gewesen und so würde es immer sein. Es blieb mir also nichts anderes übrig, als ihm blind zu vertrauen, und wenn ich ehrlich zu mir war, hatte ich es immer getan. Aber in Jan hatte er sich getäuscht und das machte mich wütend, traurig und erschöpft zugleich. Blind vor Tränen ließ ich mich von ihm über den Strand tragen, hielt mich mit letzter Kraft oben. Als spürte er, was in mir vorging, verfiel Hauke plötzlich in einen gemächlichen Schritt und setzte vorsichtig Huf vor Huf. Keine Spur mehr von dem wilden, sich aufbäumenden Pferd. Es schien, als wäre er vorsichtig darauf bedacht, dass mir ja nichts zustieße, so sanft trug er mich jetzt über den Strand. Genauso achtsam hatte er Jan auf seinem Rücken getragen, schoss es mir durch den Kopf, als ob er sich von *ihm* befehlen lassen würde, wohin es ging. Jan, der so einfühlsam mit meinem Pferd umgegangen war, als gäbe es in seinem Leben keinen ledernen Ball, der für ihn eine glorreiche Zukunft bedeutete. Jan, der mit Lena zusammen war und mit mir nur gespielt hatte. Jan, in dem ich mich fürchterlich getäuscht hatte. Und alles nur wegen Hauke.

»NEIN!«, brach es aus mir heraus, schrie ich es gegen den Wind an. Das durfte nicht sein, das konnte nicht sein. Hauke hatte sein Tempo wieder beschleunigt, genauer gesagt, galoppierten wir jetzt am Strand entlang, dass die Wellen unter seinen Hufen nur so spritzten, meine Füße waren längst nass geworden und die Gischt vermischte sich mit den Tränen in meinem Gesicht.

Ich musste stundenlang unterwegs gewesen sein, es war Nachmittag, als ich zurück auf den Friesenhof kam. Isodora guckte mich nur kopfschüttelnd an und Piet hielt mir eine Standpauke, die sich gewaschen hatte, dass ich einfach im Schlafanzug abgehauen war, ohne Bescheid zu sagen, ganz zu schweigen davon, dass Isodora beim Frühstückmachen meine Hilfe gebraucht hätte. Und schließlich hätten sie die Verantwortung für mich! Mal abgesehen von der Erkältung, die ich mir ganz sicher eingefangen hätte. Und überhaupt, ich wäre doch mit Finn zum Ausreiten verabredet gewesen. Der arme Jung hätte hier ganz bedröppelt gestanden.

Mist, daran hatte ich überhaupt nicht mehr gedacht.

»Dat löpt sich allens torecht!«, mischte sich Isodora ein. »Die Lütte ist verliebt, merkst du das nicht? Da gelten andere Gesetze, vor allem, wenn der Liebste nicht so will, wie man selbst«, setzte sie leise hinzu, aber ich hörte es trotzdem. Ich nahm mir vor, mich bei meinem Onkel für mein Verhalten zu entschuldigen und mich ab morgen für die restlichen zweieinhalb Wochen nur noch um den Friesenhof zu kümmern. Wie ich das allerdings mit Finn wieder in Ordnung bringen sollte, war mir schleierhaft. In diesen Ferien stand unsere Freundschaft wirklich unter keinem guten Stern.

Ich schaffte es gerade noch, Hauke trocken zu reiben und zu versorgen und nach der Dusche in das leckere Krabbenbrot zu beißen, das Isodora mir auf den Nachttisch gestellt hatte, dann fiel ich todmüde in mein Bett und schlief bis zum nächsten Morgen durch.

»Na, meine Liebe, ausgeschlafen? Fühlst du dich besser?« Isodora musterte mich intensiv, als ich in die Küche schlich, um mir Tee einzuschenken. Das Frühstücksgeschäft war längst erledigt, die Tische abgeräumt und das Geschirr in der Spülmaschine. Die Gäste waren mit ihren Pferden unterwegs oder an den Strand gegangen, immerhin regnete es heute nicht. Nur ein sanfter Wind trieb dunkle Wolken am blauen Himmel entlang. Als wüsste das Wetter noch nicht, ob es sich heute für Regen oder Sonne entscheiden sollte.

Auf dem Küchentisch standen drei große Körbe voller Erdbeeren und warteten darauf, zu Marmelade verarbeitet zu werden. Sie rochen verlockend nach Sommer und warmem Feld und ich kam nicht umhin, mir ein paar zu nehmen. Meine Tante stand vor der Spüle und war damit beschäftigt, Lavendelblüten mit Rosenblättern zu vermengen. Es duftete zudem ein bisschen nach Jasmin und mir kroch ein wohliger Schauer den Rücken entlang.

»Was gibt es heute zum Mittagessen?«, wollte ich wissen und beugte mich skeptisch über die Schüssel. »Riecht gut! Ist bestimmt eine Mischung für Lamm oder so was?!«

»Das ist nicht zum Essen!« Isodora lachte und ließ dabei die getrockneten Kräuter durch ihre Finger rieseln.

»Sondern wofür?« Ich guckte sie fragend an, während ich mir ein Stück Rosinenstuten dick mit Butter bestrich und noch ein paar Erdbeeren mopste.

»Damit werden wir das Herz deines Allerliebsten gewinnen!« Sie guckte mich verschwörerisch an. »Das kann man ja nicht länger mit ansehen, wie du leidest! Und der Jung sich nicht traut.«

Ich sah sie fragend an. »Wir? Wen?«, nuschelte ich mit vollem Mund.

»Na, Jan Friedrichsen, wen denn sonst? Hast du nicht bemerkt, wie bedröppelt der Jung am Samstagabend abgezogen ist? Kein Wunder! Du hast ja auch die ganze Zeit über alleine getanzt und nur mit Finn geredet, dabei triffst du den jeden Tag.« Sie guckte mich missbilligend an. »Gut, dass du gerade zu mir gekommen bist, das ist ein gutes Zeichen.«

Isodora füllte jetzt ein Schraubgläschen mit der einen Hälfte der Kräutermischung. Die andere gab sie auf ein Stück glimmende Kohle, die in einer Schale lag. Sofort entfaltete sich ein warmer, süßlicher Rauch in der Küche. Langsam dämmerte mir, was meine Tante vorhatte.

»Jetzt sag nicht, du willst mit mir räuchern! Ich bin weder dafür angezogen noch habe ich meditiert. Und Vollmond haben wir auch nicht.« Ich verzog skeptisch mein Gesicht. Was sollte das? Von Jan Friedrichsen wollte ich nichts mehr wissen!

»Brauchen wir nicht! Die Situation zählt. An wen hast du heute Morgen als Erstes gedacht, als du aufgewacht bist? Antworte ehrlich!« Sie blickte mir tief in die Augen und verwedelte den Rauch.

»An Jan ...«, antwortete ich ehrlicherweise, obwohl ich ihn ja eigentlich vergessen wollte. Aber mein zweiter Gedanke hatte Finn gegolten, wegen dem ich ein megaschlechtes Gewissen hatte, weil ich jetzt schon zweimal unsere Verabredung vergessen hatte. Eigentlich müsste ich mich jetzt schnell bei ihm melden und mich entschuldigen, aber keine Chance: Wenn Isodora sich etwas in den Kopf gesetzt hatte, hatte es keinen Sinn, sie davon abzubringen, das wusste ich aus Erfahrung. Sie liebte ihr Räucherwerk! Nach jedem Gästewechsel ging sie nach der üblichen Endreinigung mit ihrer Räucherpfanne durch das Haus und reinigte mit Salbei, Schafgarbe und Johanniskraut sämtliche Räume.

»Komm, zieh deine Schuhe aus und stell dich vors Fenster. Hast du guten Kontakt zum Boden? Spüre deinen festen Stand! Dann schließe die Augen und atme tief ...«

Brav tat ich, was Isodora sagte. Oft schon hatte sie mit mir Räucherzeremonien zelebriert. In ihrem Zimmer, draußen auf der Wiese. Aber noch nie in der Küche. Ich fragte mich, ob es wirklich nichts zu bedeuten hatte, zwischen all den Töpfen und Tassen zu stehen und mich von ihr mit Rosenrauch umhüllen zu lassen. Meine Mutter hatte wie die meisten Menschen hier im Ort für Isodoras Eso-Fimmel nichts übrig, auch wenn sie zugeben musste, dass mir die Kräuter meiner Tante bei Krankheit und Kummer immer geholfen hatten. Ehrlicherweise fiel es mir auch schwer, daran zu glauben, dass ein Globuli hier und Bachblütentropfen dort tatsächlich ernsthaft helfen sollten. Andererseits war es aber immer so gewesen, dass ich nie lange krank war und stets wieder schnell gesund wurde. Als ich einmal sehr blass und gestresst von dem anstrengenden Winterhalbjahr auf den Friesenhof gekommen war, hatte Isodora mit einem Anti-Stress-Räucherritual meine schlechten Energien und Gedanken weggewedelt. Hatte ich vorher in Hamburg wochenlang Kopfschmerzen und Bauchweh gehabt, ging es mir nach dem Räuchern von jetzt auf gleich besser.

Deswegen war ich mir auch sicher, dass ich Isodoras Liebeszauber bestimmt gut als Gegenmittel verwenden könnte, wenn es mir nur gelang, jetzt nicht an Jan zu denken. Was hatte Finn über ihn gesagt: Angeberarschloch! Er konnte mir mal gestohlen bleiben mit seinen Sprüchen und Komplimenten! Und wegen seines Vaters brauchte ich auch kein Mitleid mit ihm zu haben! Jan war mit Lena zusammen und ich stand hier bei meiner Tante, ließ mich mit irgendwelchen Liebesbeschwörungen bemurmeln und bekam Hustenreiz vom Räucherwerk. Selbst Finn, der sonst ein großer Fan von Isodora war, wäre an meiner Stelle ausgestiegen, dessen war ich mir sicher.

»Jetzt steh mal still, du musst dich konzentrieren, sonst hilft das nichts …«

»Das hilft sowieso nichts …«

»Du musst daran glauben!«

»Es reicht!« Hustend hielt ich Isodoras Hand fest, die den Rauch über meinen Kopf hinwegwedelte.

»Nur noch eine Minute ...« Isodora entzog sich mir energisch und fasste mich an den Schultern, drehte mich vorsichtig einmal um mich selbst. Ich musste an Finn denken, der auch immer »nur noch eine Minute« sagte und dann Ewigkeiten brauchte. Irgendwann ließ sie mich frei.

10

Finn war sauer, richtig sauer. Das musste ich feststellen, als er am nächsten Vormittag mit hochrotem Kopf auf den Friesenhof geradelt kam. Als ich ihn gestern versucht hatte zu erreichen, war er nicht ans Telefon gegangen. Meine Entschuldigung per WhatsApp war auch unbeantwortet geblieben. Auf dem Weg hierher hatte er offensichtlich versucht, wieder einmal seinen eigenen Rekord zu unterbieten, so verschwitzt und angestrengt, wie er aus dem Sattel sprang und sein Rad energisch an den Zaun pfefferte.

Er sagte mir nicht Guten Morgen, obwohl er auf dem Weg zu Morangos Weide an der Pappelallee direkt an mir vorbeimusste. Ich war gerade dabei, die Satteldecken zum Trocknen aufzuhängen.

»Hey, wie geht's?«, fragte ich so normal wie möglich, doch er reagierte nicht.

»Ist heute dein freier Tag? Willst du ausreiten?«, rief ich ihm hinterher.

»Stell dir vor, ja – und zwar alleine!«, antwortete er knapp und lief einfach weiter.

Seufzend wendete ich mich wieder den Satteldecken zu. Was sollte ich denn jetzt machen? Ein paar Minuten später kam Finn mit einem unruhigen Morango am Führstrick von der Weide zurück. Und so, wie er missmutig vor ihm her stapfte und der Wallach dabei heftig mit dem Kopf schlug, verhieß es nichts Gutes.

Finns Miese-Laune-Anfälle waren nicht von schlechten Eltern, das wusste ich aus Erfahrung, schließlich kannten wir uns lange genug. Aber nie hatte er seinen Unmut an seinem Pferd ausgelassen! Normalerweise besserte seine Laune sich immer, sobald er auf Morango saß und mit ihm im Dressurviereck arbeiten oder durch die Dünen galoppieren konnte. Aber der Braune schien heute noch schlechter gelaunt zu sein als er, wie sich zeigte. Beim Putzen tänzelte er umher, die Hufe ließ er sich nur unter Aufbietung sämtlicher Überredungskünste auskratzen und beim Satteln blähte er sich auf wie ein Kugelfisch.

»Jetzt stell dich halt nicht so an!«, rief Finn energisch und versuchte mit aller Gewalt, den Gurt festzuzurren. Doch das machte Morango noch unwilliger. Drohend hob er seinen linken Hinterhuf, dann machte er einen Satz zur Seite, sodass der Sattel herunterflog.

»Du kannst mich mal, so nicht mit mir. Du machst mir keine Angst!« Finn trat noch dichter an ihn heran, wie um seine Macht zu demonstrieren, aber Morango ließ sich nicht die Bohne von ihm einschüchtern. Im Gegenteil. Soweit der Anbindestrick es zuließ, wich er ihm immer wieder aus.

Eine Weile beobachtete ich dieses ungewöhnliche Machtspiel zwischen den beiden. Finn zeterte und zerrte und Morango tänzelte augenrollend herum. Normalerweise waren der Dunkelbraune und Finn ein Herz und eine Seele, ein eingespieltes, harmonisches Team. Wenn die beiden im Dressurviereck ritten, schmolz einem beim Zugucken das Herz. Es sah aus wie Tanzen und noch viel leichter, wenn Morango mit gewölbtem Hals seine Passagen ging oder fliegende Galoppwechsel auf der Mittellinie zeigte. Wie oft hatte ich Finn für sein einfühlsames Händchen bewundert, wenn wir auf gemeinsamen Ausritten durch schwieriges Gelände mussten und Hauke nur durch die gefährliche Moorlandschaft ging, wenn er Morango folgen konnte. Oder wenn uns heftige Orkanböen am Strand entgegenwehten und andere Pferde längst durchgegangen wären. Morango nicht. Er war die Ruhe in Person, wenn man das so sagen konnte, und Hauke folgte ihm bedingungslos überallhin, wenn wir gemeinsam ausritten.

Nur heute schien Morango wie ausgewechselt und ich fragte mich ernsthaft, ob sein Verhalten mit Finns schlechter Laune zu tun hatte, die er so offensichtlich an seinem Pferd ausließ. Zumindest hatte ich noch nie erlebt, dass Finn Morango anschrie oder boxte, so wie jetzt. Vielleicht hatte sich der Wallach auch nur daran gewöhnt, faul auf der Weide zu stehen, weil Finn ihn in den letzten Wochen sträflich vernachlässigt hatte. Und das war jetzt die Rache.

»Ho, ho, suutje, du machst den ja ganz tickerig.« Das war Wilm, der sich da einschaltete. Er drängte Finn zur Seite, der genervt die Augen rollte.

Wilm hielt sich normalerweise im Hintergrund und mischte sich so gut wie nie in den Pferdebetrieb ein. Er kümmert sich ums Füttern und um die Wartung der Wagen, reparierte Zäune und flickte Räder und saß selbst oben auf dem Kutschbock, wenn es ins Watt ging. Auch gegenüber den Stadtlüdd und ihrem oft ungeschickten Umgang mit den Pferden hielt er sich zurück.

Wilm trat neben Morango und legte ihm einfach die Hand auf den Widerrist. Dabei murmelte er ein paar beruhigende Worte. Er wartete geduldig so lange, bis dieser aufhörte herumzutänzeln und ein paar leise Schnauber von sich ließ.

Wilm klopfte Morango zärtlich den Hals, strich ihm über Bauch und Flanke, ließ sich nacheinander alle vier Hufe geben. Dann nahm er in aller Seelenruhe den Sattel und legte ihn auf. Diesmal blähte Morango sich nicht, der Gurt ließ sich ohne Probleme schließen.

»Und jetzt nimm die Trense. Aber ruhig, verstanden?« Wilm blickte Finn eindringlich an, Morangos Halfter hatte er gelöst.

Finn atmete dreimal tief aus und trenste Morango wie aus dem Lehrbuch auf. Er hielt still, und als Finn sich kurz darauf in seinen Sattel schwang, war Morango wieder der Alte.

Finn nicht. Er ritt grußlos vom Hof und ich fragte mich, welcher Teufel ihn heute gebissen hatte. Wenn er sauer auf mich war, sollte er mir das bitte sagen und nicht an seinem Pferd auslassen.

Wilm schaute den beiden kopfschüttelnd hinterher und ich wendete mich wieder den Satteldecken zu, damit diese vor dem nächsten Regenschauer an die Leine zum Trocknen kämen.

Ich kannte Finn seit vielen Jahren, als beste Kumpels waren wir hier gemeinsam aufgewachsen. Ferien für Ferien hatten wir unsere Zeit gemeinsam auf Ausritten und in den Stallungen verbracht. Seit wir Smartphones besaßen, schickten wir uns gegenseitig Nachrichten, wenn ich in Hamburg war und er hier zur Schule gehen musste. So war ich immer auf dem Laufenden, was Neuigkeiten rund um die Pferde betraf, wenn es ein Fohlen gab oder Kusmi eine Kolik hatte. Ich half ihm bei den Hausaufgaben und er schickte Fotos von Hauke – und trösteten uns gegenseitig, wenn wir mal wieder Trouble mit unseren Müttern hatten.

Denn während Mama eher die moderne Mutter gab, dir mir alle möglichen Freiheiten einräumte und alles erlaubte, war Finns Mutter scheußlich streng.

Deswegen vermutete ich auch, dass er nicht nur wegen mir schlechte Laune hatte, sondern womöglich auch wegen ihr. Niemand sonst machte ihn so wütend wie sie, nicht einmal seine Schwester Marlene, die sich oft so dämlich ungeschickt anstellte, dass niemand ihr etwas zutraute und die ganze Arbeit an ihm hängen blieb. Finns Mutter bestimmte über alles und nichts, wenn es nicht nach ihr ging, konnte sie sehr ungemütlich werden. Wahrscheinlich hatten sie immer noch keinen Aushilfekoch für Maurice gefunden. Oder sie hatte Finns Nachtischkreation für den Wochenplan abgelehnt.

Völlig in Gedanken versunken, hängte ich die nassen Satteldecken über die Leine. Finn würde sich schon wieder beruhigen. Ich konnte nur hoffen, dass Morango nicht allzu sehr unter seiner schlechten Laune leiden musste und die beiden jetzt ihren Ausritt genießen konnten.

Ich war gerade dabei, Hauke zu striegeln, als Lena mit ihren Hühnern auf den Hof geradelt kam. Und nicht nur sie: Mareike fuhr fröhlich pfeifend hinterher.

»Sieht man dich hier auch mal wieder!«, begrüßte ich sie vorwurfsvoller, als es eigentlich meine Absicht war.

»Dachte, wir reiten aus«, antwortete sie lässig, ohne auf meinen Unterton einzugehen.

»Und Brian?«, hakte ich vorsichtig nach.

»Der besucht seine Oma.«

»Aha«, meinte ich bissig. »Und weil dir langweilig ist, dachtest du, triffst du dich mal wieder mit mir?!«

»Hey, jetzt komm schon.« Mareike stupste mich in die

Seite. »Du weißt doch, dass du meine beste Freundin bist! Und jetzt sag nicht, du willst lieber mit Lena ausreiten ...« Sie nickte Richtung Koppel, wo die Mädchen gerade dabei waren, Kusmi, Winston und Zara einzufangen.

Ich schüttelte grinsend den Kopf. »Nee, bloß nicht!«

Beim Anblick von Lena hatte es einen fiesen Stich in meinem Herzen gegeben, weil ich sofort an Jan denken musste, den ich eigentlich unbedingt vergessen wollte. Auch wenn Isodora diesen Räucherzauber veranstaltet hatte und der Meinung war, wir beide wären füreinander bestimmt.

Ich wusste es besser. Ich hatte mit eigenen Ohren gehört, was Lena über sich und Jan gesagt hatte. Ich hatte Jan erlebt, wie er Lena verliebt anschaute. Er hatte mir seit der Sommerparty keine einzige Nachricht geschickt. Und dass er nicht mehr zum Oststrand kam, um auf Hauke zu reiten, sprach ja schließlich auch für sich. Rasch versuchte ich, an etwas anderes zu denken.

»Meinst du, das Wetter hält und wir können uns sonnen?«, fragte ich Mareike.

»Gute Idee! Komm, hol Strandtücher für uns und die Sonnenmilch!« Schon marschierte sie zur Koppel. Ich sah, wie sie kurz mit Lena wild gestikulierte und auf sie einredete, dann griff sie Kusmi am Halfter und kam kurz darauf verschmitzt vor sich hin lächelnd zum Anbindeplatz.

»Bin sofort startklar«, sagte sie und begann wie eine Wilde, Kusmi mit energischen Strichen zu putzen. »Los, worauf wartest du noch!«

Grinsend lief ich los, um das Strandzeug zu holen. Mareike war einfach die Beste! Hätte ich mir doch denken können, dass sie mich nicht vergaß, Brian hin oder her.

Das dachte ich auch eine Stunde später, als wir nackt auf unseren Handtüchern in unserm Dünenversteck lagen und uns sonnten. Die Sonne stach vom Himmel. Kusmi graste ein paar Meter weiter das spärliche Gras, Hauke döste mit hängender Unterlippe vor sich hin und über uns segelten die Möwen am tiefblauen Himmel.

»Er ist so süß«, schwärmte Mareike von ihrem Freund. Nachdem sie mir ausführlich erzählt hatte, wie er extra für seine Oma Friesenkekse gebacken hatte, und ich mich schon insgeheim darauf gefasst machte, ein paar intime Details über ihre Beziehung zu erfahren, wechselte sie abrupt das Thema.

»Wie fandest du die Vorstellung von Geert Friedrichsen? Das ist vielleicht ein oller Krakeeler! Keine Ahnung, wie Jan das mit ihm aushält, ich würde mich nie im Leben so anschreien lassen ... Komm, creme mir mal Rücken und Popo ein.«

Mareike hielt mir die Sonnenmilch hin und drehte sich auf den Bauch. Zaghaft begann ich, die Creme auf ihrer Haut zu verteilen. Wir hatten uns immer gegenseitig eingecremt, überall, und dabei auch unsere Busenknubbel und Schamhaarsprossen bewundert. Jetzt fand ich es auf einmal befremdlich, meine Freundin zu berühren. Jetzt, wo ich wusste, dass sie von Brian gestreichelt wurde. Überall.

Ich musste wieder an Jan denken, ob ich wollte oder nicht.

»Ich ... keine Ahnung«, stotterte ich. Ich konnte ja schlecht zugeben, dass ich die Neuigkeiten rund um die Familie Friedrichsen mit brennender Neugier verfolgte, aber bisher immer noch nicht hinter dieses streng gehütete Geheimnis gekommen war, was einst zwischen Geert und Piet vorgefallen war.

»Dieser Geert hat vielleicht eine Macht! Stell dir vor, er ist sogar mit den Geschäftsführern des DFB befreundet, mal ganz zu schweigen von dem Draht zu unserer Bürgermeisterin. Und ihm gehören hier vier Mietshäuser! Kein Wunder, dass alle vor ihm kuschen. Und dass sein Sohn so ein Angeber ist ...« Mareike grunzte wohlig, als ich ihr die Schultern massierte und sanft über den Rücken strich.

»Na und?«, hakte ich nach. Nach kurzem Zögern verteilte ich die Creme auch auf ihrem Po und den Beinen.

»Mensch, Liv, hast du nicht kapiert, was der Jan für einer ist? Hast doch selbst gesehen, wie er durch die Gegend gockelt! Ständig neue Freundinnen ... und ein Sprücheklopfer sondergleichen. Der steht seinem Vater in nichts nach.«

»Aber er ist doch so ein guter Fußballer ...?!«

»Ist er auch! Alle sind stolz auf ihn und es gibt sogar einen Fanclub! Aber der Typ ist ein Arschloch, glaube mir! Und befreundet will mit dem niemand sein«, wiederholte Mareike. Sie hielt sich ihre blauen Haare im Nacken zusammen, damit ich ihre Schultern richtig eincremen konnte.

»Alle, bis auf Lena!«, antwortete ich ausweichend. »Die Mädchen stehen auf Jan, sagst du doch selbst.«

»Na und?« Mareike hatte sich aufgerichtet und blinzelte mich an. »Lass sie doch! Lena wird sehen, was sie davon hat. Heute hat er sie, morgen eine andere ...«

Ich schluckte und wollte einfach nicht glauben, was Mareike da über Jan erzählte. Die Sonne brannte auf uns herunter und direkt in meine Seele. Immer wieder sah ich Bilder von Jan vor mir, ob ich es wollte oder nicht: Jan, wie er mir am Oststrand entgegenkam. Wie er mir süß entgegenlächelte und mir wie ein Gentleman vom Pferd half. Wie er Hauke sanft über die Nüstern strich. Wie er sich ungeschickt auf Haukes Rücken schwang, um dann im wilden Galopp davonzujagen. Wie fremd und anders er auf dem Fußballplatz wirkte, wenn er coole Sprüche absonderte und sich von seinen Kumpels und den Mädchen feiern ließ ... ich verfluchte Isodoras dämlichen Kräuterzauber, der offensichtlich seine Wirkung nicht verfehlt hatte.

Ich musste weggedöst sein, denn ich wurde wach, als mich ein Regentropfen auf der Wange traf. Und dann noch einer und noch einer.

»Schnell, pack deine Sachen, wir müssen los«, rief ich Mareike zu, die ebenfalls eingeschlafen war. »Wenn wir uns beeilen, schaffen wir es bis zur Schutzhütte.«

Mareike war längst aufgesprungen und zog sich in Windeseile an, die Pferde liefen bereits unruhig umher.

Ich schwang mich auf Haukes Rücken und trieb ihn an, ungeachtet dessen, dass seine Hufe den Sand verwirbelten und den Dünenweg beschädigten. Obwohl die Schutzhütte nur wenige Meter entfernt war, waren wir klitschnass, als wir ankamen.

»Na super, das war ja wohl mit Ansagen«, meinte Mareike und verzog ihr Gesicht. »Da will man sich einmal sonnen und jetzt das.«

»Wolltest wohl Brian mit streifenloser Bräune überraschen, was?«, neckte ich sie.

»Wir haben noch nicht miteinander geschlafen, wenn du es genau wissen willst«, antwortete Mareike grinsend. »Aber dass er streifenlos ist, habe ich schon entdeckt, wenn auch eher streifenlos blass ...« Sie zwirbelte eine nasse blaue Strähne in ihren Fingern. »Und was ist mit dir und Finn? Habt ihr euch schon mal geküsst?«

»Finn?« Ich guckte sie überrascht an. »Wieso sollte ich den denn küssen?«

»Jetzt erzähl mir nicht, ihr seid nur gute Freunde!« Mareike rollte die Augen.

»Finn ist sauer auf mich, nur weil ich zweimal unsere Verabredung verpatzt habe. Er ist heute alleine ausgeritten.« Ich seufzte und kraulte Hauke zwischen den Ohren, was dieser besonders gerne mochte. »Warum das so unverzeihbar ist, verstehe ich auch nicht. Er lässt sich ja derzeit auch kaum auf dem Friesenhof blicken.«

Ich spürte, wie mich Mareike neugierig von der Seite musterte. In der Tat hatte mich Finns seltsames Verhalten heute Morgen irritiert, aber es war mir inzwischen auch egal, weil mir Jan immer noch in den Klamotten steckte, ob ich es wollte oder nicht, ob es gut für mich war oder nicht. Abermals zögerte ich, Mareike alles zu erzählen. Ich tat es nicht.

»Immer heißt es gleich ›verknallt‹!«, brach es stattdessen aus mir heraus. »Schon mal von echter Freundschaft gehört und so? Soll es auch zwischen Jungen und Mädchen geben.«

»Sorry, war nicht so gemeint. Ich dachte wirklich, ihr beide wärt ineinander verknallt.« Sie stupste mich in die Seite. »Wahrscheinlich braucht Finn einfach nur mal Ferien ... Wenn Marlene meine Schwester wäre, bräuchte ich die auch! Im Grunde tut er mir total leid. Er wird von seinen Eltern nur ausgenutzt! Steht stundenlang in der Küche, hilft, wo er kann, und wenn er fertig ist, muss er auch noch die Ferienwohnungen putzen. Kein Wunder, dass er da schlechte Laune hat«, fügte Mareike hinzu.

Ich nickte. Ja, Finn war ganz schön eingespannt. Aber das waren um die Jahreszeit sämtliche Söhne und Töchter, deren Eltern vom Tourismus lebten. Und das waren so ziemlich alle hier an der Nordsee – und für Finn an sich auch nichts Ungewöhnliches. Herzensgut, wie er war, half er überall aus, wo Not am Mann war. Oft schon hatte er sogar Piet bei den Wattwagenfahrten begleitet oder Reitstunden gegeben. Und normalerweise hatte Finn dabei immer gute Laune.

»Der kriegt sich schon wieder ein«, wiederholte ich und streckte prüfend meine Hand nach draußen. Langsam ließ der Regen nach, graue Wolken jagten noch über den Himmel. Von Westen her wurde es langsam heller.

»Vielleicht ist er ja auch in Lena verliebt – und hat Liebeskummer, weil die vergeben ist«, überlegte Mareike laut und kramte in ihrer Tasche nach ein paar Schokokeksen. Kusmi schnupperte neugierig an ihrer Hand. Sie steckte ihm ein paar Krümel zu.

»Finn? In Lena?« Ich sah sie entgeistert an. »Finn?«

»Klar, warum denn nicht? Was sich liebt, das neckt sich, weißt du doch. Und so komisch, wie er sich seit eurem Fest verhält ...« Mareike zuckte mit den Schultern.

»Glaube ich nicht! Lena ist die eingebildetste Kuh des Universums. Sie mag weder Eis noch Kuchen. Und reiten kann sie auch nicht. Nee, in so eine verliebt Finn sich doch nicht«, antwortete ich mit felsenfester Überzeugung. Nachdenklich knabberte ich an dem Keks, den mir Mareike reichte. Erst die Schokofüllung, dann den Rest. Oder doch? Vielleicht hatte meine Freundin recht. Immerhin war Lena sehr hübsch. Reiten konnte sie zwar nicht so toll, aber sie interessierte sich für Pferde. Und Finns Verhalten in den letzten Tagen war wirklich oberseltsam und mehr als ungewohnt. Schon seit meiner Ankunft. Hatte er nicht immer wieder Lenas Nähe gesucht und ihr sogar letztens beim Satteln geholfen?

»Jetzt mach nicht so ein Gesicht, Liv«, lachte mich Mareike aus. »In ein paar Tagen ist es zwischen Jan und Lena sowieso wieder vorbei. Und dann ist Finn wieder der Alte, weil er bei Lena punkten kann. Die beiden werden ein Paar und ihr seid wieder beste Kumpels. Was meinst du? Ich weiß zwar nicht, was er an Lena findet, aber ...«

Plötzlich musste ich lächeln. Wenn Lena mit Finn zusammenkam, würde Jan sich vielleicht wieder mit mir und Hauke treffen.

Fröhlich vor mich hin pfeifend, ritt ich nach Hause. Es hatte aufgehört zu regnen.

11

Auf dem Friesenhof angekommen, verzog ich mich mit einem heißen Tee in den Wintergarten. Längst blinzelte wieder die Sonne zwischen den Wolken hindurch und der Wind hatte sich gelegt, aber innendrin fühlte ich mich wie von einem Orkan durchgepustet. Ich brauchte unbedingt einen ruhigen Platz zum Nachdenken über Jan und Lena und das, was Mareike gesagt hatte. Außer dem Heuschober über dem Stall gab es keinen besseren Ort dafür, und weil Wilm bald mit der Fütterung beginnen würde und auf dem Hof noch Hochbetrieb herrschte, hatte ich das rote Sofa gewählt.

Im Wintergarten standen außerdem zwei große Korbsessel und man hatte einen grandiosen Ausblick ins Moor und auf die umliegenden Felder und Wälder. Es war, als wäre man an einem anderen Ort und nicht an der Nordsee, wo Möwen kreischend über Dünen flogen und die Wellen tosend an den Strand rollten. Kein Hufgeklapper oder Kutschenquietschen war in dieser Abgeschiedenheit zu hören, keine tobenden Kinder oder lärmenden Feriengäste. Als ob jemand die Zeit angehalten hätte, herrschte hier wohltuende Ruhe, und das, obwohl sich nur eine Tür weiter der Frühstücksraum befand. Noch nicht einmal das Ticken der alten Wanduhr störte, weil sie vor Urzeiten stehen geblieben war und niemand sich die Mühe gemacht hatte, sie wieder aufzuziehen.

Oft schon hatte ich mich mit einem Buch hierherverzogen, wenn es draußen regnete. Das Prasseln auf dem Glasdach verursachte das warme und sichere Gefühl in mir, im Trocknen zu sitzen, während ringsum alles im Matsch versank. Die Landschaft wirkte dann grau und neblig und befremdlich, unweigerlich gingen mir all die Spuk- und Geistergeschichten durch den Sinn. Isodora besaß ein ganzes Bücherregal solcher Geschichten, Legenden und Mythen, die sie mir alle vorgelesen hatte, als ich kleiner war. Besonders das Gedicht mit der kochenden Nebelfrau hatte es mir angetan, ich murmelte es leise vor mich hin und Merlin schaute mich dabei aus seinen grünen Katzenaugen aufmerksam an. Er hatte sich mit in den Wintergarten geschlichen und schnurrte vor Behagen, als ich ihn unterm Kinn kraulte.

Wenn die Nebelfrau kocht …
Wer hockt hinterm Berge,
verhutzelt und grau?
Die alte Hexe,
die Nebelfrau.
Sie schöpft aus der Pfütze,
kocht graudicke Grütze.
Mischt Wasser mit Luft,
mengt Sonne mit Tau.
Das gibt eine Suppe!
Das gibt ein Gebrau!
Ein Löffel Warm,
zwei Handvoll Kalt –
schon brodelt's am Berge.
Schon dampft es im Wald.

Eine Prise Wind,
halb kalt, halb lau. –
Hihi, so schmeckt es
der Nebelfrau.
Die Grütze blubbert,
steigt über den Rand.
Hu, was für ein Nebel!
Verschwunden das Land.
Hanna Hanisch, 1920–1989

Später hatte ich selbst die Bücher zur Hand genommen und so oft in ihnen gelesen, bis ich wie Isodora alle Geschichten auswendig kannte. Jedes Mal wenn ich an all die Moorgeister und Klabautermänner dachte, kroch mir ein wohliger, kleiner Schauer über den Rücken. Lange Zeit konnte ich auch nicht an Pfützen vorbeigehen, ohne mir vorzustellen, wie die Nebelfrau daraus Suppe kochte. Selbst in Hamburg nicht, wenn ich auf dem Weg zur Schule durch die grauen Straßen lief und es kalt und unheimlich war.

Weil es draußen noch nicht einmal dämmerte und das Abendlicht das Moor in ein freundliches Licht tauchte, fühlte ich mich auf dem Sofa behaglich und zufrieden. Auch wenn es in mir brodelte und meine Gedanken unaufhörlich zu Jan schweiften, den alle um mich herum nicht sonderlich leiden konnten. Die hatten ja alle keine Ahnung, die kannten ihn alle nicht, dachte ich, während ich mich tiefer ins Sofa kuschelte und mich mit der orangefarbenen Wolldecke zudeckte, weil mir plötzlich kalt wurde. Merlin schnurrte behaglich vor sich hin, lang ausgestreckt lag er auf meinen Beinen.

Gedankenverloren nippte ich an meinem Tee. Warum nur war in diesem Sommer alles so kompliziert? Ich schloss die Augen und sah sofort wieder Jan vor mir. Wie vertraut sich das alles anfühlte, wenn wir zusammen waren. Und wie ich mich damals an ihm festgehalten hatte, als wir vom alten Leuchtturm kamen. Wie die Luft nach Salz schmeckte, als wir durch die nebelige Nacht ritten ...

Träumte ich oder spürte ich wirklich den feuchten Nebel jener Nacht auf meiner Haut, den Geruch nach salziger Luft in meiner Nase? Dunkelheit umfing mich, eine graue Wand schlug mir entgegen, die Nebelfrau tanzte um blubbernde Pfützen und lockte mich hinter ihren Berg, der eine gigantisch große graue Düne war. Jetzt erkannte ich, dass sie wippende Brüste hatte, wie Mareike, und ein blaues Auge, das mich aufmerksam musterte, bevor sie mir ihre Hand hinhielt und mich mit sich fortzog, in wirbelndes Wasser, das mich heiß umspülte, mir Kopf und Glieder wärmte.

Ich musste eingenickt sein. Als ich die Augen aufschlug, war es draußen stockfinster. Wieso hatte mich niemand geweckt? Merlin gab ein wohliges Schnurren von sich und leckte seine linke Vorderpfote. Vorsichtig streckte ich meine Beine, ich fühlte mich wie zerschlagen. Benommen von meinem seltsamen Traum schüttelte ich den Kopf, nur langsam kam ich wieder zu mir. Alles in mir glühte und mein Atem ging stoßweise. Im Wintergarten war es gespenstisch still und dunkel, selbst die Windplatte schwieg. Nur schemenhaft konnte ich die Umrisse der Bücherregale erkennen. Als ich nach draußen blickte, meinte ich, ein Licht über dem Moor herumgeistern zu sehen. Und war da nicht die Nebelfrau, die mich mit ihren wabernden Fingern zu sich heranwinkte?

Ich erschrak beinahe zu Tode, als die Standuhr, die seit Jahren nicht mehr funktionierte, plötzlich zwölf Mal Mitternacht schlug.

»Das ist doch alles Quatsch! Du siehst nichts als Gespenster«, schimpfte ich mit mir selbst und sprang auf, so schnell ich konnte, sodass Merlin in hohem Bogen vom Sofa fiel, und dann rannte ich aus dem Wintergarten hoch in mein Zimmer, wo ich sofort das Licht anknipste und mich versuchte zu beruhigen. Doch ich zitterte immer noch am ganzen Körper. Traumlos fiel ich in einen tiefen Schlaf.

»Die Lütte hat Fieber«, hörte ich Isodoras Stimme wie durch Watte an mein Ohr dringen. »Und einen Sonnenstich, was?«

Ich spürte, wie sie vorsichtig unter mein T-Shirt lunste, und als sie »kein Wunder« seufzte, ahnte ich, dass sie recht hatte. Ich war einfach zu lange ungeschützt in der prallen Sonne in den Dünen gewesen. Ich hatte Mareike eingecremt und vor lauter Gequatsche mich dabei vergessen.

»Mein Kopf«, jammerte ich. »Als wären tausend Pferde drübergaloppiert!«

»Ich hol dir was! Für heute ist's wohl nix mit Helfen, was? Hab mich schon gewundert, wo du steckst.« Schon war meine Tante abgerauscht. Kurz darauf stand sie mit einer Schüssel Essigwasser und einem Becher Tee an meinem Bett.

»Hier, nimm das«, sagte sie und reichte mir ein Röhrchen Globuli. »Fünf stündlich, bis es dir besser geht ...« Dann wickelte sie mir kalte Kompressen um die Waden und legte mir einen getränkten Waschlappen auf die Stirn.

»Super, soll ich 'ne saure Gurke werden oder was?«,

murmelte ich und rümpfte die Nase. Der Essig roch grässlich.

»Das wirkt Wunder, bald geht's dir besser«, meinte Isodora lapidar. »Kurier dich aus ... wenn du Hunger hast, hier steht ein Schüsselchen Milchreis mit Kirschen, ich muss wieder runter, die Stadtlüdd machen mich heute ganz tickerig! Alle wollen an den Strand, alle wollen frische Handtücher, alle wollen zu ihren Pferden, aber Piet hat sie alle auf die Weide gebracht, weil er dachte, alle gehen an den Strand ...«

Ich musste trotz meiner grässlichen Kopfschmerzen grinsen. Und fand es okay, vor mich hin zu dösen und zu dämmern. Ich nahm brav jede Stunde meine Globuli und beobachtete neugierig durch den Fensterausschnitt, wie das Wetter sich draußen veränderte. Die Sonne knallte erbarmungslos vom Himmel und ich war froh, nicht rauszumüssen.

Am späten Nachmittag endlich fühlte ich mich besser. Die Kopfschmerzen hatten nachgelassen und meine Haut glühte nur noch ein bisschen. Nachdem ich außer dem Milchreis noch drei Schüsseln rote Grütze mit Vanillesoße verputzt hatte, zog ich mich an – lange Hose, Langarmshirt und eine Kappe – und stattete Hauke einen Besuch hinten auf der Weide an der Pappelallee ab. Er graste zufrieden vor sich hin, kam mir aber sofort wiehernd entgegengetrabt, als er mich bemerkte, und nahm mit weichen Lippen den angebotenen Apfel von meiner Hand.

»Na, mein Hübscher, machen wir einen kleinen Ausritt?« Schon hatte ich ihn aufgetrenst und mich auf seinen Rücken geschwungen. Doch zu meiner großen Verwunderung weigerte Hauke sich, auch nur einen Schritt jenseits des Gatters zu tun.

»Oh nö, nicht schon wieder«, rief ich genervt. »Als hätte Isodora dich gebrieft! Na, dann halt nicht.«

Keine Lust auf Machtkampf mit Hauke. Deswegen sprang ich herunter, nahm ihm die Trense wieder ab und verabschiedete ihn mit einem freundlichen Klaps auf die Weide, wo er einfach in die entfernteste Ecke davonzockelte, um in Ruhe zu grasen. Dabei wendete er mir demonstrativ sein Hinterteil zu.

Also marschierte ich alleine los Richtung Strand. Ich nahm den kleinen Trampelpfad, der hinter dem Hof verlief, durch die Ginsterbüsche und Rosensträucher, begleitet vom Gekrächze der Fasane, die hier herumstolzierten.

Abermals wanderten meine Gedanken zu Jan. Ich stellte mir zum tausendsten Mal vor, wie es wohl war, so angeschrien zu werden. Wie ich reagieren würde. Klar, meine Mutter und ich hatten auch lautstarke Auseinandersetzungen mit Türknallen und gemeinen Beschuldigungen. Aber niemals so heftig wie bei Jan zu Hause, nie mit so viel Druck und Daumenschrauben. Kein Wunder, dass er sich nicht traute, seinem Vater von seiner Leidenschaft für Pferde zu erzählen, wenn dieser bei jeder Gelegenheit gleich austickte. Falls Jan es überhaupt ernst gemeint hatte mit seiner Freundschaft zu Hauke. Und zu mir.

Als ich den schmalen Holzsteg hinunter zum Meer lief, empfing mich frischer Wind. Postkartenwolken zogen am Himmel vorbei und die Sonne tauchte alles in ein warmes, freundliches Abendlicht. Unwillkürlich rollte ich meine Ärmel herunter, zum Glück hatte meine Haut sich wieder beruhigt, aber mein Kopf dröhnte wieder und ich fühlte mich ziemlich müde. Es waren noch viele Menschen am Strand, kein Wunder, das schöne Wetter nutzten alle aus. Die meisten waren jedoch dabei, ihre Sachen zusammenzupacken und den Heimweg anzutreten. Kinder rannten umher, während ihre Väter nach Förmchen und Schaufeln suchten. Ich lief einfach an ihnen vorbei, ein kleiner Spaziergang würde mir jetzt guttun. Gerade als ich mir die Schuhe von den Füßen streifte und mich bückte, um sie in die Hand zu nehmen, bemerkte ich aus den Augenwinkeln eine vertraute Silhouette. Jan!, durchzuckte es mich heiß. Und neben ihm: Lena. Das gab einen fiesen Eifersuchtsstich. Die beiden saßen in einem Strandkorb und für meinen Geschmack viel zu dicht nebeneinander.

Möglichst unauffällig lief ich in einem Bogen ein Stück näher. Das Glück war auf meiner Seite. Ganz in der Nähe und so, dass mich niemand bemerken konnte, stand ein unversperrter Strandkorb. Von hier aus konnte ich zwar nicht hören, was die beiden miteinander besprachen, aber zumindest bekam ich mit, dass Lena pausenlos auf Jan einredete.

So kauerte ich in meinem Versteck, vor mir die tobende Nordsee, über mir kreischende Möwen und in ein paar Meter Entfernung Jan, wie er sich von Lena anschmachten und zutexten ließ. Damit ich die beiden weiterhin unbemerkt beobachten konnte, kippte ich das Strandkorbdach ein Stückchen nach vorne und ging hinter dem Seitenteil in Deckung. Mein Kopf glühte und ich hatte Mühe, meine Augen offen zu halten, die mir immer wieder zuklappen wollten. Offensichtlich war ich längst nicht fit.

Was dann passierte, weiß ich nicht mehr so genau. In einer Mischung aus leicht fiebrigem Dämmerzustand, Neugier und brennender Eifersucht sah ich zu, wie Lena immer näher an Jan heranrückte. Wie sie nach seiner Hand griff und zärtlich ihre Finger über seine gleiten ließ. Wie ihre andere Hand auf seinem Oberschenkel lag und dabei ein Stückchen höher glitt. Es war fast wie damals, als ich einmal nicht schlafen konnte und mich heimlich an die Schlafzimmertür meiner Mutter geschlichen hatte, die einen winzigen Spalt offen gestanden hatte. Ich hatte nicht viel gesehen in jener Nacht, mal einen Fuß, mal ihren nackten Busen, eine Hand, die ganz intensiv ein Stück Haut streichelte. Aufgeregtes Schnaufen war an mein Ohr gedrungen, wohliges Seufzen, es hatte sich glücklich angehört und ich hatte schneller atmen müssen deswegen.

Seltsamerweise ging es mir auch jetzt so, obwohl ich Lena nicht leiden konnte und kein Wort von dem verstand, was sie sagte. Aber sie lächelte nur pausenlos und rückte noch näher an Jan heran. Der hatte ihr jetzt sein Gesicht zugewandt und lächelte zurück, die beiden blickten sich tief in die Augen und versanken gegenseitig darin, das konnte ich von meinem Versteck aus gut beobachten.

Und dann sah ich, wie Lena ihn küsste! Und Jan küsste zurück. Ganz vorsichtig erst, ganz zärtlich berührten sich ihre Lippen, wie um auszuprobieren, ob sie auch wirklich echt waren. Sie wich erst neckend ein Stück zurück, wie um Anlauf zu nehmen, bevor sie sich wieder auf ihn zubewegte, dieses Mal voller Gefühl und mit Hingabe.

Ich sah, wie sich Jans Mund öffnete und sie ihre Zunge hineinschob. Ich konnte nicht anders, als wie gebannt zuzugucken, wie die beiden jetzt küssend ineinander versanken. Angemacht und angewidert zugleich bekam ich eine Gänsehaut vom Zuschauen. Für einen Moment stellte ich mir vor, Jan würde mich so intensiv küssen, seine Lippen auf meinen, dabei war es nur mein Mund auf meinem Unterarm. Seufzend lehnte ich mich zurück, schloss die Augen und genoss das kribbelige Gefühl in mir.

»Hey, was machst du denn da?« Eine bekannte Stimme riss mich aus meinen Träumen.

»Finn!« Ausgerechnet. Wo kam der denn auf einmal her?

Mir war es furchtbar unangenehm, dass er mich hier getroffen hatte, völlig in Gedanken versunken. Jan und Lena hatten mittlerweile den Strandkorb verlassen und waren eng umschlungen ans Meer geschlendert, hoffentlich hatten sie uns nicht bemerkt.

»Hallo, ich hab dich was gefragt!« Finn hatte sich vor mir aufgebaut und versperrte mir die Sicht.

»Keine Ahnung. Ich hab noch Fieber vom Sonnenstich«, antwortete ich ausweichend und stand auf, für einen Moment wurde mir schwindlig.

»Na dann ...« Als Finns Blick jetzt suchend Richtung Horizont wanderte und er dabei schmerzlich sein Gesicht verzog, fiel es mir mit einem Mal wie Schuppen von den Augen. Ja klar! Mareike lag mit ihrer Vermutung richtig. Finn war tatsächlich in Lena verknallt und musste sie heimlich beobachtet haben. Aber ihm war es genauso unangenehm wie mir, dass wir uns hier getroffen hatten. Und es passte ihm gar nicht, dass Jan Lena küsste.

Mir auch nicht.

12

Es regnete und alle hatten schlechte Laune. Die Feriengäste, weil sie ihren Urlaub nicht im tristen Grau verbringen wollten. An sich wusste ja jeder, dass einen hier oben an der Nordsee wechselhaftes Wetter erwartete. Aber wenn dann doch zwei Tage hintereinander keine Sonne schien, wirkte sich das immer negativ auf die Stimmung aus und hing wie ein muffeliger Sack über dem Friesenhof. Nur Anna, meistens mit Moonlight, war ständig unterwegs, bei Wind und Wetter und rund um die Uhr. Man wusste nie, wo sie plötzlich auftauchte, konnte sein, dass ich in aller Ruhe mein Pferd putzte und sie huschte wie ein Schatten an mir vorbei. Oder ich ritt gemütlich am Strand entlang und sie galoppierte mir wie aus dem Nichts so rasend schnell entgegen, dass mir Moonlights Schnauben ins Gesicht wehte.

Natürlich spürten die Pferde die allgemeine Unruhe, wenn bei Regen niemand Lust auf Unternehmungen hatte. Ihnen fehlten dann die Ausritte, die Touren ins Watt, das Grasen auf der Weide. Nur in der Halle bewegt zu werden und einsame Hufschlagfiguren zu reiten, machte den wenigsten Spaß. Ausgenommen die edlen Gastpferde – und Morango, der wie Finn das Dressurviereck liebte.

Piet war bei Schmuddelwetter auch nicht gut zu sprechen, weil ihm die Kundschaft ausblieb, dabei hatte er beheizte Sitzdecken und wetterfeste Dachkonstruktionen auf seinen Wagen. Aber niemand mochte bei Wind und Kälte zwei Stunden durch eine graue verhangene Landschaft fahren und so blieb auch er missmutig zu Hause.

Isodora versuchte wie immer mit allen Tricks, ihre Gäste aufzuheitern. Servierte leckeren Butterkuchen, kochte literweise zuckersüßen Tee, organisierte Spieletreffs und einen lustigen Ostfriesenwitzeabend, versuchte, ein kleines Reitturnier in der Halle auf die Beine zu stellen – aber niemand wollte so richtig mitmachen.

»Dann sollen sie doch ihre Koffer packen und mich in Ruhe lassen«, meinte sie seufzend am frühen Nachmittag, als es endlich aufhörte, in Strömen zu gießen. Ein leichter Fusselregen und Wolkenfetzen am Himmel zeigten die Unentschlossenheit der Sonne, noch hatte sich das Wetter nicht entschieden. Dabei war bald auflaufende Flut und eigentlich Badezeit. Natürlich hatte niemand Lust auf Schwimmen, zumal sich durch die Strömung gerade massenhaft Quallen im Wasser tummelten.

»Morgen früh sind sie alle weg, neue Gäste, neues Glück«, meinte ich lapidar, um meine Tante zu trösten.

»Ja, und dann machen wir hier klar Schiff, min Deern«, antwortete Isodora fröhlich. »Denn ab morgen soll die Sonne wieder scheinen.« Sie nickte wie zur Bekräftigung und wendete sich wieder ihren Schnippelbohnen zu, die sie für die Wintermonate einfrieren würde.

Manchmal fragte ich mich, woher meine Tante all ihre Energie für die vielen Dinge nahm, die sie rund um die Uhr erledigte. Der Gemüsegarten hinterm Haus war nur ihr Hobby, wie sie selbst gerne lachend betonte, wenn sie jemand auf die viele Arbeit ansprach, die sie sich womöglich zusätzlich aufhalste, weil sie reihenweise Bohnen, Möhren und Kohlrabi kultivierte, die ja auch gegossen und geerntet werden wollten. Bald würde sie Grünkohl anpflanzen, der erst nach dem ersten Frost erntereif sein würde.

In der heimlichen Hoffnung, dass mich Hauke zu Jan an den Oststrand führen würde, ging ich in den Stall zu meinem Pferd. Hauke empfing mich mit einem sanften Schnauben und stupste mich mehrfach auf der Suche nach etwas Fressbarem in die Seite. Ich tat ihm den Gefallen und ließ ihn mit seinem weichen Pferdemaul meine Jackentasche auseinandernehmen, um den darin versteckten Apfel aufzuspüren.

»Na komm, mein Hübscher, nutzen wir die Zeit zur Fellpflege«, sagte ich mit einem Blick nach draußen, wo das Wetter immer noch zwischen Regen und Sonne schwankte, streifte ihm das Halfter über und band ihn draußen in der Stallgasse fest.

Anna kam von irgendwoher und schlüpfte zu Moonlight in die Box, ich tat so, als hätte ich sie nicht bemerkt. Sie war einfach seltsam.

Nachdem ich Hauke hingebungsvoll sauber geschrubbt hatte, ihm Mähne und Schweif verlesen und sogar die Hufe eingeteert hatte, stellte ich zu meiner großen Freude fest, dass draußen endlich die Sonne schien. Doch als ich Hauke für den Ausritt den Sattel auflegen wollte, tänzelte er wild umher.

»Nur mit Trense, meinst du?«, fragte ich und wollte ihm das Gebiss ins Maul schieben. Doch Hauke schlug mit dem Kopf, ich hatte keine Chance, egal, welchen Trick ich anwendete.

»Wie, kein Ausritt bei dem Wetter?« Ungläubig schüttelte ich den Kopf. Hauke auch. Wie um mir zu bedeuten, dass ich lieber zu Hause bleiben sollte. Seine Augen rollten unruhig umher und ich fragte mich, was plötzlich in ihn gefahren war.

»Jetzt krieg dich halt wieder ein«, meinte ich versöhnlich, nahm ihm das Halfter ab und machte ihm seine Boxentür auf. Ich verabschiedete mich von ihm mit einem leichten Klaps auf die Flanke, die zu meiner Genugtuung schlohweiß schimmerte. »Also gut, dann gehe ich eben alleine!«

Hauke schnaubte aufgeregt und rollte die Augen, als fände er das keine gute Idee, aber ich schob einfach den Riegel zu und brachte meine Sachen in die Sattelkammer zurück.

Keine fünf Minuten später war ich auf dem Weg Richtung Strand. Der Sand unter meinen Füßen war feucht, ich hatte meine Flip-Flops ausgezogen, weil ich barfuß leichter vorankam. Wie aus dem Nichts wimmelte es am Strand plötzlich vor lauter Menschen, als ob alle wie ich nur darauf gewartet hätten, dass die Sonne endlich wieder schien. Suchend blickte ich mich um, ob ich irgendwo vielleicht ein bekanntes Gesicht entdecken konnte, aber da war niemand. Ich zögerte, welchen Weg ich einschlagen sollte. Hoch zum Oststrand? Oder in die entgegengesetzte Richtung ans andere Ende der Bucht? Mein Blick fiel auf die endlose Weite des Horizonts. Da marschierte ich einfach los.

»Geh nicht zu weit ins Watt«, ermahnte mich meine innere Stimme, als ich den Schlick unter den Füßen spürte, der zwischen meinen Zehen hervorquoll. Ich hatte weder Uhr noch Handy dabei, aber wenn ich mich recht erinnerte, war Niedrigwasser erst in zwei Stunden. Das schien mir eine ausreichend gute Zeitspanne, um sicher unterwegs zu sein. Wenn ich immer geradeaus gehen und beim nächsten Priel wieder umdrehen und in meinen eigenen Fußspuren zurücklaufen würde, konnte mir nichts passieren.

Ein Fehler, wie sich herausstellen sollte, und heute weiß ich nicht mehr, warum ich mich so irren konnte. Warum ich Haukes Verweigern nicht so gedeutet habe, dass an jenem Tag noch ein Wetterumschwung zu erwarten war. Warum ich allen Warnungen zum Trotz weitergegangen bin, obwohl ich jede Geschichte über leichtsinnige Touristen kannte, die die Gezeiten nicht ernst nehmen und meinten, sie wüssten es besser. Warum ich ausgerechnet an einer Stelle den Weg ins Watt wählte, die ich nicht besonders gut kannte.

Ich ging mit großzügigen Schritten voran, überquerte kleine Priele und freute mich wie ein Kind über die vielen kleinen Spaghettisandhaufen der Wattwürmer. Immer wieder patschte ich durch kleine Pfützen oder Rinnsale, der geriffelte Sand unter meinen Füßen hinterließ ein angenehmes Gefühl wie bei einer Massage. Gedankenversunken lief ich immer weiter vor mich hin. Zum hundertsten Mal grübelte ich darüber nach, warum ausgerechnet jemand wie Jan mein Herz so verwirbelt hatte wie der Wind den Sand in den Dünen.

Klar hatte ich ihn als kompletten Angeberidiot kennengelernt, der einen coolen Spruch nach dem nächsten klopfte und mich aufs Übelste beschimpft hatte. Ich wusste, dass Mareike keine besonders gute Meinung von ihm hatte und Finn ihn nicht leiden konnte. Natürlich hatte ich bemerkt, wie sehr er es genoss, wenn er von Lena und ihren Hühnern angehimmelt wurde, und sich dabei nicht anders verhielt als Eliyah. Und er küsste Lena!

Aber ich hatte auch erlebt, wie sanft und zärtlich Jan sein konnte, wenn er Hauke streichelte. Ich hatte Jans Blitzen in den Augen bemerkt, wenn wir ihm am Oststrand entgegenkamen und er auf Hauke reiten durfte, wie weich seine Stimme klang, wenn wir uns unterhielten. Im Gegensatz zu Mareike und Finn hatte ich einen völlig anderen Jan kennengelernt.

Und über alldem hatte sich eine Frage tief in mir eingeprägt: Warum war er in jener Vollmondnacht am alten Leuchtturm gewesen? Ich hatte mich nie getraut, ihn danach zu fragen. Wie in einer stillen Übereinkunft hatten wir gegenseitig darüber geschwiegen. Und eigentlich bedurfte es auch keiner weiteren Worte. Es war Hauke, der uns zueinandergeführt hatte. Immer wieder.

Mich fröstelte, die Sonne hatte sich hinter einer großen Wolke versteckt, der Himmel begann, sich zuzuziehen. Noch knapp zwei Wochen, versuchte ich mich zu trösten, während ich an einem etwas tieferen Priel entlang weiter Richtung Horizont lief. Bald würde ich wieder in Hamburg sein und mich auf das neue Schuljahr konzentrieren müssen. Immerhin kam ich in die neunte Klasse, die galt als besonders schwierig, und wenn ich meine Mutter richtig verstanden hatte, wollte sie sich sobald wie möglich mit mir über mögliche Berufsziele unterhalten. Ich war jetzt schon auf ihren Blick gespannt, wenn ich ihr erzählen würde, dass ich gerne Pferdewirtin lernen und bei Isodora und Piet auf dem Hof arbeiten wollte.

Ein stechender Schmerz durchzuckte meinen rechten Fuß und riss mich aus meinen Gedanken, ich musste mich an einer Muschel geschnitten haben. Ich bückte mich, um die Wunde näher zu untersuchen, sie schien zum Glück nicht tief zu sein. Als ich jedoch auf dem Boden kniete, bemerkte ich, wie das Wasser in kleinen Bächen an mir vorbeiströmte. Erschrocken richtete ich mich wieder auf. War ich so lange draußen gewesen? Panisch blickte ich mich um und versuchte, mich zu orientieren, den Strand entdeckte ich in weiter Ferne. Das Wetter hatte umgeschlagen, der Wind wehte mir jetzt von Osten um die Ohren.

Ich war weiter hinausgelaufen, als ich gewollt hatte. Jetzt stand ich irgendwo im Nirgendwo und wusste nicht, in welche Richtung ich gehen sollte, um wieder sicher an den Strand zu gelangen.

Der Strömung folgen war eins. Aber ich wusste auch, dass das Wasser bei auflaufender Flut von überall herbeifließen konnte. Was blieb mir anderes übrig, als zurückzulaufen und dabei nach meinen Fußstapfen Ausschau zu halten? Zum Glück konnte ich sie in dem weichen Wattboden gut ausmachen. Unwillkürlich fiel ich dabei in einen lockeren Dauerlauf.

Die drohenden Wolken am Himmel, die sich über mir zusammenbrauten, machten mir dabei keinen Mut. Im Gegenteil. Ich versuchte, konzentriert zu bleiben und die aufsteigende Panik in mir zu unterdrücken. Durch meine jahrelangen Ausflüge ins Watt mit Piet und Finn wusste ich, dass ich unbedingt Ruhe bewahren musste, am besten meinen Weg zurückverfolgen. Wenn aber so wie jetzt das Wasser drückte und die Strömung zu stark schien und mir somit den Weg abschnitt, blieb mir nichts anderes übrig, als eine flachere Stelle zu suchen, um den Priel zu überqueren.

Mittlerweile hatte es angefangen zu regnen, der Strand lag nebelgrau verhangen in weiter Ferne. Ich legte noch einen Schritt zu. Obwohl ich zügig vorankam, ging mir das Wasser mittlerweile bis zum Knöchel. Ausgerechnet mir musste so etwas passieren, schimpfte ich mich insgeheim, ich, die noch lauter als Isodora über die unvernünftigen Stadtlüdd herzog, wenn sie sich fahrlässig und verantwortungslos im Watt bewegten. Wieso auch hatte ich mein Handy zu Hause liegen lassen! Wie hatte ich mich nur mit den Gezeiten vertun können? Atemlos hielt ich Ausschau Richtung Strand, doch da, wo ich ihn vermutete, war nur noch ein heller Streifen zu entdecken. Jetzt rannte ich, weiter und immer weiter, schnell und schneller, das Wasser spritzte gegen meine Beine, meine Haare wehten mir nass und schwer ins Gesicht und der Wind ließ die Regentropfen kalt und hart auf meine Wangen treffen.

Sicher hatte am Strand längst irgendjemand bemerkt, dass ich alleine so weit hinausgelaufen war, und hatte die Rettung alarmiert, versuchte ich mich zu trösten, während ich lief und lief. Bald würde mir ein Amphibienfahrzeug entgegenkommen und mich an Bord nehmen. Ich spürte, wie meine Kräfte langsam nachließen, ich war Reiterin, keine Läuferin. Längst war ich durch und durch nass, mein T-Shirt, meine Shorts, alles klebte an meinem Körper. Was, wenn ich doch nicht Richtung Strand unterwegs war? Das Wasser ging mir jetzt knapp über die Knie, nur mühsam kam ich voran. Immer wieder riss mich die Strömung mit sich, immer wieder musste ich mich dagegenstemmen, um nicht mitgezogen zu werden.

Einen winzig kurzen Moment hielt ich inne, um zu verschnaufen. Wo war der Strand? Alles um mich herum war grau in grau und verhangen, ich konnte kaum ein paar hundert Meter weit gucken. Was ich sah, nahm mir all meinen Mut, mit dem ich mich bisher durch die schwappenden Wellen gekämpft hatte. Nirgends Festland in Sicht.

Rauschte nicht direkt hinter mir die Brandung? Oder lief

ich womöglich direkt ins offene Meer? Könnte sein, so hoch, wie das Wasser jetzt mittlerweile stand ...

Plötzlich überfiel mich eine unglaubliche Angst. Ich traute mich nicht, weder in die eine noch in die andere Richtung zu gehen. Da musste nur eine Sandbank verlaufen, ich würde abrutschen und schon würde mich die Strömung mit sich fortreißen.

»Los, konzentrier dich«, versuchte ich mir Mut zu machen, »wie sieht der Wattboden aus? Wo sind die Priele?«

Vorsichtig watete ich durch die Wellen, immer darauf bedacht, mit der Strömung zu gehen, und in der Hoffnung, dass ich auf diese Weise an den Strand getrieben würde. Wenn der Wind nicht gedreht hatte, wehte er immer noch von Osten. Demnach war ich richtig. Langsam spürte ich meine Beine nicht mehr, ich schlotterte am ganzen Körper. Dabei mochte die Nordsee um diese Jahreszeit locker ihre sechzehn oder siebzehn Grad haben, für hiesige Verhältnisse wirklich warm. Orientierungslos taumelte ich durch das Wasser, hüfthoch, bald würde ich schwimmen müssen.

Um mich abzulenken, versuchte ich, an Jan zu denken, und rief mir all die schönen Momente mit ihm in Erinnerung. Wie ich an seinem Rücken gelehnt auf Hauke durch die Vollmondnacht geritten war. Wie warm sich seine Hand anfühlte. Wie er mich angelächelt hatte, als ich ihn in jener Nacht auf dem Fußballplatz getroffen hatte ... *did not know it was love* ... Unsere gemeinsame Zeit am Oststrand, die Spaziergänge, die Reitstunden, seine zärtlichen Blicke, seine Stimme, wenn er meinen Namen rief. Liv. Liv.

»Liv!!! Liv, hallo hörst du mich?!«

Rief da tatsächlich irgendjemand meinen Namen? Suchend blickte ich mich um, doch in der grauen, trüben Suppe um mich herum konnte ich niemanden entdecken.

»Hier oben! Liv, hier!« Die Stimme wurde lauter, ich lief ihr also entgegen, stellte ich erleichtert fest. Und als ob derjenige verstanden hatte, dass ich mich nicht anders orientieren konnte, hörte er nicht auf zu rufen. »Liv! Liv! Hier entlang, ja, du bist richtig!«

Und dann entdeckte ich in kaum fünf Meter Entfernung vor mir den Mast einer Rettungsbake. Gott sei Dank!

»Ich komme!«, rief ich. »Ich komme!« Mit letzter Kraft schleppte ich mich zu der Leiter, das Wasser versuchte, mich immer wieder fortzudrücken, die Strömung wollte mich mit sich reißen. Mein linker Fuß trat ins Leere, panisch versuchte ich, mein Gleichgewicht zu halten, und streckte meinen rechten Arm dem Mast entgegen.

»Warte, ich helfe dir!«

Jemand packte mich am Ärmel und zog mich zu sich heran. Ich spürte, wie sich ein paar Arme um mich schlangen und mich für einen kurzen Moment fest an sich drückten, mein Herz schlug zum Zerspringen.

»Komm, schnell nach oben, dann bist du in Sicherheit.«

Es war Jan. Er ließ mich vor sich die Leiter hochklettern und schloss dann die Luke hinter uns.

»Was ... was machst du denn hier?«, fragte ich. Der Schreck saß mir immer noch in den Gliedern.

»Dasselbe könnte ich dich fragen«, meinte er und reichte mir eine Wärmefolie. »Hier, damit dir nicht kalt wird.«

»Kennst dich gut aus hier oben!« Dankbar grinste ich ihn an und konnte mein Glück immer noch nicht fassen. Ich war gerettet! Ausgerechnet von Jan! Und ausgerechnet in einer Rettungsbake, über die wir Einheimischen gerne ablästerten, weil hier ständig Touristen Zuflucht fanden, die die Gefahren des Watts unterschätzt hatten. Und jetzt saß ich hier, mitten im Nebel, mitten in einer schlecht gelaunten Nordsee. Gemeinsam mit Jan.

»Hast du schon eine Leuchtrakete gezündet?«

»Nein«, antwortete Jan schlicht.

»Und wieso nicht?«

»Ich wollte alleine sein und in Ruhe nachdenken.« Er zuckte mit den Schultern und schaute mich an. Ich erwiderte seinen Blick und versuchte zu verstehen. Seine Augen wirkten vertrauensvoll und ehrlich, irgendwie auch verletzt. Mehr noch: Sie brannten sich in meine Seele, als sie mich so offen anschauten. Keine Spur von dem Angeberarschloch, der das Leben anderer leichtfertig riskierte. Hier saß kein Sprücheklopfer und Weiberheld, sondern ein einsamer Junge, der sehr verzweifelt zu sein schien.

Fröstelnd zog ich die Decke dichter um mich herum, es regnete immer noch in Strömen. Und nicht nur das. Die ganze Zeit über war bereits Donnergrollen zu hören gewesen, jetzt zuckten Blitze über den Himmel.

»Keine Sorge, hier sind wir sicher«, tröstete mich Jan, als ich erschrocken zusammenzuckte. Das Gewitter schien in unmittelbarer Nähe zu sein.

»Das weiß ich auch.«

Die Rettungsbaken waren sozusagen *Faradaykäfige* auf Stelzen und funktionierten als Blitzableiter, sodass man keine Angst vor elektrischer Ladung haben musste. Zudem besaßen sie Rettungsdecken und Proviant. Und Leuchtraketen, um auf sich aufmerksam zu machen. Aber gerade das wollte Jan offensichtlich nicht und so würden wir noch eine Weile hier oben festsitzen.

»Und über was wolltest du nachdenken?«, fragte ich, um das peinliche Schweigen zwischen uns zu unterbrechen.

»Geht dich nichts an«, sagte er und sprang so ungestüm auf, dass er sich beinahe den Kopf an der Decke stieß.

»Tut mir leid, ich wollte nicht ... Krieg dich wieder ein. Aber manchmal tut es auch gut, sich alles von der Seele zu quatschen. Wir haben noch sechs Stunden bis Niedrigwasser, du hast alle Zeit der Welt!« Ich sah ihn erwartungsvoll an.

Jan schüttelte den Kopf. Wäre es ihm möglich gewesen, wäre er am liebsten davongerannt, so blieb ihm nichts anderes übrig, als ein paar Schritte nach links und ein paar nach rechts zu laufen. Ich wäre übrigens auch sehr gerne abgehauen.

»Es ... es tut mir leid ... es hat nichts mit dir zu tun«, sagte Jan nach einer Weile.

»Muss ich das verstehen?«

»Nein, aber ich wünschte, du würdest es ... Du bist anders als die anderen.« Jan hatte sich wieder neben mich gesetzt und nach meiner Hand gegriffen. Sie war regenklamm, wie meine. Und auch ganz warm.

»Ich weiß manchmal nicht, was ich machen soll«, begann er nach einer Weile, wie mit sich selbst zu reden. »Hier ist niemand, der mich versteht, alles scheint mir so ausweglos. Deswegen jogge ich manchmal stundenlang am Strand. Oder verstecke mich hier oben im Rettungskorb ...«

»Oder am alten Leuchtturm«, vervollständigte ich seinen Satz.

»Oder am alten Leuchtturm.« Jan schwieg wieder und ich wünschte, er würde weitersprechen, damit ich endlich erfahren würde, was ihn so sehr belastete.

Ich drückte Jans Hand ganz fest. Es tat gut, seine vertraute Nähe zu spüren, die Wärme unserer Körper, die dicht aneinandergedrängt im Regen kauerten, die Decke nur notdürftig über unsere Köpfe gezogen. Wie lange wir so saßen, ich weiß es nicht. Ich wagte mich nicht zu rühren, genoss jede Sekunde neben ihm und bis heute habe ich keinen intensiveren Moment erlebt als jene Stunden gemeinsam mit Jan im Rettungskorb, während Sturm und Regen und alles auf einmal über uns tobte und unter uns die Wellen hoch an den Mast schlugen. Ganz nah spürte ich ihn durch die Nässe meiner Haut, nur deshalb war mir warm. Ich hob mein Gesicht und schaute ihn an, unsere Münder ganz dicht. Aber wir küssten uns nicht.

13

Isodora kicherte. Kicherte und gluckste wie eins ihrer Hühner auf dem Friesenhof, wenn es ein Ei gelegt hatte, während sie gemeinsam mit ihren Freundinnen in der Küche saß und genüsslich in ihrem Schnapsglas rührte. Der Löffel machte dabei leise *pling!, pling!*.

»Komm, min Deern, kriegst auch ein Schlückchen«, meinte Gudrun. Sie hielt bereits die Flasche Korn in der Hand und stellte mir die Zuckerdose hin. *Pingeln* war hier bei den Damen sehr beliebt, sonntagmorgens trafen sie sich immer bei Isodora zum Klönschnack, um die neusten Neuigkeiten im Ort zu bequatschen. Und um sich einen anzutüddeln. Dann herrschte Ruhe und Frieden auf dem Friesenhof, niemand störte, auch nicht das leise *Pling!, Pling!* der Löffelchen.

»Nix da, verdirb mir nicht das gute Kind! Was soll ich denn ihrer strengen Frau Mama sagen.« Isodora schüttelte mit gespieltem Ernst den Kopf, während sie an ihrem Glas nippte.

»Schon gut«, antwortete ich grinsend und fügte möglichst cool hinzu: »Vor Sonnenuntergang trinke ich nicht.«

»Nachher hoffentlich auch nicht«, sagte Veronika und musterte mich skeptisch von oben bis unten. Dann rückte sie ein Stück näher an mich heran. »Stimmt es, dass du jetzt die neue Freundin von Jan Friedrichsen bist?«

»Mensch, Vroni! Das fragt man doch nicht!« Gudrun

rempelte ihr energisch den Ellenbogen in die Seite, das gab bestimmt einen blauen Fleck.

Ich spürte, wie mir die Röte ins Gesicht schoss.

»Stimmt«, antwortete Isodora an meiner Stelle und lächelte mir verschwörerisch zu. »Und das ist völlig in Ordnung so. Jan ist ein netter Jung, der kann ja man für seinen Vater nichts.«

Weil ich nicht wusste, was ich sagen sollte, nickte ich einfach nur.

»Und der Herr Tyrann hat so eine nette Frau!« Gudrun schenkte sich und den anderen nach. »Und ihre Wäsche ist immer ganz ornlich und püükfein ... Aber der Mann macht ihr echt das Leben schwer – kein Wunder, dass man sie so selten auf der Straße oder beim Bäcker sieht! Hat alle Hände voll zu tun. Steht total unter Druck ...«

»Aber Jan spielt gut! Gestern Abend war er in Höchstform. Die Mannschaft verdankt allein ihm den Sieg.« Veronika nickte mir zu, als wollte sie damit sagen, dass es auch mein Verdienst sei, dass Jan drei Tore hintereinander geschossen hatte.

Seufzend angelte ich mir ein Rundstück aus dem Brotkorb. Obwohl ich lange geschlafen hatte, fühlte ich mich immer noch von einer trägen Müdigkeit gefangen, ich musste erst einmal richtig wach werden.

Nachdem Jan und ich stundenlang an jenem Abend unter der Rettungsdecke im Sturm und Regen ausgeharrt hatten, waren wir mit ablaufendem Wasser zurück an den Strand gegangen, da ging es bereits auf Mitternacht zu. Längst hatte es da aufgehört zu stürmen und zu regnen und der Wind wehte schwacher und wieder aus Südwest.

»Das ist schön mit dir«, hatte Jan gesagt und nur langsam waren wir wieder zu uns gekommen. Die ganze Zeit über hatten wir uns nur einfach in den Armen gelegen und gehalten, innig, intensiv, als wollten wir uns nie wieder loslassen. Stirn an Stirn hatten wir uns gegenübergesessen und unablässig gegenseitig den Rücken warm gestreichelt, wir hatten kaum geredet, uns nur gespürt.

Deswegen war auch Onkel Piets Donnerwetter an mir abgeprallt, auch wenn meine Ohren immer noch davon dröhnten. Natürlich hatten mich die beiden vermisst und waren außer sich vor Sorge gewesen, mir hätte sonst was passieren können.

»Sorry, ich hab die Zeit vergessen«, hatte ich mich zerknirscht entschuldigt, was ja noch nicht einmal gelogen war. Und obwohl sie stinksauer war, freute Isodora sich für mich, als sie erfuhr, mit wem ich zusammen gewesen bin.

»Das nächste Mal schickst du uns bitte eine Nachricht, dass es später wird und du dich mit deinem Jan triffst«, hatte sie mir zwinkernd zugeflüstert. »Dann ersparen wir uns allen Ärger und Stress. Machst du zu Hause doch sicher auch so, oder?«

Ich verkniff mir zu sagen, dass ich in Hamburg kaum unterwegs war. »Hatte mein Handy vergessen«, erklärte ich und auch das war nicht gelogen. Insgeheim war ich im Nachhinein froh darüber. Denn sonst hätte ich Jan nicht in der Rettungsbake getroffen.

»Und, wann siehst du deinen Freund wieder?«, fragte Isodora jetzt lauernd und rührte dabei aufgeregt in ihrem Schnapsglas, dabei hatte sich der Zucker darin sicherlich längst aufgelöst. Ich versuchte, den Unterton in ihrer Stimme und das Kichern der anderen zu überhören.

Mein Freund ... wie sich das anhörte! Mein Herz vollführte einen Freudensprung, obwohl Jan keine Anstalten gemacht hatte, mich zu küssen. Und ich hatte mich nicht getraut, weil er ja eigentlich mit Lena zusammen war, ich hatte die beiden ja im Strandkorb gesehen. Gleichzeitig spürte ich tief, dass zwischen uns beiden etwas Besonderes schwang, ein stilles Einverständnis – und ganz viele Gefühle. Jan verhielt sich in meiner Nähe anders, da gab es den Sprücheklopfer nicht. Als ob er bei mir so sein konnte, wie er wirklich war.

»Später ...«, antwortete ich ausweichend, dabei war ich längst mit Jan für heute verabredet. »Jetzt will ich erst mal mit Hauke ausreiten.« Sagte es und ließ die drei Frauen mit ihrem Schnaps einfach in der Küche sitzen. Das Klingeln der Pingellöffel hallte mir bis in den Stall hinterher.

Hauke schien nichts dagegen zu haben, dass ich mit ihm ausreiten wollte, er ließ sich willig von mir auftrensen und satteln und schnaubte freudig, als ich jetzt den Weg Richtung Oststrand einschlug. Er mochte Jan, das spürte ich genau, und wir wussten beide, dass er da sein würde. Wie von Isodora vorausgesagt, schien die Sonne. Ach was, schien! Sie knallte erbarmungslos vom Himmel, als wollte sie allen strahlend erzählen, dass ich auf dem Weg zu dem Jungen war, der mein Herz verdreht hatte.

»Ist doch egal, was die anderen sagen, findest du nicht?«, sagte ich zu Hauke und drückte ihm die Ferse in die Flanke. »Von mir aus können die den alle für einen Obermacker halten, wir kennen ihn besser, oder?«

Ein wohliges Prusten war die Antwort. Kurz darauf umritten wir den Ort in einem weiten Bogen. Ich konnte es kaum erwarten, Jan wiederzusehen.

Am Oststrand lief er uns bereits entgegen, seine blauen

Augen funkelten mit dem Himmel um die Wette, als er mich sah.

»Hey, wie geht's?« Er reichte mir die Hand, um mir beim Absteigen zu helfen.

»Jetzt gut«, antwortete ich. Einen Augenblick lang standen wir uns dicht gegenüber, ich spürte seinen warmen Atem in meinem Gesicht. Wie in der Bake, nur noch viel schöner, weil jetzt die Sonne schien.

»Willst du reiten?«, fragte ich nach einer Weile.

Doch Jan schüttelte den Kopf und lächelte mich an. »Komm.«

Jan fasste mich an der Hand und führte mich ein Stück in die Dünen, wo wir uns einen geschützten Platz suchten. Hauke hatte ich den Sattelgurt gelockert, ein Zeichen für ihn, sich auszuruhen.

Schweigend saßen wir nebeneinander. Unsere Schultern berührten sich leicht und ich spürte durch unsere Shirts die Wärme seiner Haut. Jan trug seine Sportklamotten, er war hierhergejoggt und hatte geschwitzt. Zu meiner Verwunderung musste ich feststellen, dass er kaum roch. Ich atmete tief seinen besonderen Duft ein, aufgeregt und innerlich vibrierend, was jetzt als Nächstes passieren würde. Doch Jan saß einfach nur da und machte – nichts. Es fiel mir unglaublich schwer, einfach neben ihm zu sitzen, ohne ihn anzufassen. So vertraut fühlte es sich an, so nah. Und bevor ich an meiner Zärtlichkeit für ihn erstickte, die heftig, stark und intensiv aus mir herauswollte, griff ich nach seiner Hand. Alles in mir wollte ihn berühren, streicheln. Wie in der Rettungsbake. Diesmal tat ich es einfach.

Doch plötzlich wehrte Jan meine Streichelhände ab und hielt sie fest.

»Was ist, magst du das nicht?« Irritiert blickte ich ihn an. Dann fiel mir ein: »Es ist wegen Lena, stimmt's?«

»Vergiss Lena! Mit der ist es längst aus«, winkte er ab. »Aber hat man dich nicht gewarnt vor so einem wie mir? Finn, Mareike ...«

»Ja, und?«

»Die Leute reden über mich!« Jan war ein Stückchen von mir abgerückt. Er wirkte mit einem Mal sehr ernst.

»Tun sie immer! Lass sie doch, mir doch egal, was die anderen sagen«, erwiderte ich leichthin. »Ich kenne dich besser!«

»Denkst du!«

»Denke ich.« Ich grinste ihn an. »Jemand, der mitten in der Nacht zum Leuchtturm marschiert oder sich in einer Rettungsbake versteckt, kann nicht so ein Vollarsch sein, wie behauptet wird!«

»Du findest das nicht verwunderlich?«

»Nö, wieso?« Ich musterte ihn aufmerksam und zum wiederholten Male fiel mir auf, wie verletzlich er wirkte, wenn er seine Macho-Maske abgelegt hatte so wie jetzt.

»Da bist du aber die Erste und Einzige!« Jan schüttelte den Kopf und spielte mit seinen Händen im Sand.

»Ja, und?«, wiederholte ich mich. »Was ist daran schlimm, alleine sein zu wollen? Ich bin es auch oft.«

»Du vergisst, dass mein Vater hier der Fußballtrainer ist und mich alle für den Nachwuchsstar ever halten, da stehe ich *immer* im Mittelpunkt und unter besonderer Beobachtung! Kapier doch endlich, Liv, hier ticken die Uhren anders! Guck doch nur deine Tante und deinen Onkel an mit ihrem geregelten Tagesablauf. Die Spitzendecken auf den Tischen! Der Filterkaffee am Morgen! Mittagspause!

Pünktlich Abendessen! Jeder weiß hier alles über alle, egal ob Schulden, Scheidung oder Streitereien. Hier leben lauter ehrenwerte Menschen in einer heilen Welt.«

»Was haben denn Isodora und Piet damit zu tun, wenn du alleine im Watt spazieren gehst?«, fragte ich.

Jan verzog sein Gesicht und schnickte eine Muschel von sich, bevor er aufgebracht weitersprach. »Du weißt doch gar nicht, wie es ist, hier zu leben! Die Lästereien, Klatsch und Tratsch über alle und jeden ... Du kommst für ein paar Wochen her, reitest stundenlang aus, hilfst ein bisschen auf dem Friesenhof und lebst in deiner eigenen Welt. Dass sich die Leute ihre Mäuler zerreißen und was sie alles über dich erzählen, bekommst du ja nicht mit, weil du ständig nur mit Hauke unterwegs bist ...«

»Bist du jetzt fertig?«, unterbrach ich ihn genervt und schüttelte den Kopf. »Was redest du da für dummes Zeug! Wenn hier jemand schlecht über mich redet, würde ich das sehr wohl mitbekommen. So ein Quatsch! Du vergisst, dass Finn und Mareike meine Freunde sind und mir alles erzählen würden. Und Isodora und Piet sind angesehene Bürger in diesem Ort.«

»Findest du?« Jan schaute mich lauernd an.

»Etwa nicht?« Ich hielt seinem Blick stand. Ich wusste genau, worauf er anspielte. Natürlich wurden die beiden respektiert. Und natürlich lebten die beiden in der hier üblichen Spießbürgerlichkeit. Genau das mochte ich aber, weil es ganz anders war als bei mir zu Hause in Hamburg, wo Mama frei und unabhängig ihr Leben lebte und von niemandem irgendwelche Kommentare wegen ihrer Männergeschichten befürchten musste.

Aber Piet war darüber hinaus ein »Zugezogener« und Isodora war mit ihren esoterischen Anwandlungen manchen Dorfbewohnern suspekt, mir ja auch, obwohl ich damit aufgewachsen war und mir ihre Kräuterheilkunde immer geholfen hatte.

»Warum erzählst du mir das alles?«, wollte ich wissen und sprang auf.

Jan atmete tief durch, griff wieder nach meiner Hand und ließ sich von mir hochziehen. Verdammt, warum fand ich das nur so schön, wenn er mich berührte?

»Liv, versteh doch, ein rothaariges Mädchen aus der Stadt, das einsam durch Moor und Felder streift, heimlich Erdbeeren klaut und sich nackt in den Dünen sonnt ...«

»Woher weißt du ...?« Längst liefen wir nebeneinander Richtung Meer.

»Ich weiß alles!« Er grinste verschmitzt.

»Na und? Diese Anna ist auch seltsam und immer nur mit Moonlight unterwegs. Über die sagt keiner was«, hielt ich dagegen.

»Die ist ja auch nicht die Nichte von Piet Petersen! Mensch, Liv, die Leute halten dich ...«

»... für eine Hexe, sag's doch gleich! Und an Klabautermänner und die Nebelfrau glauben die auch alle noch, was? Du spinnst!« Ich zeigte ihm einen Vogel. »Das ist mir so was von egal, was die Leute meinen, denken, sagen! Isodora ist auf meiner Seite, der Friesenhof ist auf Jahre ausgebucht, da interessiert mich das Gerede der anderen doch nicht.« Ich schüttelte den Kopf und wollte zurück zu Hauke, der in den Dünen mit hängender Unterlippe vor sich hin döste. Doch Jan hielt mich fest.

»Warte, so war das doch nicht gemeint.« Er drehte mich zu sich. Der Wind wehte meine Haare – meine roten!!! Haare – in sein Gesicht, ich musste sie mir immer wieder und wieder zurückstreichen, bis ich irgendwann aufgab und unsere Köpfe von innen zuflattern ließ. Da zog er mich in seine Arme und hielt mich fest. Sein warmer Atem in meinem Nacken ließ wohlige Schauer durch meinen Körper rieseln.

»Du hast ja keine Ahnung«, wiederholte er murmelnd in mein Ohr. »Du bekommst von alldem nichts mit und das ist gut so! Aber ich muss hier leben. Weißt du, wie schwer das für mich ist?!«

»Was, bitte schön, ist daran so schwer, *hier* am Meer zu leben?« Ich verstand immer noch nicht, was er mir sagen wollte, und guckte ihn verständnislos an.

»Weißt du, was es heißt, der hiesige Superstar zu sein? Ständig unter Dauerbeschuss? Allzeit bereit, Tore zu schießen und Höchstleistung abzuliefern? Ich trainiere hart, von morgens bis abends, Kondition, Kraft, Technik, ich achte auf meine Ernährung, schlafe ausreichend – und trotzdem ist es nie gut genug! Was meinst du, was los war, als ich neulich das Sichtungsspiel vermasselt habe! Ständig sind sämtliche Augen und Ohren auf mich gerichtet, ständig gibt es Bemerkungen und Kommentare ...«

»Allen voran von deinem Vater«, rutschte es mir heraus.

»Vor allem von dem!« Jan duckte sich unwillkürlich, als eine Möwe direkt über uns hinwegsegelte. Er atmete tief aus, bevor er leise fortfuhr: »Ich halte das oft nicht aus, dann muss ich einfach abhauen und fliehen ...«

»... und dann gehst du raus ins Watt oder versteckst dich in der Rettungsbake«, vollendete ich den Satz. Eine Weile standen wir Seite an Seite unschlüssig herum und sahen den Wellen zu, wie sie immer wieder an den Strand schlugen. »Aber warum steigst du nicht aus und machst was anderes? Reiten zum Beispiel, Talent hast du ...«

»Pah, Pferdesport, da muss ich meinem Vater nicht mit kommen, hast doch selbst erlebt, wie er ist!« Jan löste sich mit einem Ruck von mir – Hand in Hand liefen wir zurück zu Hauke.

Ich nickte und erinnerte mich nur ungern an die unschöne Szene auf unserem Fest. Was für ein mieses Gefühl musste es sein, Geert Friedrichsens Sohn zu sein! Ich spürte, wie mir Tränen in die Augen schossen.

»Warum kannst du nicht so sein, wie du bist?« Ich schaute ihn verständnislos an und konnte mir die Antwort schon denken.

»Weil es einfacher ist, mich in diese mir zugedachte Rolle zu fügen ... Es ist wie eine Verkleidung, die mir gleichzeitig Schutz bietet. Eine Fassade, hinter der ich sicher bin. Du bist die Einzige, mit der ich richtig reden kann, ehrlich! Für die ich die Tür geöffnet habe.« Er lächelte mich an und alle meine Bedenken schmolzen dahin. Mittlerweile standen wir wieder neben Hauke, der Jan neugierig in die Seite stupste.

»Du bist anders als die anderen Mädchen«, flüsterte Jan mit rauer Stimme und zog mich in seine Arme. Dann küsste er mich schwindlig.

14

Jans Kuss brannte den ganzen Tag in mir. Das weiche Gefühl seiner Lippen auf meinen ging auch nicht weg, als ich beim Abendessen acht saure Gurken hintereinander aß. Isodora musterte mich neugierig und garantiert dachte sie das, was alle denken, wenn Frauen mit Heißhunger Gurken essen. Ich schüttelte den Kopf, als ich ihren Blick bemerkte. Meine Tante hatte ja keine Ahnung.

»Ich geh noch mal weg«, sagte ich, nachdem ich beim Aufräumen in der Küche geholfen und die Tische für das Frühstück eingedeckt hatte. Hier herrschte tatsächlich Ordnung auf den Plätzen, wie Jan gesagt hatte, dachte ich, als ich die Salz- und Pfefferstreuer auf dem Spitzendeckchen arrangierte und die Vase mit den Stoffblumen danebenstellte.

»Aber bleib nicht wieder so lange, damit wir uns keine Sorgen machen müssen ...«, ermahnte mich Piet mit grummelnder Miene. »Ich brauche meinen Schlaf!«

»Versprochen!« Ich drückte ihm versöhnlich einen Kuss auf die kratzige Wange. »Diesmal lasse ich auch Hauke im Stall und nehme das Fahrrad.« Ich warf den beiden eine Kusshand zu, bevor ich mich auf den Weg zu Conny machte, wo ich mit Mareike verabredet war.

»Ist sie nicht wie ausgewechselt?«, hörte ich Isodora hinter mir her seufzen. »So verliebt möchte ich auch noch mal sein! Ach, was freu ich mich für die Lütte!«

Bei Conny war kein freier Platz mehr zu finden. Bei dem für hiesige Verhältnisse milden Abend hatte niemand Lust, drinnen zu sitzen. Entsprechend voll war die Terrasse. Mareike war noch nicht da, wie ich mit einem Blick feststellte, ihre blauen Haare wären mir sofort aufgefallen. Dafür saßen Lena und ihre Freundinnen unter dem Sonnenschirm, jede mit einem Glas Mineralwasser. Sie starrten angesäuert vor sich hin, kein Lachen, kein Kichern, keine Sprüche, was sehr ungewöhnlich war. Sonst hörte man die Hühner schon von Weitem gackern.

Als Lena mich erblickte, erwachte sie aus ihrer Schweigestarre.

»Schau einer an, da ist sie ja!«, rief sie laut in die Runde und deutete mit dem ausgestreckten Zeigefinger auf mich. Prompt drehten sich alle zu mir herum, Einheimische, Urlaubsgäste, Kinder, alle.

»Hast dich aber ganz schön fein gemacht«, tönte sie weiter und ich meinte, so etwas wie »Stadtschlampe« zu hören.

Ich zuckte gleichgültig mit den Schultern, ihre Lästereien war ich ja gewöhnt. Dass sie neidisch auf meine Klamotten war, konnte ich verstehen, denn hier im Ort gab es keine coolen Läden, soweit ich das beurteilen konnte. Eigentlich machte ich mir nichts aus Klamotten und Styling, meistens brachte mir meine Mutter Sachen mit und die hatte einen guten Geschmack. Aber wie jetzt sämtliche Blicke auf mich gerichtet waren, blieb mir wenigstens die Gewissheit, dass ich gut aussah: Meine Haare waren frisch gewaschen und fielen lockig über die Schulter und mit meinem Szene-Shirt zu den kurzen Shorts sah ich gut aus, keine Frage – und nicht wie eine Hexe.

Einen kurzen Moment zögerte ich. Sollte ich mich auf

einen Streit mit Lena einlassen? Aber dann dachte ich an Isodora und Piet und ihren guten Ruf, den sie zu verlieren hatten. Die Feriengäste vom Friesenhof sollten keinen Anlass für eine negative Bewertung ihres Aufenthaltes finden und ich mochte nicht schuld daran sein, wenn demnächst dort niemand mehr an den Wattwagenfahrten teilnehmen würde. So lächelte ich möglichst freundlich zurück, strich mir eine Strähne aus der Stirn und stellte mich in der Schlange am Tresen an, um mir ein Erdbeereis zu bestellen.

»Die Leute reden über dich«, hatte Jan gesagt, und als ich die neugierigen Blicke der Umsitzenden auf mir spürte, kapierte ich, was er gemeint hatte. Wieso nur war mir das früher nie aufgefallen? Oder hatte es mir einfach nur nichts ausgemacht, weil ich immer alleine unterwegs war?

Natürlich hörten Lena und ihre Freundinnen nicht auf, über mich zu tuscheln. Es schien, als hätte mein Auftauchen sie aus ihrer schlechten Laune erweckt und zur Höchstleistung animiert. Ich ließ ihre gemeinen Bemerkungen einfach an mir abprallen und tat so, als hörte ich sie nicht. Mit meinem Erdbeereis in der Hand setzte ich mich dann auf das kleine Mäuerchen vor dem Café und wartete auf Mareike, aber die ließ und ließ sich nicht blicken.

Das Erdbeereis war nicht im Entferntesten so lecker wie das von Finn, ohne frische Fruchtstückchen, noch nicht einmal Nüsschen, die einem zwischen den Zähnen hängen blieben. Ich überlegte gerade, wie ich mein Eis möglichst unauffällig entsorgen konnte, da kam Mareike. Endlich. Unverkennbar mit ihren blauen Haaren und einem langen schwarzen Rock. Ich fragte mich, warum die Leute nicht über sie und ihre düstere Clique lästerten. Wahrscheinlich taten sie das längst und ich bekam auch das nicht mit.

»Ich glaub es nicht!«, machte sie mich gleich an.

»Äh ... was?«

»Du weißt genau, was ich meine! Verräterin!« Mareike hatte sich mit verschränkten Armen vor mir aufgebaut und schaute mich provozierend an. Dabei huschte ein Grinsen über ihr Gesicht.

»Guten Tag auch«, sagte ich betont ruhig und hielt ihrem Blick stand. »Was ist das denn für eine Begrüßung?«

»Jetzt tu doch nicht so!«

»Hä?«

»Machst einen auf Unschuld vom Lande und dann knutschst du mit unserem Fußballstar, echt, ich fasse es nicht! Habe ich dich nicht ausgiebig vor ihm gewarnt?« Mareike schüttelte den Kopf. Dann rückte sie ein Stück näher an mich heran. »Ist das wirklich dein Ernst?«, wiederholte sie. »Ausgerechnet der, der ständig neue Freundinnen hat? Ich glaub zwar nicht, dass du glücklich wirst – aber das Gesicht von Lena ist es allemal wert!« Sie knuffte mich freundschaftlich in die Seite.

»Hä?« Ich verstand immer noch nicht. Langsam kapierte ich, was sie meinte. Wie ein Lauffeuer musste es sich im Ort herumgesprochen haben, dass ich jetzt mit Jan Friedrichsen zusammen war.

»Es gab vorhin eine dramatische Szene auf dem Fußballplatz, da hättest du dabei sein müssen. Die beiden haben Schluss gemacht!«, erzählte Mareike weiter und senkte noch nicht einmal die Stimme dabei. Jeder konnte zuhören, doch mittlerweile hatten Connys Gäste sich wieder ihren Eisbechern zugewandt. Was interessierten sie auch die Belange der einheimischen Teenies! Mir konnte es nur recht sein.

»Ich dachte, er war nicht mehr mit ihr zusammen ...«, rutschte es mir heraus.

»Hat er das gesagt? So ein Quatsch! Der muss ganz schön in dich verknallt sein!« Mareike guckte mich amüsiert an. »Du bist mir eine! Ich erzähle dir alles über Brian und mich. Und du? Hättest mir ja mal sagen können, dass du mit dem was am Laufen hast.«

»Und dann?«

Mareike zuckte mit den Schultern. »Komm, gehen wir an den Strand, hier sind zu viele Ohren.« Demonstrativ drehte sie sich um und streckte Lena die Zunge raus. Eine kindische Geste aus alten Tagen, wie früher, wenn wir uns im Stall gegenseitig geärgert hatten.

»Lena ist stinksauer auf dich! Mach dich auf etwas gefasst. Nicht nur, dass ausgerechnet du seine Neue bist! Hättest mal sehen sollen, wie sie in Tränen ausgebrochen ist und sich an seinen Hals geschmissen hat. Sie hat ihn angefleht, gebettelt ...« Mareike schüttelte den Kopf. »Wie in einem schlechten Film. Aber von einem wie dem hab ich auch nicht erwartet, dass er respektvoll mit Mädchen umgeht.«

Ich schluckte und hatte, ob ich es wollte oder nicht, ein schlechtes Gewissen wegen Lena. Ein Klaubautermann krächzte in mein Ohr: *Nimm dich in Acht!*

Eine warme Brise Meeresluft empfing uns, als wir den Holzweg hinunter an den Strand nahmen. Obwohl wir auflaufende Flut hatten, wirkte das Meer ruhig und friedlich. Die Sonne hatte sich am Horizont verabschiedet, nur noch wenige Menschen waren am Strand unterwegs. Wir setzten uns in den Sand und streiften uns die Schuhe von den Füßen.

»Hier, magst du?« Mareike holte ein Flensburger aus ihrer Tasche und öffnete die Flasche mit einem lauten *Plopp!*.

»Nee, lass mal ...« Ihre Bemerkung lag mir samt Erdbeereis wie ein Klumpen Teer im Magen.

Mareike nahm einen tiefen Schluck. »Jetzt erzähl: Wie kam es dazu? Wo hast du ihn kennengelernt? Wohl kaum auf dem Fußballplatz!« Sie musterte mich neugierig, als sähe sie mich heute zum ersten Mal.

Der Sand fühlte sich immer noch warm an, ich ließ ihn spielerisch durch meine Finger gleiten, wie Jan vorhin in den Dünen. Ich zögerte, was ich Mareike erzählen sollte. Das ging alles so schnell. Ich, die rothaarige Stadthexe mit der verrückten Tante, war plötzlich die offizielle Freundin des hiesigen Fußballstars. Damit war ich Gesprächsthema Nummer eins im Ort – und hatte mir Lena endgültig zur Feindin gemacht.

»Och, das ist eine lange Geschichte ...«, begann ich ausweichend.

»Jetzt mach's nicht so spannend!«

Aber ich schwieg, weil ich spürte, dass Mareike mir nicht geglaubt hätte: dass Hauke sich von ihm reiten ließ und wir uns stundenlang über alles Mögliche unterhalten konnten. Dass Jan eine ganz andere, gefühlvolle Seite besaß. Eine, die nachdenklich und grüblerisch war, viel zu schwach und sensibel, um mit den Anforderungen an einen Leistungssportler klarzukommen. Mal ganz abgesehen von den permanenten Sprüchen und Lästereien, die er hier aushalten musste, und den Wutausbrüchen seines alten Herrn. Kein Wunder, dass er sich hinter einer Fassade verschanzt hatte und den Angeber gab.

Eine Weile saßen wir so da, jede für sich in ihre Gedanken versunken. Mareike dachte garantiert an Brian, den sie heute Abend wegen mir nicht treffen konnte.

»Ich bin ja bald wieder weg, was soll die Aufregung«, sagte ich. »Dann hat er sowieso wieder eine andere und mich vergessen.«

»So hört sich eine an, die frisch verliebt ist«, lästerte Mareike. »Liv, komm schon, ich kenne dich gut genug! Wie lange geht das schon mit dir und ihm? Warum hast du mir nie erzählt, dass du ausgerechnet in ihn verliebt bist? Ich hätte ihn dir schon ausgetrieben!«

»Genau deswegen. Alle halten ihn für einen oberflächlichen Angeber! Aber in Wirklichkeit ist er ganz anders ...«

»Lass mich raten: gefühlvoll, romantisch, verletzlich und zurückhaltend? Pah, dass ich nicht lache! Da kennen wir ihn aber anders.« Mareike schüttelte den Kopf.

»Siehst du, wusste ich doch, dass du mir nicht glaubst!« Ich sprang auf. »Vergiss es! Ich muss jetzt nach Hause, Isodora und Piet machen mir die Hölle heiß, wenn ich schon wieder zu spät komme.«

»Hey, Liv, warte. So war das doch nicht gemeint! Komm, setz dich wieder! Wer, wenn nicht ich, darf dir die Wahrheit sagen!« Mareike legte mir versöhnlich den Arm um die Schulter. »Es ist nur ... ich kenne Jan seit der Grundschule. Er hat noch nie etwas anbrennen lassen! Ständig hat er mit Mädchen rumgemacht. Man erzählt sich, er habe zu Hause neben seinen Pokalen eine Zettelsammlung mit den Namen aller Girls, die er mal geküsst hat. Komm schon, wach auf, der macht dir was vor! Der spielt mit dir, und das hast du nicht verdient! Jede Wette macht der sich einen Spaß daraus und knutscht morgen schon wieder mit Lena!« Sie stupste mich in die Seite, als sie meinen genervten Blick bemerkte.

»Schon klar!«, murmelte ich. Dann ließ ich sie einfach stehen und lief, so schnell ich konnte, nach Hause, den rumpelnden Eisbauch ignorierte ich, so gut es ging.

»Ich meine es ja nur gut mit dir!«, rief sie mir hinterher.

Nachdem ich Isodora Bescheid gegeben hatte, dass ich wieder zu Hause war, flüchtete ich mich zu Hauke in den Stall. Mittlerweile war es ruhig auf dem Friesenhof geworden, die Feriengäste schliefen bereits. Für den nächsten Tag war ein Ritt in der Morgensonne zum Nachbarort geplant, da wollten alle frisch und ausgeruht sein. Einzig Anna und Moonlight waren noch unterwegs.

Hauke wusste, wie traurig und alleine ich mich fühlte, und begrüßte mich mit einem sanften Schnauber. Ehe ich mich versah, hing ich schluchzend an seinem Hals, Hauke stand geduldig still wie ein großes Ruhekissen. Warum nur tat das alles so weh und machte mich traurig? In sämtlichen Büchern oder Filmen strahlten immer alle vor lauter Glück, wenn sie verliebt waren! Und ich stand hier und musste weinen. Weinen, bis ich keine Tränen mehr hatte und Haukes Fell ganz nass war. Irgendwann stupste er mich aufmunternd in den Bauch.

»Hast recht, es reicht!« Unwillkürlich musste ich grinsen. Ich kraulte ihm dankbar die Mähne und lehnte meinen Kopf an seinen. Lange Zeit stand ich Stirn an Stirn mit Hauke, spürte seinen Atem in meinem Bauch und merkte, wie ich langsam ruhiger wurde.

Zwei Tage später schickte mich Isodora los, um frische Kräuter aus ihrem Garten im Hafenrestaurant abzuliefern – bei Finn. Ich war nicht so sicher, ob er sehr erfreut wäre, mich zu sehen, aber vielleicht war es auch eine Gelegenheit, mal wieder ganz normal miteinander umzugehen. Ich machte Hauke fertig und war gerade aufgestiegen, da kam Lena mit ihrem Gefolge auf den Friesenhof gegackert. Ich versuchte, ihr in einem Bogen zu entkommen, aber zu spät, sie hatte mich längst bemerkt.

»Na, auf dem Weg zu deinem *Lover?*«, ätzte sie und schnickte dabei ihre blonden Haare zurück. »Da musst du dich aber beeilen! Die Mannschaft ist auf dem Weg ins Trainingslager. Da siehst du deinen Schatzi eine Weile nicht!«

Lena guckte Beifall heischend zu ihren Freundinnen, die albern kicherten.

»Erzähl mir mal was Neues«, ging ich dummerweise auf ihre provozierende Bemerkung ein. Von wegen Trainingslager! Die Mannschaft hatte ein Auswärtsspiel, wie Jan mir gestern am Oststrand erzählt hatte.

»Und dann fährst du nicht mit, Händchen halten?«

Die Hühner kicherten sich halb blöde.

»Also, ich durfte immer mitfahren!« Lena hatte sich vor mir aufgebaut und hielt Hauke am Gebissring fest, der daraufhin unwillig mit dem Kopf schlug.

»Stell dir vor, ich *wollte* gar nicht mitfahren!« In Wirklichkeit hatte Jan mich überhaupt nicht gefragt und ich war ihm auch dankbar dafür. Ich und Fußball! Im Mannschaftsbus mit den grölenden Fans und dem cholerischen Geert, unvorstellbar.

»Kannst du bitte Hauke loslassen? Du merkst doch, er mag das nicht!«

»Hähä, er mag das nicht!«, äffte sie mich nach. Jetzt hielt sie ihn erst recht am Zügel fest. Der Schimmel tänzelte unruhig umher, ich hatte Mühe, mich auf seinem Rücken zu halten, trotz Sattel und Steigbügel.

»Na und? Ich mag auch manches nicht, zum Beispiel, dass du mir meinen Freund geklaut hast.« Lena genoss es sichtlich, wie ich auf Hauke herumeierte. Von irgendwoher hatte sie plötzlich eine Reitgerte in der Hand und kitzelte ihn damit am Bauch.

Hauke schlug aus, bevor er wie ein Rodeopferd losbuckelte. Aber ich tat Lena nicht den Gefallen abzuspringen. Noch hielt ich mich oben.

»Vielleicht wollte Jan *dich* nicht mehr, weil du so gemein bist!« Das kam von Mareike, die mir unverhofft zur Seite sprang. Mit einem energischen Griff nahm sie Lena die Zügel aus der Hand und schubste sie von Hauke weg, sodass sie unsanft zu Boden fiel. Mit tiefer Stimme redete sie dann beruhigend auf Hauke ein.

»Autsch! Spinnst du?« Lena rieb sich mit schmerzverzogenem Gesicht den Knöchel. Ihre Freundinnen hielten ihr erschrocken die Hand hin und zogen sie hoch.

»*Du* spinnst! Hauke so anzustacheln. Ganz schön gefährlich! Du weißt doch, wie er ist!« Mareike sah zu mir und nickte mit dem Kopf.

Ich gab Hauke die Zügel frei, versuchte, mich im Sattel auszubalancieren, und tätschelte ihm den Hals, bis er sich wieder beruhigt hatte.

»Wenn die so weitermacht, bekommt sie sicher Stallverbot, oder?« Mareike sagte das so laut, dass Lena es gerade noch hören konnte. Ich atmete tief durch, erleichtert darüber, dass Hauke jetzt endlich stehen geblieben war, nur seine Ohren spielten noch aufgeregt. Wenn ich nur wüsste, was er hatte. Eigenwillig war er schon immer, in diesem Sommer wirkte er jedoch nervös und schien bei jeder Kleinigkeit durchgehen zu wollen.

Was Mareike da gerade sagte, machte mich allerdings ebenfalls nervös. Lena war immerhin die Tochter der Bürgermeisterin und die wiederum eine angesehene Frau im Ort. Wenn ich mich nicht täuschte, waren Isodora und sie sogar gemeinsam in die Schule gegangen. Er würde Lena niemals ein Stallverbot aussprechen. Und Lena wusste das genau, weshalb sie uns seit Jahren nervte und auf der Nase herumtanzen konnte, so viel sie wollte. Aber heute war sie einen Schritt zu weit gegangen. Wenn ich meinem Onkel erzählen würde, wie sie Hauke mit der Gerte provoziert hatte, würde er das mit Sicherheit nicht unkommentiert lassen.

»Wir werden ja sehen«, sagte sie nur und grinste hämisch in meine Richtung. Dann stolzierte sie, gefolgt von ihren Hühnern, mit hoch erhobenem Kopf davon, sie hinkte nur ein bisschen dabei.

»Dummbratze!« Mareike schüttelte den Kopf. »Wie kann man nur so blöd und verantwortungslos sein!«

»Was ist mit dir, kommst du mit rüber zu Finn und dann vielleicht ins Moor? Zara ist frei, die kannst du nehmen ...« Ich schaute meine Freundin fragend an in der Hoffnung, sie würde Ja sagen. Wie zu alten Zeiten, wo es nur uns gab und die Pferde. Doch Mareike hatte andere Pläne.

»Brian kommt gleich. Er will mal sehen, wie ich reite ...« Sie lachte froh und ich fand sie in diesem Augenblick unglaublich hübsch, ihre blauen Haare schienen zu leuchten.

»Na dann! Viel Spaß!« Ich nickte ihr noch einmal zu, bevor ich mit Hauke vom Hof ritt, Lenas Getuschel und die fiesen Blicke im Rücken versuchte ich zu ignorieren.

Im Hafenrestaurant herrschte wie immer um die Mittagszeit Hochbetrieb. Sämtliche Tische im Biergarten waren besetzt und Finn hatte alle Hände voll zu tun. Als er mich sah, runzelte er die Stirn. »Was willst du? Hier ist die Hölle los, siehst du das nicht?«, sagte er und knallte einem Gast den Teller etwas schwungvoller als nötig vor die Nase.

»Reg dich ab. Ich habe Kräuter in der Küche abgeliefert ... musst du heute hier im Service helfen?«, fragte ich und ignorierte einfach seinen genervten Unterton.

»Stell dir vor: Dies ist ein Familienbetrieb, da packt jeder mit an, wenn's nötig ist, ohne zu fragen! Du bist auf dem Friesenhof ja nur zu Besuch und kannst kommen und gehen, wann du willst.«

Peng!, das saß. Finn schaute mich provozierend an, ich hielt seinem Blick stand. Ich stellte fest, dass seine Sommersprossen blasser waren als sonst.

»Und in einer Woche bin ich wieder zu Hause, zum Glück«, pfefferte ich zurück. Mann, was Finn nur hatte! Langsam konnte er wirklich mal wieder runterkommen. Ich hatte lediglich unsere Verabredung vergessen – und nicht jemanden umgebracht. Ich drehte mich um und wollte zu Hauke, den ich draußen an den Holzzaun gebunden hatte. Doch Finn hielt mich an der Hand einfach fest.

»Ist es wahr, dass du mit dem zusammen bist?«, fragte er. Seine Stimme klang etwas heiser dabei.

»Mit wem?« Ich hielt seinem provozierenden Blick stand.

»Du weißt genau, wen ich meine!«

»Sollte sich doch mittlerweile längst rumgesprochen haben, oder?«, sagte ich. »Hier in dem *Kaff* ...«

»Wirst schon sehen, was du davon hast, *Spielerbraut*«, rief er mir zu. Er war mir an den Zaun gefolgt und sah mir zu, wie ich Hauke den gelockerten Sattelgurt wieder feststellte, was diesem überhaupt nicht gefiel.

Ich tat so, als hätte ich seine fiese Bemerkung nicht gehört, obwohl mir eine gepfefferte Antwort auf der Zunge lag. Ich kannte Finn lange genug, der würde sich schon wieder einkriegen. Hoffte ich zumindest.

»Wann kommst du mal wieder auf den Hof? Oder soll ich dir Morango vorbeibringen?«, sagte ich stattdessen so liebenswürdig wie möglich und stieg auf den tänzelnden Hauke. »Der Gute langweilt sich zu Tode und hat schon eine richtige Wampe ...«

»Keine Zeit!« Finn hatte in Haukes Zügel gegriffen, was den Schimmel nur noch unruhiger machte.

»Ich hab Lena beauftragt, sich um Morango zu kümmern«, sagte Finn und sah mich mit schlitzigen Augen an. »Du hast ja keine Zeit dafür.«

Und mit diesen Worten gab er Hauke frei und drehte sich weg, ohne mir Tschüss zu sagen.

Noch mal *Peng!*.

15

Offiziell war ich jetzt Jans Freundin und damit änderte sich einiges für mich. Mehr, als ich erwartet hatte. Zum Beispiel wurde ich auf dem Fußballplatz von Florian, Cederik und den anderen begrüßt, sie fragten sogar, ob sie Hauke streicheln durften. Dafür streute Lena ein gemeines Gerücht nach dem nächsten über mich, meine roten Haare und Hexen-Rituale, die ich angeblich nackt auf Haukes Pferderücken in den Dünen zelebrierte. Absolut alberner Quatsch und Gelaber aus dem Mittelalter, aber alle lästerten mit. Plötzlich verstand ich, welche Probleme Jan hier im Ort hatte. Man durfte keine Schwächen zeigen oder sich anders verhalten als erwartet. Dann wurde man einfach aus der Gemeinschaft ausgegrenzt. Früher war mir das nie aufgefallen!

Besonders aber verletzte mich Finns eisiges Schweigen. Er ignorierte nach wie vor alle meine Nachrichten, und wenn er sich dann doch mal auf dem Friesenhof blicken ließ, grüßte er mich nicht. Ich verstand die Welt nicht mehr. Wenn er Liebeskummer wegen Lena hatte, sollte er das bitte schön nicht an mir auslassen! Finn schien vergessen zu haben, dass wir allerbeste Freunde waren, sonst hätte er mir ja auch mal sein Herz ausschütten können, oder?

Auch Isodora verhielt sich mir gegenüber anders als sonst. Von ihr fühlte ich mich ständig beobachtet, wenn ich beim Frühstücksgeschäft und später in der Küche bei den Vorbereitungen fürs Mittagessen half. Sie wirkte neugierig und hätte mich am liebsten alles Mögliche über Jan und seine Familie ausgefragt, das spürte ich genau, doch zum Glück verkniff sie sich ihre Fragen. Ich hätte ihr sowieso nichts erzählt.

Also tat ich, als bemerkte ich ihre neugierigen Blicke nicht, und versuchte, mich möglichst normal wie immer zu verhalten. Kümmerte mich um die Wäsche und Belange der Gäste, half beim Füttern und Ausmisten oder Anspannen der Pferde für die Ausfahrten. Doch kaum hatte ich die letzten Handgriffe erledigt, holte ich Hauke aus dem Stall und machte, dass ich zum Oststrand kam.

Dort wartete Jan. Er hatte bereits sein Morgentraining absolviert und wie immer, wenn ich den schmalen Dünenweg entlanggeritten kam, lief er mir entgegen, locker und leicht wie die warme Brise, die vom Meer herüberwehte.

»Hey«, rief er und half mir vom Pferd. »Schön, dich zu sehen!« Er drückte mir einen Kuss auf die Wange, der leicht Richtung Lippen verrutschte. Jan schmeckte gut. Manchmal war ich mir nicht sicher, was Jan wirklich von mir wollte und ob er wirklich so verliebt in mich war wie ich in ihn. Immerhin hatte ich selbst erlebt, wie mies er sich verhalten konnte.

»Reitstunde?«, antwortete ich statt einer Begrüßung.

»Lust auf einen Spaziergang?«, fragte Jan zurück.

Wir mussten beide lachen.

»Mir tun sämtliche Muskeln weh«, sagte er dann. »Das Spiel gestern war ganz schön hart! Und heute Morgen gleich wieder Training, jetzt joggen ... mir reicht's für heute!«

»Von mir aus!«, erwiderte ich und war nur ein bisschen enttäuscht. Denn ich liebte es, Jan zu unterrichten, weil er so talentiert war – und Hauke sich von ihm so geschmeidig reiten ließ, dass einem das Herz beim Zuschauen aufging. Eigentlich hätte ich neidisch sein müssen, weil die beiden miteinander verschmolzen zu sein schienen, aber im Gegenteil: Es machte mich stolz. Außerdem durfte ich auf dem Friesenhof so gut wie nie Reitstunden geben, weil Piet der Meinung war, mir fehlte die qualifizierte Ausbildung dazu. Dabei war ich mit Pferden aufgewachsen. Nur wenn völlig Not am Mann war und zu viele Kinder auf den Ponys reiten wollten, holte er mich zu Hilfe.

Ehe ich michs versah, hatte er nach meiner Hand gegriffen und führte mich am Strand entlang. Hauke trottete am langen Zügel hinter uns her wie ein Hündchen und schien nichts dagegen zu haben. So fühlte es sich also an, *Spielerbraut* zu sein, wie Finn mich bezeichnet hatte. Der Fußballstar bestimmte, wo es langging. Ich wusste nicht, ob ich das jetzt gut fand oder nicht.

»Lena hat sich megamäßig aufgeführt, als ich mit ihr Schluss gemacht habe«, erzählte Jan freimütig, während wir durch die auslaufenden Wellen liefen. Seine Hand lag warm in meiner.

»Lass mich raten: Sie ist natürlich stinksauer auf mich und nicht auf dich!«, sagte ich. »Das ist mal wieder typisch, oder? Als ob ich dich ihr einfach ausgespannt hätte …«

»Na ja, vielleicht bin ich auch nicht ganz unschuldig dran«, meinte er und guckte mich zerknirscht an. »Ich habe ihr einfach eine WhatsApp geschickt und geschrieben, dass mir deine roten Locken den Verstand rauben und ich deswegen nicht mehr mit ihr zusammen sein kann. Sie ist danach direkt auf den Fußballplatz gestürmt gekommen und hat mir die Szene meines Lebens gemacht …«

»Du hast was?« Fassungslos schaute ich ihn an. Ich hatte wenig Ahnung von Verliebtsein und Beziehungen. Wusste nicht, wann der richtige Zeitpunkt zum Küssen oder Reden ist, wann man »Ich-liebe-dich« sagt und wie oft man sich sehen muss, um eine richtige *Beziehung* zu haben. Vanessa, Julia und Pilar hatten mich ja immer ausgelacht deswegen und Kim und Gizem waren nicht verliebt. Aber eins war mir klar: Schluss machen übers Handy ging gar nicht.

»Du weißt doch: einmal Vollarsch, immer Vollarsch!«, rief er und kickte ein Stück Treibholz zurück ins Meer, das prompt wieder angespült wurde.

»Danke auch!« Ich schüttelte immer noch fassungslos den Kopf. Da hatte mir Jan mit seiner Äußerung, dass er mir wegen meiner roten Haare verfallen wäre, einen Bärendienst erwiesen. »Kein Wunder, dass Lena so einen Hass auf mich hat!«

Rasch erzählte ich ihm von der unschönen Szene bei Conny und wie sie Hauke mit der Reitgerte provoziert hatte. Schweigend liefen wir nebeneinander her, das Wasser umspülte unsere nackten Füße.

»Tut mir leid«, meinte er und es wirkte ehrlich. »Daran hatte ich nicht gedacht. Ich wusste nicht, wie ich es ansonsten machen sollte …«

Ich schaute ihn skeptisch an und war nicht sicher, ob ich ihm glauben sollte oder nicht. Mir fiel ein, was Mareike alles über ihn gesagt hatte.

»Wann hat das eigentlich angefangen?«, rutschte es nach einer Weile aus mir heraus. Die Frage brannte die ganze Zeit über schon in mir. »Ich meine, wie hast du gemerkt, dass du … äh … mit diesem Leistungsdruck nicht mehr klarkommst?«

»Ich habe sonst noch nie mit jemanden darüber geredet«, sagte er. »Ich bin nicht so gut darin, meine Gefühle zu zeigen, weißt du doch ...«

Er stupste mich neckend in die Seite und ich stupste ihn zurück.

Ganz nah waren wir uns, seine Augen tauchten in meine. Warme Gefühlswellen schwappten durch meinen Körper, ergriffen mich von Kopf bis Fuß. Ich schlang einfach meine Arme um seinen Hals und drückte ihn fest an mich, er hielt sich an mir fest.

»Bei mir darfst du so sein, wie du wirklich bist, das weißt du«, flüsterte ich in sein Ohr.

Statt einer Antwort drückte Jan meine Hand.

»Okay«, sagte er und atmete tief durch. Aber er brauchte noch eine ganze Weile, bevor er anfing zu erzählen. Genauer gesagt, war es Hauke, der ihm aufmunternd von hinten in den Rücken stieß und ihn damit unmissverständlich aufforderte, sich endlich all das von der Seele zu reden, was ihn seit Jahren offensichtlich belastete.

»Seit ich denken kann, habe ich Stress mit meinem Vater«, begann Jan zögernd. »Ich meine, ich kenne es gar nicht anders mit ihm. Ständig meckert er, ständig trinkt er, ständig ...« Jan schwieg einen Moment. »Aber es war zum Glück so, dass er während meiner Grundschulzeit einen Job als Trainer in Thüringen hatte, da hatten wir alle Pause. Meine Mutter, meine Schwester und ich! Das war die Zeit, in der ich auch nicht mehr nachts ins Bett machte. Vorher ständig ...!« Jan grinste schief und atmete tief durch.

»Ja und?«, sagte ich. »Bei uns im Kindergarten war auch ein Junge ...« Ich schüttelte den Kopf.

»Aber nicht der Sohn von Geert Friedrichsen! Der muss

stark und kein Hosenscheißer sein. Ein harter Kerl so wie er! Mein Vater hat mir die Hölle heißgemacht. Und ich hab mich zusammengerissen. Nichts mehr getrunken, um nicht aufs Klo zu müssen ... mich besonders angestrengt, um ihm zu gefallen. Für mich ist es seitdem normal geworden, mich anders zu verhalten, als ich in Wirklichkeit fühle. Aber das machen wahrscheinlich die meisten Menschen so.« Jan hielt nachdenklich inne. »Na ja, zumindest war die Grundschulzeit die beste, an die ich mich bisher erinnern kann«, fuhr er nach einer kleinen Pause fort. Wir waren mittlerweile am Ende der Bucht angekommen, Hauke trottete neben uns her.

»Weil dein Vater nicht da war ...«

»... und weil ich machen konnte, was ich wollte! Ich war zwar im Fußballverein, aber ich mogelte mich, so gut ich konnte, durchs Training. Ich spielte mit meinen Freunden auf der Straße oder am Strand, wann immer ich Lust dazu hatte, wie Kinder halt. Dann kam eines Tages Geert wieder.« Jan seufzte und drückte meine Hand. »Er machte Stress, dass ich so wenig trainieren und mein Talent vergeuden würde ... Ich hatte keine andere Wahl als mitzumachen, du hast ja selbst erlebt, wie gnadenlos streng er sein kann. Also habe ich mich gefügt und gemacht, was er von mir verlangte. Aber ich hatte Dauerbauchschmerzen ...«

Diesmal drückte ich seine Hand, ich mochte mir kaum vorstellen, wie er sich bei alldem gefühlt hatte. *Mich gefügt* ... Jans Worte hallten wie Geerts Schläge in mir nach. Ich bekam Gänsehaut, als er jetzt weitererzählte: »Auf der weiterführenden Schule wurde alles noch schlimmer! Neben dem intensiven Training hatte ich jetzt noch Notenstress. Zum Glück war ich bei allen sehr beliebt und stand überall im Mittelpunkt, auf dem Schulhof war ich sowieso der Held, weil niemand so gut wie ich mit dem Tennisball kicken konnte. Überhaupt muss ich ehrlich zugeben, dass mir das Fußballspielen echt was bedeutet! Alle finden mich klasse, loben und beklatschen mich … ich stehe im Mittelpunkt, bin der Held. Aber das reicht Geert ja alles nicht! Immer mehr, immer intensivere Trainingspläne entwickelt er für mich. Um mich zu fördern, nimmt er mich stärker ran als jeden anderen. Ich gebe mein Bestes, damit er zufrieden ist und keine Ausraster bekommt!«

»Aber eigentlich würdest du lieber reiten?«, hakte ich nach.

Jan nickte. »Ja. Pferde haben mich schon immer fasziniert. Ihre Größe, ihre Stärke … ihre Verschwiegenheit.« Er streichelte Hauke zärtlich über die Nüstern und dieser rieb im stillen Einverständnis seinen Kopf an Jans Schultern. »Beim Joggen bin ich immer öfter heimlich an euren Weiden vorbeigelaufen. Bis Piet mich eines Tages bemerkte und mich reiten ließ. Ich glaube, er hat sich nichts dabei gedacht. Aber Geert ist ausgetickt, als er davon erfahren hat! Sein Sohn und Pferde! Auch noch auf dem Friesenhof! Undenkbar.«

Jan atmete hörbar tief aus und ich mochte mir Geerts Reaktion im Detail überhaupt nicht ausmalen.

»Deswegen habe ich lange Zeit einen großen Bogen um den Friesenhof und seine Weiden gemacht, machen müssen. Habe mich voll und ganz auf den Fußball konzentriert. Meine Chancen stehen ganz gut, im nächsten Jahr in den Kader zu wechseln. Dann bin ich endlich weg von hier.«

»Würdest du die Nordsee nicht schrecklich vermissen?«, rutschte es mir heraus.

Jan war stehen geblieben und schüttelte den Kopf. »Nein! Jedes Mal wenn ich das Meer rauschen höre, erinnert mich das an mein Rauschen im Kopf, an all die Ansagen, die ich kassiert habe ... Und an all die Geschichten, die ich hier im Ort ertragen muss. Die würde ich nicht die Bohne vermissen!«

»Aber wieso sagst du nicht, dass dich das alles nervt?«

»Du hast nicht verstanden, Liv!« Jan schüttelte den Kopf. »Soll ich etwa meinem Vater sagen, hey, du, ich hab keinen Bock mehr aufs Kicken, ich halte diesen permanenten Leistungsdruck nicht mehr aus und würde mich am liebsten für immer in der Rettungsbake verstecken?«

Heißes Mitgefühl durchschoss mich. Wie einsam und deprimiert musste Jan sich fühlen, wie schwierig mussten die Momente für ihn sein, wenn er da draußen im Watt alleine für sich herumstromerte und all seinen dunklen und düsteren Gedanken freien Lauf ließ. Wenn er vor seinem Vater und den Wutanfällen flüchtete, vor den gemeinen Lästereien. Und, noch schlimmer, mit niemandem darüber reden konnte, weil niemand hier im Ort die Wahrheit akzeptieren würde.

»Ich bin da, wann immer du mich brauchst!«, flüsterte ich in sein Ohr und hielt ihn fest, sehr fest. Dann küsste ich ihm behutsam die Tränen weg.

16

Nach Jans ausführlichem Geständnis musste ich pausenlos an ihn denken. Gleich morgens beim Aufwachen und abends, bis ich in einen traumlosen Schlaf abtauchte. Wie in einer Parallelwelt erledigte ich meine Aufgaben im Haus, ständig in Gedanken bei ihm: wie er aufstand und sich wusch. Wie er frühstückte und sich fürs Training anzog. Wie er seine Einheiten absolvierte und dabei von Geert angeschrien wurde. Wie er unter den täglichen Anforderungen litt, immer sein Bestes geben zu müssen, obwohl er innendrin tieftraurig war. Wie er mich innig an sich gedrückt hatte. Isodora wunderte sich längst nicht mehr, wenn ich die Brotkörbe vertauschte oder die Rühreier anbrennen ließ.

Jan und ich hatten uns für heute Nachmittag am Fußballplatz verabredet. Lange stand ich vorm Spiegel und überlegte, was ich anziehen sollte. Als Freundin des hiesigen Fußballstars würde ich alle Blicke auf mich ziehen und jetzt, wo alle über mich redeten, sowieso. Vanessa, Julia und Pilar hätten sicherlich keine Probleme damit gehabt, etwas Passendes herauszusuchen, zumal die Sonne heute mal wieder vom Himmel knallte. Bei dem Gedanken an meine Schulfreundinnen griffen meine Hände wie von selbst zu kurzen Pants und dem gestreiften Top. Mit ausgiebigen Strichen bürstete ich meine langen Haare und überlegte kurz, ob ich sie offen tragen oder zusammenbinden sollte. Kurzerhand flocht ich mir dann zwei Zöpfe, schließlich wollte ich sportlich wirken. Mit knallbunten Sneakern an den Füßen, wie sie gerade in Hamburg Mode waren, machte ich mich dann auf den Weg zum Fußballplatz.

Dort herrschte reges Treiben. Geert feuerte seine Jungs an und jagte sie zwischen Kegeln und Steckfahnen über den Platz. Sein Kotrainer ließ unterdessen die jugendlichen Spieler der Urlaubsgäste ein paar leichtere Übungen machen.

»Puh, hier stinkt's!«, hörte ich Lena sagen, als ich langsam zum Spielfeldrand schlenderte. Sie hielt sich demonstrativ die Nase zu und ihre Hühner giggelten, ich ignorierte sie einfach. Erst jetzt fiel mir auf, dass scharenweise Mädchen am einheimischen Tor herumlungerten und alle Augen auf Jan gerichtet waren, der jetzt mit einem gekonnten Dribbling seinen Gegenspieler ausspielte. Lena strich sich die Haare zurück und hauchte ein »Wow!«. Sofort musste ich an Julia, Vanessa und Pilar denken, die sich in der Nähe von Jungs ganz genauso aufführten. Vielleicht gehörte das so.

»Hey, cool gemacht!«, rief ich, aber Jan schien völlig auf den Ball konzentriert zu sein, die Kommentare und aufreizenden Gesten der Mädchen bemerkte er gar nicht, ihre Sprüche schossen wie Bälle hin und her. Alle lachten, als sich Cederik von Lena eine Kusshand zuwerfen ließ, nachdem er mit vollem Körpereinsatz einen Ball von Jan gehalten hatte.

Voller Bewunderung für Jans Fußballkünste blieb ich am Spielfeldrand stehen. Es war unglaublich, wie geschickt und beinahe liebevoll er den Ball am Fuß führte, kickte, schnickte, wie von einem unsichtbaren Band gehalten, kam der Ball immer wieder zu ihm zurück. Als Jan wieder einmal dicht an mir vorbeidribbelte, wagte ich ein sanftes »Hey!«. Da hob er den Blick und lächelte mir zu und für einen Moment stand die Welt still.

Beim Abschlussspiel feuerte ich natürlich seine Mannschaft an, die sich in Bestform zeigte. Ich schrie aus Leibeskräften, jubelte und johlte und hüpfte wie ein aufgezogener Flummi vor Aufregung an der Seitenlinie herum. Jan schoss drei Tore, die Gegner hatten keine Chance.

»Du warst suuuper«, rief ich, als Jan schweißüberströmt, aber überglücklich vom Platz ging. Erwartungsvoll lief ich ihm entgegen.

»Tolle Leistung«, jubelten auch die anderen. »Astreines Spiel!« – »Du bist einfach der Beste!«

Jan strahlte über das ganze Gesicht und ließ sich feiern. Klatschte ab, umarmte seine Kumpels, hüpfte mit ihnen herum.

»Hey«, rief ich übermütig und hielt seine Hand fest. »Zeit für einen Siegerkuss?« Dabei versuchte ich einen koketten Augenaufschlag samt leichtem Hüftschwung, der prompt seine Wirkung nicht verfehlte.

»Wow, deine Freundin geht ja ran ...?!« Seine Mitspieler pfiffen anerkennend durch die Zähne und ich fühlte mich geschmeichelt, obwohl ich mir blöd wie eine Tussi vorkam, weil ich es mit allen Mitteln darauf angelegt hatte, dass die Jungs mich toll fanden. Aber: Es hatte funktioniert, ich hatte die Spielregeln verstanden.

»Wieso kennen wir deine neue Freundin sonst nur in Reitklamotten?«, fragte Cederik und musterte mich unverhohlen von oben bis unten, sein Blick blieb dabei länger als nötig an meinen Brüsten hängen.

»Weil sie eine tolle Reiterin ist«, meinte Jan und ich fragte mich, wie er das denn wohl meinte. Plötzlich zog er mich in seine Arme und küsste mich vor aller Augen leidenschaftlich auf den Mund. Bevor ich kapieren konnte, dass er gerade seine Zunge in meinen Mund geschoben hatte, ließ er mich auch schon wieder frei. Seine Kumpels klatschten Beifall und murmelten etwas von wegen »geile Schnitte«.

»Tolle Reiterin?«, hörte ich Florian fragen und prompt fingen alle an zu kichern und zu grölen, natürlich auch Lena und ihre Hühner.

Ich kapierte nicht, was sie meinten, und wischte mir möglichst unauffällig Jans Schweißspuren weg, die sich auf meinem Gesicht unangenehm feucht anfühlten.

»Die beste der Welt – und leider bald wieder weg«, sagte Jan und zwinkerte mir zu. Er hatte seinen Arm um meine Schultern gelegt. Es gehörte wohl als Spielerbraut dazu, ein müffelndes Trikot auszuhalten. Noch schlimmer fand ich die Sprüche der Jungs, die ich mir jetzt anhören musste. Ich versuchte, die anzüglichen Bemerkungen der anderen zu ignorieren, auch wenn sie mich insgeheim auf hundertachtzig brachten. Ausdrücke wie »würde ich auch gern einreiten« oder »kurviges Material« hörte ich noch nicht einmal in Hamburg in der S-Bahn und plötzlich verstand ich, wenn in den Zeitungen über sexuelle Nötigung und Anzüglichkeiten geschrieben wurde, die ständig passierten, aber niemand ernsthaft anprangerte, weil sich alle daran gewöhnt hatten. Meine Mutter hatte sich auch schon darüber aufgeregt, aber ich hatte nie wirklich nachvollziehen können, was sie meinte. Jetzt kapierte ich: Weil ich in meinen Hotpants und in meinem engsten T-Shirt aussah wie Julia, Vanessa und Pilar, hatte ich für die Fußballer das falsche Zeichen gesetzt. Genauer gesagt, hatte ich es ja voll und ganz darauf angelegt, Isodoras Kommentar und Stirnrunzeln zum Trotz. Nun musste ich zusehen, wie ich den Quark wieder zurück in den Eimer bekam.

»Ich komme immer wieder«, versuchte ich die Anzüglichkeiten zunächst locker zu übergehen, keine Lust auf Streit. Aber offensichtlich war das erst recht die falsche Bemerkung. Die Jungs, allen voran Jan, lachten sich halb weg und gratulierten ihm.

»Ist doch nur Spaß«, versuchte mich Jan zu beruhigen, als er meine finstere Miene bemerkte, und drückte mir einen dicken Schmatzer auf die Wange. »Die Jungs meinen das nicht so!«

»Ach ja, und wie dann?« Genervt schob ich ihn von mir, doch das stachelte ihn erst recht an, mich anzumachen. Ich wehrte seine Hand ab, die an meinem Hintern rumtätschelte.

Mittlerweile hatten sich auch die anderen Mädchen dazugesellt, längst stand ein Kasten Flensburger in der Mitte und alle bedienten sich. Lena und ihre Hühner kicherten, als die Jungs eins nach dem anderen mit einem lauten *Plopp!* für sie öffneten.

»Hier, für dich, hab dich nicht so!« Jan hielt mir eine Bügelflasche hin, um mit mir anzustoßen. Ich nahm sie ihm mit grimmiger Miene ab.

»Auf dich!«, sagte ich und versuchte ein Lächeln. In mir drin aber schalteten sämtliche Nebelhörner, Leuchtraketen und Rettungsbojen auf Alarmstufe Rot. Denn hier stimmte etwas nicht. Ganz und gar nicht.

Als ich am nächsten Morgen aufwachte, überkam mich sofort dieses mulmige Gefühl und mein Herz fühlte sich klein und klamm an, wie wenn es zu lange in der eiskalten Nordsee gebadet hätte. Am Himmel zeigten sich durch den Fensterausschnitt lauter kleine Fotografierwolken, es versprach, ein sonniger Tag zu werden.

Jan war gestern im Beisein seiner Kumpels auf der Siegerparty ganz anders gewesen als in den Momenten, wenn wir alleine waren. Er hatte einen Spruch nach dem nächsten gerissen und sich in meinen Augen äußerst peinlich verhalten. Irgendwann hatten er und Lena sich gegenseitig mit Salzstangen gefüttert, während ich Cederiks Fummelhände abwehren und Florians Gesülze ertragen musste. Die Hühner kicherten sich natürlich einen Ast und ich war mir sicher, Mädchen wie Julia, Vanessa und Pilar wären genau auf diese Typen abgefahren. Ich nicht.

Und Jan hatte mich vor allen anderen bloßgestellt! Was fiel dem ein!? Ich war nicht so wie die anderen, hatte er doch selbst so zu mir gesagt. Nur deswegen hatte er mir sein Geheimnis anvertraut und dennoch behandelte er mich von oben herab wie so eine Tussi. Seine anzüglichen Bemerkungen hatten mir nicht gefallen, noch jetzt hallten sie in meinen Ohren ...

Mir war zum Heulen zumute. Seufzend verschränkte ich die Arme hinter meinem Kopf. Für einen kurzen Moment schloss ich die Augen und spürte in mich hinein, ich fühlte mich wund und leer, wie zerschlagen.

Wahrscheinlich hätte ich den restlichen Morgen mit Grübeleien und Heulanfällen im Bett verbracht, hätte mich nicht der Eingang zweier Nachrichten aus meinen Gedanken gerissen. Die erste war von Jan, der unser Treffen wegen eines Intensivtrainings für heute leider absagen musste, zum Trost schickte er mir lauter Herz-Smileys, als wäre es damit getan. Die zweite war von Mareike, die mich fragte, ob und wann wir heute gemeinsam ausreiten wollten.

»Gute Idee!«, schrieb ich ihr zurück und schwang mich aus dem Bett. Meine Enttäuschung wegen Jan drückte ich einfach weg, ich würde ihm später antworten. Außerdem half mir die übliche Morgenroutine in Isodoras Küche und im Stall, mich abzulenken.

Wir ritten diesmal Richtung Wald, wo es wunderschöne, weiche Wege gab, und erst als mich Mareike nach Jan fragte, wurde mir schmerzhaft wieder bewusst, wie enttäuschend der gestrige Abend für mich verlaufen war.

»Ich will nicht darüber reden!«, murmelte ich und drückte Hauke die Fersen in die Flanke. Der reagierte sofort, machte einen Satz und galoppierte los.

»Hey, warte! Du kannst mir nicht einfach davonreiten!« Mareike trieb mit der Zunge schnalzend Zara an, die sich nicht lange bitten ließ und Hauke nicht von der Seite wich.

»Yippie!« Wir gaben unseren Pferden die Zügel frei.

Hauke unter mir streckte sich in rasantem Galopp, ich hatte mich weit über seinen Hals gebeugt und meine Hände ruhten vertrauensvoll in seiner Mähne. Hinter der Wegbiegung ging es aufs offene Feld hinaus, dort würden die Pferde bis zum Waldrand freie Bahn haben. Hauke war schnell – und traumhaft sicher im Tritt. Kaninchenlöcher, Spurrillen oder Wurzeln machten ihm nichts aus, es war, als flöge er einfach darüber, und ich hatte nichts zu tun, als den Ritt zu genießen, mit seinen Bewegungen zu verschmelzen und eins zu werden, die Augen geschlossen zu halten und zu spüren, wie wir über den Boden schwebten – frei. Der Wind rauschte sonnenwarm an meinen Ohren vorbei und ließ meine Haare flattern. Ich spürte Haukes kraftvollen Galopp bis in die letzte Faser meines Körpers, heiße Glücksfunken überall und das innige, große Gefühl der Verbundenheit mit ihm. Für immer.

Wie von selbst verlangsamte Hauke irgendwann sein Tempo und blieb schließlich am Waldrand stehen. Sprachlos vor Glück sprang ich aus dem Sattel und streichelte zärtlich seine Nüstern, die sich trotz der Anstrengung kaum blähten. Zara dagegen gab einen erschöpften Schnaufer von sich, als Mareike sie neben uns zügelte.

»Ich hatte ganz vergessen, wie großartig das ist! Wie fliegen und träumen gleichzeitig!« Mareike strahlte über das ganze Gesicht, die blauen Haare vom Wind zerzaust. Sie lehnte über Zaras Hals gebeugt und hielt die Augen selig geschlossen.

Deswegen konnte sie nicht sehen, dass ich nickte und, Stirn an Stirn an Hauke gelehnt, genau dieses große Gefühl in mir aufsog.

»Gehen wir ein Stück?«, fragte Mareike und war schon abgesprungen. »Die gute Zara ist ein bisschen aus der Übung.«

»Kein Wunder! Wenn du kaum noch zum Reiten kommst!«, neckte ich sie.

»Sei nicht böse«, antwortete Mareike ernst, »ich hab dich nicht vergessen! Wie könnte ich!« Sie griff nach meiner Hand und drückte sie fest.

Ich nickte. »Laufen wir zum See? Dann können die Pferde etwas trinken.«

»Einverstanden!«

Unterwegs erzählte mir Mareike von Brian und ihrer Beziehung, seinem besonderen Musikgeschmack und dass ihr das manchmal auch zu düster sei. »Aber er ist total süß! Er schreibt mir jeden Morgen und jeden Abend eine Nachricht ... und wie ist das mit dir und Jan? Seht ihr euch regelmäßig?«, fragte sie.

Ich nickte. Dann schüttelte ich den Kopf. Es gab mir einen Stich, wieder an den blöden gestrigen Abend erinnert zu werden. Und dann Jans knappe Nachricht von heute Morgen ... Wenn ich Mareike davon erzählen würde, wäre das nur Wasser auf ihre Mühle, ich hörte sie schon »Siehste!« sagen. Andererseits war sie meine beste Freundin. Also erzählte ich ihr, wie mies es auf dem Fußballplatz für mich gelaufen war.

»Mannomann! Wusste ich's doch, der liebt nur sich und sein Gekicke. Bitte, bitte häng dein Herz nicht an einen, der deine Gefühle nicht wert ist.« Sie schüttelte den Kopf, bevor sie hinzufügte. »Echt jetzt, Liv, was willst du denn mit so einem wie dem?!«

Mittlerweile waren wir an dem kleinen See angekommen. Den Pferden hatten wir die Trensen abgenommen und die Sattelgurte gelockert, von einer Bank aus sahen wir ihnen beim Grasen zu. Nur wenige Menschen kannten diesen kleinen Waldsee, der sehr versteckt lag und kaum Einstiegsmöglichkeiten zum Schwimmen bot. Deshalb waren wir jetzt, am späten Nachmittag, alleine hier.

»Liv, ich weiß nicht, wie ich es dir sagen soll.« Mareike sah mich ernst an. »Es ist nur ... ich kenne ihn schon so viel länger als du! Und ich kann nicht zusehen, wie meine beste Freundin ihr gutes Herz an so einen Angebervollarsch wie den verschenkt! Egal, was er dir erzählt hat!«

Ich musste schlucken. Mareikes Worte trafen mich genau bei meinen Zweifeln von heute früh und tief in mir wusste ich: Sie hatte recht! Jan hatte mich gestern vor all seinen Kumpels bloßgestellt. Schlimmer noch: Er hatte sogar zugelassen, dass Lena mitmachte. Und dann hatte er unsere Verabredung heute abgesagt. Anscheinend konnte er nicht aus seiner Haut und musste einfach immer und überall den Fußballmacker raushängen lassen. Obwohl er diese verletzliche und weiche Seite hatte, würde er sie nie in der Öffentlichkeit zeigen, das hätte ich eigentlich wissen müssen. Und doch ... etwas in mir fühlte sich zu ihm hingezogen, ich kam nicht dagegen an.

»Er ... er ist nicht so. Wenn wir zusammen sind, ist er ganz anders. Du kennst ihn nur nicht richtig«, antwortete ich leise und merkte selbst, wie dämlich es für jemanden wie Mareike klingen musste, die die Wahrheit über Jan nicht kannte. Aber ich hatte ja versprochen, mit niemandem darüber zu reden, was er mir anvertraut hatte.

Mareike schwieg und ich versuchte zu ignorieren, dass sie mich aufmerksam von der Seite musterte.

»Mensch, Liv, jetzt fang bloß nicht an zu weinen! Du bist viel zu wertvoll für so einen, der nur mit deinen Gefühlen spielt und dich nicht *wirklich* zur Freundin haben will. Glaub mir!«

Sie drückte meine Hand. Ich schluckte, weil ich spürte, dass sie recht hatte. Und auch wieder nicht.

Das mit Jan und mir, das war etwas Besonderes. Hatte nicht zuletzt auch Hauke uns beide zusammengebracht? Wie gerne hätte ich das alles Mareike erzählt, damit sie verstand, warum ich so fühlte: Wie wir Jan damals am alten Leuchtturm mitten bei Vollmond getroffen hatten.

Wie einfühlsam er mit Hauke zurechtkam, obwohl er bisher kaum geritten war. Von unseren Treffen am Oststrand und den endlosen Spaziergängen am Meer. Von jener verhängnisvollen Nacht in der Rettungsbake, seiner Angst vor seinem Vater und seinen intensiven Küssen, die mir den Atem raubten.

Aber ich hatte versprochen, es nicht zu tun.

»Er ist anders, als du denkst«, wiederholte ich nur.

»Ich verstehe, was du mir sagen willst, Liv, und ich verstehe auch, dass du hoffnungslos verliebt bist.« Mareike legte ihren Arm um mich und schaute mir prüfend in die Augen. »Aber ich sehe auch, wie unglücklich du bist. Hey, besser, du vergisst ihn ... Lass ihn gehen, der ist nichts für so ein tolles Mädchen wie dich«, sagte sie.

Ich kuschelte meinen Kopf auf ihre Schulter und versuchte, meine Traurigkeit hinunterzuschlucken. Vergeblich.

»Ich will nicht, dass er dir wehtut,«, flüsterte sie in meine Haare und da brachen all die angestauten Tränen endlich aus mir heraus.

Es war noch warm, als wir am Abend zurück zum Friesenhof kamen, wir hatten die Pferde abgesattelt und trocken gerieben und liefen gerade Arm in Arm über den Hof. Mareike hatte mich ausführlich getröstet, aber ich hatte immer noch ein verheultes Gesicht.

»Oh nein, unsere Schimmelreiterin hat Liebeskummer!«, tönte da eine Stimme und es klang nicht mitfühlend. Lena kam uns entgegengeschlendert. Ausnahmsweise war sie ohne ihre Hühner unterwegs.

»Mach die Fliege, du Ziege«, meinte Mareike, »du merkst doch, dass du störst.«

Doch Lena ignorierte ihre Bemerkung und baute sich vor mir auf. »Vergiss Jan, der ist *mein* Freund! Oder hattest du dir etwa Hoffnungen gemacht? Oh, ich sehe an deinen verheulten Augen, das hattest du wirklich ... Arme, arme Liv! Wer tröstet dich jetzt? Etwa deine gepiercte Freundin mit den Blaubeer-Haaren? Oder der gute alte Finn? Merke dir eins, mit einer wie dir will hier niemand etwas zu tun haben!« Sprachs, drehte sich auf ihren Lederstiefeln um und stolzierte zu ihrem Fahrrad.

Fassungslos schüttelte ich den Kopf, deutlicher hätte sie mir die Wahrheit nicht um die Ohren knallen können. Da zog mich Mareike in ihre Arme. »Vergiss Jan! Bitte! Vertraue deiner besten Freundin!«, murmelte sie in meine Haare, ich hielt mich schluchzend an ihr fest. »Komm, wir haben noch eine gemeinsame Woche und die wird die beste deines Lebens sein! Ich bin da ...«

Obwohl sich alles in mir sträubte, ließ ich mich in das taumelnd traurige Gefühl fallen, mich in Jan getäuscht zu haben, wenn ich tief drin ganz ehrlich zu mir selbst war, hatte ich es ja längst gewusst. Die Klabautermänner in meinem Kopf warfen sich Sätze zu.

Jemand, der mal eben just for fun ins Watt segelte und andere gefährdete, konnte kein guter Mensch sein. Jemand, von dem sich Hauke reiten ließ, musste ein guter Mensch sein. Jemand, der mal eben just for fun ins Watt segelte und andere gefährdete, konnte kein guter Mensch sein. Jemand, von dem sich Hauke reiten ließ, musste ein guter Mensch sein. Jemand, der mal eben just for fun ins Watt segelte und andere gefährdete, konnte kein guter Mensch sein. Jemand, von dem sich Hauke reiten ließ, musste ein guter Mensch sein.

Ich hörte Mareikes tröstenden Worten zu und willigte ein, mit ihr an den Strand zu gehen.

»Kannst du dich noch an unser Alles-ist-doof-Spiel erinnern?«, fragte sie, als wir am Wasser waren, und hielt mir ein paar Steine unter die Nase.

Unter Tränen musste ich lächeln. Wie oft hatten wir hier am Strand gestanden und für jedes blöde Schulfach Kiesel in die Wellen geschleudert. Für Spinatlasagne, Feuerquallen, Hausaufgaben, Zimmer aufräumen ... einmal hatte ich sogar meine Mutter verpfeffert und Mareike den Typ mit den Tattoos.

»Die sind zu klein!«, sagte ich, nachdem ich sie ausführlich begutachtet hatte, und bückte mich nach einem faustgroßen schwarzen Stein mit feinen weißen Maserungen. Wenn das Ritual wirken sollte, musste ich diesen hier nehmen.

»Du bist auch nicht anders als Eliyah«, flüsterte ich und hielt den Stein mit beiden Händen fest umklammert. Nie wieder wollte ich mich von Typen wie diesen vorführen lassen. Schon gar nicht von jemandem wie Jan, der mit meinen Gefühlen spielte, der mich benutzt hatte, mir ein Lügenmärchen nach dem anderen erzählt hatte und sich jetzt wahrscheinlich irgendwo insgeheim ins Fäustchen lachte, den Zettel mit meinem Namen an seine Wand gepinnt.

»Wie du meinst ...« Mareike blinzelte mich an, die untergehende Sonne strahlte ihr direkt ins Gesicht. »Weißt du noch, wie es geht?«

»Logisch.«

Dann nahm ich den Stein fest in meine beiden Hände,

schickte alle Enttäuschung und Gefühle hinein und schleuderte ihn mit aller Wucht ins Meer, wo er mit einem lauten *Plopp!* versank.

»Das war's, Jan Friedrichsen! Spiel dein Spiel mit anderen Mädchen! Erzähle deine Geschichten ihnen, aber nicht mir!«, rief ich laut in den Wind. »Ich bin frei, frei, frei ...« Und obwohl mir zum Weinen zumute war, tanzte und lachte ich mit Mareike Arm in Arm so lange am Strand, bis die Sonne im Meer versank.

17

Ich war gerade noch dabei, die leeren Futtereimer in der Ecke zu stapeln, damit sie Wilm am nächsten Morgen griffbereit hätte. Ich liebte diese leise, stille Arbeit zu später Stunde, das beruhigende Malmen der Pferde im Ohr, ab und zu ein zufriedener Schnauber, selbst Merlin döste auf einem Strohballen vor sich hin. Langsam beruhigte sich auch mein Herz, ich würde noch eine Weile brauchen, um Jan zu vergessen, aber es war besser, ihn nie wieder zu sehen, das hatte ich verstanden.

Da kam Finn in den Stall gepoltert. Er wirkte müde und verschwitzt, die Haare standen ihm wieder einmal wild zu Berge. Offensichtlich hatte er trotz der späten Stunde versucht, seinen eigenen Rekord zu brechen, bei dem böigen Wind heute sicherlich eine Herausforderung.

»Hey«, begrüßte er mich knapp. »Hast du eine Ahnung, auf welcher Weide Morango steht?«

»Äh, an der Pappelallee«, erwiderte ich. »Wie immer! Willst du etwa noch reiten?!«

»Aber da ist er nicht!« Finn lief die Stallgasse rauf und runter und spähte dabei in jede Box, als ob sich sein Pferd dort irgendwo versteckt hätte.

»Wie, da ist er nicht?« Ich schüttelte den Kopf. »Kann gar nicht sein. Ich bin vorhin erst an ihm vorbeigeritten ...«

Finn schüttelte den Kopf. »Kusmi, Alma, Luigi, alle da. Aber keine Spur von Morango.«

»Der verschwindet doch nicht einfach so …!«, sagte ich ungläubig. »Komm, schauen wir noch mal gemeinsam nach, bevor es richtig dunkel wird.«

Eilig liefen wir zur hinteren Weide, die an die Aue grenzte und von lauter Pappeln umgeben war. Auf der Bachseite gab es keinen Zaun, denn in den tiefen Graben setzten die Pferde aus lauter Respekt nicht auch nur einen Huf. Es dämmerte längst.

Unterwegs kam uns Anna entgegen, sie wirkte bleich und abgekämpft.

»Hast du Morango gesehen?«, fragte Finn und hielt Moonlight fest.

»Nein, habe ich nicht«, antwortete Anna und mir fiel auf, dass ihre Stimme ebenso hauchdünn wirkte wie sie selbst. Sie ließ Moonlight aus dem Stand angaloppieren und war ebenso schnell verschwunden, wie sie uns begegnet war.

Finn schüttelte ungläubig den Kopf.

»Wie läuft's bei euch im Restaurant?«, fragte ich, um das angespannte Schweigen zu durchbrechen, während wir weiterliefen. Immerhin hatten wir seit Tagen nicht mehr richtig miteinander geredet. Natürlich war ich wie Finn in großer Sorge um Morango. Es war noch nie vorgekommen, dass ein Pferd einfach von der Weide verschwunden war. Nur einmal war die Herde abgehauen, aber da hatten ein paar Jungs aus dem Ort Piet einen Streich spielen wollen und das Gatter mutwillig geöffnet. Da die Pferde vom Friesenhof wussten, wo sie zu Hause waren, hatte es nicht lange gedauert, bis alle wieder glücklich im Stall waren. Weniger glücklich waren die Jungs, nachdem Piets Donnerwetter über sie hinweggefegt war. Seitdem haben sie nie wieder etwas angestellt …

»Die Leute rennen uns die Bude ein!« Finn winkte ab. »Langsam habe ich mich daran gewöhnt. Seit Maurice wieder da ist, läuft sowieso alles ruhiger. Stell dir vor, er hat mein Himbeersüppchen mit Limettensorbet über alles gelobt ... und den Holunderquarkschaum ebenfalls!« Finn geriet ins Schwärmen und mir lief beim bloßen Zuhören das Wasser im Mund zusammen.

»Ich glaube, ich muss dich mal wieder in der Küche besuchen kommen!«, meinte ich und stupste ihn in die Seite. Mittlerweile waren wir am Gatter angekommen und hielten Ausschau nach den Pferden.

Kusmi, Alma und Luigi kamen sofort in der Hoffnung auf Futter angetrabt, als sie uns bemerkten.

»Gute Idee!«, meinte Finn und öffnete das Tor. Dann hielt er einen Moment inne. »Du fehlst!«, fügte er leise hinzu.

»Und du fehlst *hier!*«, rutschte es mir heraus. Einen kurzen Moment lang schauten wir uns überrascht an, dann mussten wir beide grinsen.

Es stimmte, was ich sagte. Seit ich meine Ferien auf dem Friesenhof verbrachte, war es der erste Sommer für mich ohne Finn. Ich hatte Wilm und Piet diesmal alleine geholfen, die Strohballen einzubringen und in der Scheune zu stapeln, was Ewigkeiten gedauert und mir den Muskelkater meines Lebens beschert hatte. Sonst hatten wir das immer gemeinsam gemacht, da war es viel schneller gegangen.

»Morango, komm, du Schöner, wo steckst du?«, rief Finn schnalzend, Kusmi trottete ihm nach.

Suchend ließ ich meine Augen über die Weide gleiten. Kein Loch im Zaun, kein Morango. Auch im Unterstand, der den Pferden zum Schutz bei starkem Wind und Regen diente, war er nicht.

»Meinst du, er ist durch den Graben ...?!« Finn schaute mich fragend an.

»Und dann? Morango ist keiner, der einfach abhaut! Winston vielleicht. Oder Hauke ... weißt du noch, wie er einmal bei Gewitter durchgegangen ist und erst sechs Stunden später auf dem Hof auftauchte?«

»Hauke hat schon immer gemacht, was er wollte ... es ist ein Wunder, dass du so gut mit ihm zurechtkommst.« Finn nickte mir anerkennend zu und für einen kurzen Moment überlegte ich, was er wohl sagen würde, wenn er wüsste, wie gut Hauke sich von Jan hatte reiten lassen. Bei dem Gedanken an Jan durchzuckte es mich heiß. Obwohl ich mir fest vorgenommen hatte, ihn für immer aus meinem Herzen zu verbannen, klebte er dort fest wie eine Seepocke. Ich mochte mich immer noch nicht damit abfinden, dass ich mich – und Hauke! – so in ihm getäuscht hatte. Schnell verdrängte ich die Erinnerung an ihn, ich würde, Ritual hin oder her, noch einige Zeit brauchen, um über ihn hinwegzukommen.

»Schau mal!« Finn unterbrach meine Gedanken. »Da führen Hufspuren rüber zum Bach ...«

»Nie im Leben ist Morango da freiwillig durch!« Ich schüttelte den Kopf und deutete auf die im Mondlicht schimmernde Oberfläche. Finns Pferd war wasserscheu und liebte es im Gegensatz zu Hauke gar nicht, durch die Wellen zu gehen. Lieber hielt er ein paar Meter Abstand zum Spülsaum. Und wenn sich andere Pferde nach einem anstrengenden Ritt genussvoll die Beine mit dem kalten Wasserschlauch abspritzen ließen, tänzelte der Wallach herum wie eine Ballerina.

»Glaub ich aber schon.« Finn deutete auf die gegenüberliegende Seite, wo eindeutig Hufspuren hinausführten.

»Und wo ist er dann hin? Hey, einer wie Morango läuft doch nicht weg!« Ich schüttelte den Kopf und versuchte, mich zu konzentrieren. Es passte einfach nicht zu dem charakterfesten Wallach. Hauke neigte eher zur Nervosität und zum Durchgehen, wie alle wussten. Aber Morango?

»Das ist, weil ich mich nicht genug gekümmert habe«, sagte Finn mit belegter Stimme und setzte sich auf einen umgekippten Baumstamm.

»Du hast dich gekümmert, so gut du konntest ... hey, mach dir doch keine Vorwürfe! Du bist doch nicht dran schuld!« Ich stupste Finn aufmunternd mit den Schultern an. Der hatte die Hände vors Gesicht geschlagen.

»Was für verkackte Ferien!«, murmelte er. »Was für scheißblöde verkackte Ferien!«

Ich atmete tief durch und wusste nicht, was ich sagen sollte. Wenn Finn erst einmal sauer war, kriegte er sich so schnell nicht wieder ein, dafür kannte ich ihn lange genug. Mit einem Mal tat er mir unendlich leid. Ich widerstand dem Impuls, ihn zu umarmen.

»Komm, gehen wir zurück in den Stall, jetzt im Dunkeln können wir sowieso kaum was machen. Bestimmt ist er längst dort, weil er Sehnsucht nach seinem Pferdefreund Hauke hatte!« Ich sprang auf und zog Finn an der Hand mit mir, die er den ganzen Rückweg über nicht losließ.

Mittlerweile hatten sich am Nachthimmel dunkle Wolken aufgebaut, nur hin und wieder blitzte der fast runde Mond hindurch und leuchtete uns den Weg. So wie der Wind bereits in die Pappeln an der Aue blies, würde es wahrscheinlich noch vor Mitternacht regnen. Ich betete insgeheim, dass Morango nichts passiert war und es sich nur um einen dummen Zufall handelte, weshalb er nicht auf der Weide war. Bestimmt hatte Piet ihn geholt oder Wilm ... Doch auf dem Friesenhof angekommen, fehlte von Finns Wallach immer noch jede Spur.

»Abgehauen? Von der Weide?«, fragte Piet kopfschüttelnd, als er uns die Tür öffnete. »Der doch nicht!«

»Dann hat ihn jemand geklaut!« Finn wirkte verzagt.

»Wer klaut hier denn Pferde?!«

»Wäre nicht zum ersten Mal!«

»Rin in de god Stuuv ...«

Während wir uns die Stiefel von den Füßen streiften und auf dem Sofa Platz nahmen, hörten wir Piet telefonieren. Isodora schenkte uns Tee ein.

»Hier, trink, min Jung, der kommt schon wieder, mach dir man keine Sorgen! Der weiß doch, wo er hingehört.« Sie nickte Finn aufmunternd zu.

Finn lehnte blass und zittrig in der Ecke. Er hörte nicht auf, sich weiterhin schreckliche Vorwürfe zu machen, weil er sein Pferd in den letzten Wochen so vernachlässigt hatte. Dabei war es überhaupt nicht seine Schuld gewesen, dass er so wenig Zeit gehabt hatte. Wenn, müssten seine Eltern ein schlechtes Gewissen haben, weil sie ihren Sohn rund um die Uhr eingespannt hatten.

Ich drückte Finns Hand, die immer noch eiskalt in meiner lag. Ich hätte ihm gerne etwas Tröstendes erzählt, ihm Hoffnung gemacht, aber ich wusste nicht, was ich ihm sagen sollte. Es gab nur eine Lösung.

»Ich werde Hauke satteln und Morango suchen gehen«, sagte ich und streckte mich. »Willst du auf Kusmi mitkommen?«

Finn guckte mich wie elektrisiert an. »Gute Idee! Worauf wartest du noch?« Er sprang auf und zog mich hoch.

Keine fünf Minuten später preschten wir vom Hof, der Nachtruhe zum Trotz. Isodora hatte darauf bestanden, dass wir Windjacken anzogen, und als uns die ersten Regentropfen entgegenklatschten, war ich dankbar dafür.

»Wohin zuerst?«, rief ich und zügelte Hauke an der Wegbiegung. »Wo ist seine Lieblingsstelle?«

»Die Moorwiesen!«, rief mir Finn gegen den Wind entgegen. Er hatte alle Hände voll mit Kusmi zu tun, der über diesen nächtlichen Ausritt nicht begeistert wirkte. »Ganz bestimmt ist er dort, weil das Gras so saftig ist!«

»Na dann!« Ich wendete den tänzelnden Hauke, der sich unwillig Richtung Moor dirigieren ließ. »Los, komm schon, dein verfressener Weidekumpel ist garantiert nicht unten am Meer!« Ich trieb ihn mit den Hacken an und endlich fiel er in einen leichten Trab.

Kusmi hatte seine Kämpfchen aufgegeben und zockelte uns hinterher. Während wir durch den dunklen Wald ritten, rief Finn immer wieder nach Morango, und als wäre er sein Echo, schickte Hauke ihm ein sanftes Wiehern hinterher. Doch ihre Rufe verhallten in der kühlen Nachtluft und unsere suchenden Blicke verloren sich zwischen den dunklen Schatten der Bäume. Zwar hatten sich unsere Augen längst an die Dunkelheit gewöhnt und hin und wieder blitzte der Mond durch die Wolkendecke, doch wir konnten Morango nirgends entdecken.

»Hier ist er nicht!«, stellte Finn fest, als wir zu den Moorwiesen ankamen. Er zügelte Kusmi.

»Sicher?« Ich ließ meinen Blick über das endlos weite Moor gleiten, das sich vor uns erstreckte. Der Regen nieselte fein und kleine weiße Schlieren stiegen aus dem Boden auf und tanzten umher, wie die Nebelfrau ... Ich schüttelte schnell den Kopf, um das Bild loszuwerden. »Ja, du hast recht, er ist nicht hier!«, sagte ich. »Lass uns sicherheitshalber noch ein Stück die Wiese abreiten. Aber langsam!«

Mittlerweile hatten die Wolken am Himmel den Mond komplett verdeckt. Die Pferde setzten vorsichtig einen Huf vor den nächsten, immer wieder sackten sie ein. Bald hatten wir den kleinen Pfad erreicht, der neben der Moorwiese verlief, und wir hatten wieder festen Grund.

»Wenn Morango hier wäre, hätten wir ihn längst bemerkt«, sagte Finn resigniert. »So verfressen ist er nun auch wieder nicht, dass er mitten in der Nacht hier draußen im Moor herumläuft. Komm, reiten wir zurück.« Schon wendete er Kusmi, Hauke folgte ihm widerwillig, es passte ihm nicht, hinter ihm zu gehen, und bei der nächstbesten Gelegenheit zog er an ihm vorbei.

»Hauke will runter zum Meer«, rief ich gegen den Wind an und gab meinem Pferd die Zügel frei. Kurz hinter dem Wald gab es einen Abzweig zum Strand, den wir schon oft geritten waren.

»Der ist doch nicht am Meer!«, rief Finn, aber es blieb ihm nichts anderes übrig, als uns zu folgen.

Also galoppierten wir den schmalen Dünenweg entlang, der tosenden Brandung entgegen. Ich bezweifelte ebenfalls, dass sich Morango hier unten befand, weil dem das garantiert zu stürmisch war, aber Hauke ließ uns keine andere Wahl.

»Das ist der kürzeste Weg zum Ort«, rief ich Finn zu, als wir unten am Strand nebeneinanderher galoppierten und die Hufe unserer Pferde den Sand verwirbelten. Statt einer Antwort trieb Finn Kusmi zu einem noch schnelleren Galopp, diesmal hatte Hauke Mühe zu folgen.

Bald entdeckten wir die neonfarbene Bake, die den Aufgang zum Ort markierte, und zügelten die Pferde. Tatsächlich führte uns Hauke im Schritt durch die schmalen Straßen, das Klappern der Hufe hallte von den Häuserwänden zurück.

»Meinst du, er ist hier irgendwo?« Finn guckte mich verwundert an und im Schein der Laternen bemerkte ich den sorgenvollen Ausdruck in seinem Gesicht. Der Ort war längst schlafen gegangen. Alles war komplett ruhig, selbst in der kleinen Kneipe an der Ecke waren die Lichter erloschen, bei Conny sowieso.

»Keine Ahnung!« Ich zuckte mit den Schultern. Hauke ging im Zickzack, als wüsste er selbst nicht, wo sein Stallgenosse zu finden wäre, und vielleicht führte er uns auch nur an der Nase herum.

»Wenn den einer geklaut hat, ist der eh längst über alle Berge«, mutmaßte Finn mit düsterer Stimme. »Das darf ich gar nicht meinen Eltern erzählen, die bringen mich um.«

Bevor ich Finn erklären konnte, dass Eltern einen nicht so schnell umbrachten und schon gar nicht, wenn das eigene Pferd plötzlich grundlos verschwunden war, trabte Hauke plötzlich los. Seine Ohren spielten aufgeregt.

»Will er etwa auf den Fußballplatz?« Finn trieb Kusmi an, der widerwillig Hauke folgte und dabei mit dem Gebiss knirschte.

»Scheint so.« Insgeheim betete ich, dass uns jetzt nicht plötzlich Jan mitten in der Nacht begegnete, ich wusste nicht, wie ich mich ihm gegenüber hätte verhalten sollen. Wie erleichtert war ich, als uns Morango aus der Ferne entgegenwieherte. Er war tatsächlich auf dem Fußballplatz! Wir hatten ihn endlich gefunden.

»Morango!« Finn sprang erleichtert aus Kusmis Sattel und umarmte sein Pferd, als hätte er ihn seit Jahren nicht mehr gesehen. Täuschte ich mich oder weinte er dabei?

Auch mir standen die Tränen in den Augen, wie sehr hatte ich Morango vermisst! Unsere gemeinsamen Ausritte. Und Finn.

»Das hast du gut gemacht«, lobte ich Hauke und klopfte ihm ausgiebig den Hals. »An dir ist ein echter Spürhund verloren gegangen!« Ein dankbarer Schnauber war die Antwort.

Ich stieg ab und umarmte ebenfalls Morango, den jemand an der Absperrung vom Fußballplatz festgebunden hatte, und zwar mit Halfter und einem festen Strick, sodass es für ihn unmöglich gewesen war, sich loszureißen. Morango hatte das sicherlich mehrfach versucht – er wirkte aufgeregt und war nass geschwitzt. Mich wunderte, dass niemand vorher auf das Pferd aufmerksam geworden war bei dem Lärm und Hufgetrappel, das es sicherlich veranstaltet hatte.

»Wer auch immer das war, wusste genau, was er tat! Das ist ein astreiner Palstek!« Finn löste den Knoten und schüttelte den Kopf. »Deswegen konnte er sich nicht losreißen! Was für ein blöder Streich! Wer macht denn so was?«

»Keine Ahnung!« Ich zuckte mit den Schultern. »Ist doch auch erst mal egal, Hauptsache, er ist wieder da!« Ich streichelte überglücklich und immer abwechselnd Hauke, Kusmi und Morango, so froh und erleichtert fühlte ich mich.

»Komm, wir reiten zurück in den Stall, die Pferde müssen sich ausruhen und trocken gerieben werden«, sagte ich nach einer Weile.

»Und du auch, oder?« Ehe ich michs versah, hatte Finn

mich in seine Arme gezogen und rubbelte mir den Rücken warm. Dabei drückte er mich fest an sich. »Danke!«, flüsterte er in mein Ohr. »Gut, dass du mich nicht im Stich gelassen hast.«

»Klaro!« Für einen Moment kuschelte ich mich an ihn und genoss das vertraute Gefühl zwischen uns. Wie sehr hatte ich Finn in den letzten Wochen vermisst! Dann befreite ich mich aus seiner Umarmung und wendete mich Hauke zu. »Piet und Isodora werden sich Sorgen machen ...«

»Machen sie nicht.« Finn hatte sein Handy aus der Tasche geholt und tippte eine Nachricht. Als kurz darauf die Antwort aufploppte, ging ein breites Grinsen über sein Gesicht. »Isodora kocht schon mal Tee ...«

18

Morango war wieder da. Er stand glücklich in seiner Box und wir rätselten nach wie vor, wer ihn von der Weide geholt und am Fußballplatz angebunden hatte. Finn stand bei Piet am Wagen, ich hörte die beiden lautstark diskutieren, als ich am nächsten Morgen zu ihnen hinüberschlenderte. Dabei hatte ich längst einen Verdacht. Lena war die Einzige von uns, die segelte. Aus Rache und Eifersucht, weil ich ihr angeblich Jan ausgespannt hatte, wollte sie mir eins auswischen, dabei hatte der ja längst gezeigt, für wen sein Herz wirklich schlug. Und weil sich Hauke von ihr nicht einfangen ließ, hatte sie eben das nächstbeste Pferd genommen. Keine Ahnung, wie sie den wasserscheuen Morango durch den Graben locken konnte, aber es war ihr gelungen.

Ich hielt Lenas Aktion nicht für einen gemeinen Streich, sondern für eine Kampfansage und ich hatte nicht übel Lust, sie zur Rede zu stellen. Aber als Tochter der Bürgermeisterin war sie über jeden Verdacht erhaben. Außerdem: Wer außer Mareike hätte mir geglaubt? Finn ganz bestimmt nicht, so verliebt, wie er in Lena zu sein schien. Und Piet ließ auf die Bürgermeisterinnentochter nichts kommen, wie wir alle wussten. Wem also konnte ich von meinem Verdacht erzählen? Ich hatte keine Chance. Während Isodora die ganze Sache ziemlich gelassen hinnahm und sich einfach nur freute, dass Morango gesund zurück war, reagierte Piet stinksauer.

»Wer immer das getan hat ... da hätte sonst was passieren können. Wo kommen wir denn da hin, einfach ein Pferd von der Weide zu entführen! Soll ich jetzt noch Überwachungskameras installieren oder was?«, polterte er, während er Alma und Luigi vor den Wagen spannte. Finn ging ihm dabei wie früher selbstverständlich zur Hand, reichte ihm Gurte und rangierte die Deichsel.

»Das wird nicht wieder vorkommen!«, meinte Finn und verteilte die Decken auf den Sitzbänken. »Denn ab sofort bin ich wieder regelmäßig im Stall und werde mich um mein Pferd kümmern!« Er grinste dabei zufrieden von einem Ohr zum anderen.

»Hab euch schon trainieren sehen«, knurrte Piet wohlwollend. »Aber übertreibe es nicht gleich! Vergiss nicht, dass dein Pferd in den letzten Wochen kaum bewegt wurde. Wenn du reiten willst, kannst du jederzeit eines von den anderen Pferden nehmen, das weißt du.«

»Danke, gute Idee!« Finn sprang vom Wagen und blieb vor mir stehen. Ich war die ganze Zeit über stillschweigend damit beschäftigt gewesen, die Hufeisen der Schimmel zu kontrollieren. »Wollen wir ausreiten, Liv? Ich kann ja Winston nehmen ...« Er schaute mich erwartungsvoll an und strich sich dabei durch seine verstrubbelten Haare.

In mir zuckte und kämpfte es. Am liebsten wäre ich mit Hauke zum Oststrand geritten, um Ausschau nach Jan zu halten, ich wollte ihn wenigstens noch einmal zur Rede stellen und die Sache vernünftig beenden. Denn er würde sich nicht mehr bei mir melden, so viel hatte ich verstanden.

Und eigentlich hatte ich Mareike versprochen, den Tag mit ihr zu verbringen, schließlich hatte sie mich aus meiner Liebeskummerverzweiflung gerettet und etwas gut bei mir.

Gleichzeitig freute ich mich wie Bolle, dass Finn wieder wie zu früheren Zeiten im Stall arbeitete und offensichtlich nicht mehr sauer auf mich war.

»Komm schon! Wir reiten rüber zu Henning, futtern Erdbeeren mit Sahne bis zum Abwinken und sind später wieder zurück, wenn Piet von seiner Ausflugsfahrt kommt, um ihm zu helfen. Wir können ja Mareike fragen, ob sie Lust hat mitzukommen, was meinst du?«, fügte er hinzu, als ob er meine Gedanken lesen könnte.

»Machen wir!« Ich nickte. Schon hatte ich Mareike eine Nachricht geschickt und wollte Sattel und Zaumzeug holen, da ploppte prompt ihre Antwort auf.

»Nacht der Nächte ...«, schrieb sie zurück und lauter Verliebtheits-Smileys. »Morgen wieder!«

Grinsend steckte ich mein Handy weg und machte mich auf den Weg zu Hauke, der mir freudig entgegenschnaubte. Keine zehn Minuten später trabten Finn und ich den schattigen Waldweg entlang. Er hatte es sich doch nicht nehmen lassen, Morango zu satteln. Immer wieder bemerkte ich, wie er zu mir herüberschaute und lachte, froh darüber, heute nicht in der Küche stehen zu müssen.

»Haben dich deine Eltern wirklich einfach so ziehen lassen?«, fragte ich, als wir nebeneinander gemächlich im Schritt ritten, die Pferde hatten zufrieden die Zügel aus der Hand gekaut.

»Nee, haben sie nicht, was denkst denn du!« Finn schüttelte den Kopf. »Im Gegenteil, ich habe schrecklichen Ärger.«

»Davon hast du mir noch gar nichts erzählt!«

»Du hast ja auch nie Zeit!«

»Aber du, was?«

Einen Moment lang guckten wir uns beide grimmig an, bevor wir losprusteten.

»Also, rück raus mit der Sprache, was ist passiert?«

»Ich hab heute einfach blaugemacht! Das passt ihnen natürlich gar nicht ... erstens brauchen sie gerade jede helfende Hand. Und zweitens haben sie gecheckt, dass sie ohne meine sündhaft leckeren, superinnovativen, fünfsternetauglichen Desserts nicht überleben können.« Finn grinste verlegen.

»Aber das ist doch toll! Endlich haben sie das gemerkt! Und einen eigenen Arbeitsplatz in der Küche hast du dir doch immer gewünscht!«

Finns Miene verfinsterte sich. »Klar! Aber was nützt mir das jetzt. Sie haben kein Geld mehr für Morango und würden ihn am liebsten verkaufen nach dem Motto: Du reitest ja sowieso nicht mehr!«

»Was? Spinnen die? Wie gemein ist das denn!« Ich schaute ihn ungläubig an. Nie im Leben würde sich Finn von Morango trennen, genauso wenig wie ich mich jemals von Hauke.

»Die Renovierung hat so viel Kohle verschlungen, da bleibt nicht mehr viel übrig. Und die letzten Wochen hätte ich ja mehr in der Küche verbracht als im Sattel ... aber das ist voll unfair! Sie haben mich ja quasi zwangsverpflichtet. Versteh einer die Eltern, erst wollen sie, dass du Abi machst und nicht Patissier lernst, und plötzlich ist doch wieder alles anders!« Finn seufzte tief und tätschelte Morango den Hals. »Ich hab ganz schön Muffensausen ... Weißt du, was sie mir vorgeschlagen haben? Die Bürgermeisterin sucht eine Reitbeteiligung für ihre Tochter, Piet soll das vermitteln ...«

»Was?«, rief ich abermals.

»Ich lass niemanden auf Morango reiten, schon gar nicht Lena ...«

»Ich dachte, sie käme so gut mit ihm zurecht. Neulich hast du sie doch selbst darum gebeten.«

»Das war gelogen«, gab er kleinlaut zu.

»Bist du etwa gar nicht ... äh ...« Ich wusste nicht, wie ich es sagen sollte. »Bist du gar nicht in Lena verliebt?«

»Spinnst du?« Finn fiel fast vom Pferd. »Hallo? Verliebt? Ich? In eins der Hühner?«

Ich schluckte. Da hatte ich mir wohl etwas Falsches zusammengereimt. »Dachte ja nur«, murmelte ich, insgeheim froh darüber, dass ich mich wenigstens in Finn nicht getäuscht hatte. Möglichst unauffällig musterte ich ihn von der Seite. Finn wirkte so locker wie lange nicht mehr, er lächelte zufrieden vor sich hin

Eine Weile ritten wir schweigend weiter.

»Das blöde ist«, fing Finn wieder an, »wenn ich Morango auch nur irgendwie in meiner Nähe behalten will, bleibt mir keine andere Möglichkeit. Denn hier geht es ums Geld. Und das haben meine Eltern gerade nicht, die Schulden, die sie wegen der Renovierung gemacht haben, müssen ja irgendwie abbezahlt werden. Es wird eine Weile brauchen, bis sich finanziell alles wieder eingespielt hat.«

Ich griff nach Finns Hand und drückte sie. »Das lass ich nicht zu, niemals!«, erklärte ich feierlich. »Da finden wir eine andere Lösung. Ich spreche mal mit Isodora und Piet. Mach dir keine Sorgen! Das wird schon wieder alles.«

Insgeheim wusste ich zwar noch nicht, wie ich das schaffen sollte, erzählten sie mir doch selbst oft genug, dass ihnen Hauke als unnützer Fresssack auf der Tasche lag. Und in ein paar Tagen würde meine Mutter kommen und mich abholen. Bald würde ich wieder in meinem muffeligen Hamburger Klassenzimmer sitzen und die ätzenden Kommentare von Julia, Vanessa und Pilar aushalten müssen, anstatt mich um so lebenswichtige Fragen wie die Zukunft von Hauke und Morango kümmern zu können. Viel Zeit blieb mir also nicht mehr.

»Komm, wer zuerst bei Henning ist!«, rief ich, um die düsteren Gedanken zu vertreiben. Schon gab ich Hauke die Zügel frei, doch Morango schoss wie ein Speedboot davon, wir hatten Mühe mitzuhalten.

»Und ich dachte, der wäre müde von eurem Training!«, rief ich lachend, als wir die beiden am Deich eingeholt hatten. »Morango wirkt frisch wie ein Dreijähriger!«

»Das macht die Aussicht auf Erdbeeren mit Sahne!«, scherzte Finn und deutete auf Hennings Fahne, die weithin sichtbar nur ein paar Meter entfernt von uns am strahlend blauen Himmel flatterte.

Ich grinste. War ich wirklich die ganze Ferienzeit über noch nicht hier gewesen, um Erdbeeren mit Sahne zu essen? Langsam ließ ich mich aus Haukes Sattel rutschen und streckte meine Beine.

Hennings Strandbude war ein beliebtes Ausflugslokal und die meisten Feriengäste kamen wegen der leckeren roten Grütze hierher oder aßen Linsensuppe. Wir ließen die Pferde hinterm Haus am Anbindeholm stehen, nicht ohne sie vorher mit einem Eimer Wasser versorgt zu haben. Jeder mit einem XXL-Becher Erdbeeren mit Sahne bewaffnet, hockten wir uns in einen blau gestreiften Strandkorb, der Plastikbezug duftete sonnenwarm nach Salz und Meer. Nebenan präsentierte ein Mädchen stolz den Inhalt ihres

Keschers ihrem Vater, der wenig Sinn für die zerfledderte Strandkrabbe und die riesige Schwertmuschel zeigte, sondern lieber in seinem Ostfriesenkrimi weiterlesen wollte.

»Endlich Ferien!«, meinte Finn und legte genüsslich die Beine auf dem Hocker zurecht.

»Du hast es gut, du kannst das hier immer haben!« Ich machte eine ausladende Geste Richtung Nordsee und Strand, wobei mir beinahe die Erdbeeren aus dem Becher gepurzelt wären. Am liebsten wäre ich jetzt auch wie all die anderen durch die herrlichen Wellen getobt, aber ich hatte meine Badesachen nicht dabei.

»Du doch auch!« Finn grinste mich verschmitzt an. »Echt, Liv, ich hab mich das schon oft gefragt, warum du nicht hier oben bei deiner Tante auf dem Friesenhof lebst ...«

»Keine Chance!« Ich schüttelte den Kopf. »Das würde meine Mutter nie erlauben. Sie ist heilfroh, dass sie nicht mehr bei Isodora leben muss ... außerdem will sie, dass ich einmal studiere und meine vielversprechende Zukunft nicht den Pferden opfere ...«

»Als ob das ein Opfer wäre!« Finn lutschte nachdenklich auf einer Erdbeere herum. »Euer Friesenhof ist der beste Ort der Welt, ich kann mir nichts Schöneres vorstellen ... mal abgesehen von meiner Dessert-Ecke in unsrer Küche.«

»Vergiss es! Das habe ich schon oft genug diskutiert, meine Mutter will davon nichts wissen.« Nur ungern erinnerte ich mich an all die Gespräche und die damit verbundenen Tränen, in denen ich gebettelt und argumentiert hatte, warum ich unbedingt bei Isodora, Piet und Hauke leben müsste. Irgendwann hatte ich es aufgegeben, meine Mutter davon überzeugen zu wollen, dass es mir hier an der Nordsee sehr viel besser ging als in der Großstadt. Bis auf

Weihnachten durfte ich jede Ferien hier sein, immerhin das hatte sie mir erlaubt.

»Guck nicht so bedröppelt, kleine Hexenfee, du kommst ja wieder ... Herbstferien sind ja bald«, meinte Finn. Er stupste mich aufmunternd in die Seite. »War diesmal ganz schön verkorkst, oder?«, fügte er dann leise hinzu, als er merkte, dass mir überhaupt nicht zum Lachen war. Finn hatte seinen Kopf an meinen gelehnt und seinen Arm um mich geschlungen. Ich spürte, dass er gerne etwas gesagt hätte oder wenigstens erwartete, dass ich etwas sagte, aber mir fehlten die Worte und eigentlich war ja auch alles gesagt. So saßen wir eng und vertraut dicht nebeneinander im Strandkorb, spürten, wie der andere ein- und ausatmete. Und während Finn meine Schulter streichelte, hielt ich die Augen geschlossen und atmete seinen Duft. Finn roch nach glücklichen Ausritten auf dampfenden Pferden, nach Nordsee, Muscheln und Strand, nach Sonne und Sommer. Und nach Erdbeeren.

An diesem Abend setzte ich mich seit Langem mal wieder zu Piet und Isodora nach draußen auf die Bank zum Klönschnack. Die eine in ihrem bunten Sommerkleid, der andere in seiner alten Jeans, beide ein Flensburger in der Hand. Nach dem langen Ausritt mit Finn heute war ich einfach nur glücklich und froh. Es fühlte sich an, als hätten die Ferien gerade erst begonnen, und ich mochte kaum glauben, dass ich nur noch eine Woche vor mir hatte.

Piet hatte den ganzen Tag über wegen Morangos Entführung herumtelefoniert, aber nichts in Erfahrung bringen können, weshalb er immer noch verärgert war.

»Das soll bloß nicht wieder vorkommen! Die Stadtlüdd

stellen ihre Pferde nicht mehr bei uns unter, wenn sich das herumspricht«, sagte er kopfschüttelnd. »Die Tiere müssen nachts sicher sein! Wilm hat versprochen, dass er später noch mal nachschaut ...«

»Das wird nicht noch mal vorkommen, nicht wahr, Liv?« Meine Tante zwinkerte mir zu und ich fragte mich, worauf sie anspielte. »Finn kümmert sich doch wieder um sein Pferd, oder?«

»Klar macht er das!« Wir hatten ausgemacht, dass ich Morango am Führstrick mitnehmen würde, wenn ich mit Hauke unterwegs war, damit das Pferd wieder in Bewegung kam. Finn wollte mit seinen Eltern eine Regelung für freie Zeit zum Reiten aushandeln und sich einen Trainingsplan für die kommenden Herbstturniere, auf denen er mit Morango starten wollte, ausarbeiten.

»Denn man tau«, meinte Piet, »genießt die Zeit, die ihr noch habt. Wer weiß, was in den nächsten Ferien ist. Aber darüber sprechen wir dann.«

»Du wolltest doch nicht ...« Isodora boxte ihm in die Seite.

Erschrocken guckte ich meinen Onkel an. »Wie meinst du das?«

»Wie er es gesagt hat. Das hat Zeit bis zu den nächsten Ferien.« Isodora legte mir beschwichtigend die Hand auf die Schulter und guckte Piet nachdrücklich an.

»Ich will ehrlich zu dir sein, min Deern!«, sagte er und suchte meine Augen. »Wir können Hauke nicht ewig durchfüttern ... Er geht nicht vor dem Wagen, lässt sich von niemandem reiten ... Und unser Hof erwirtschaftet gerade mal so viel, dass es für uns reicht. Deine Mutter sieht ja nicht ein, auch nur einen Cent dazuzugeben.«

»Lass Camilla aus dem Spiel! Das hast du versprochen!«,

sagte Isodora energisch. »Wir finden schon eine Lösung, hörst du, Liv! Piet meint es nicht so ...«

Ihre Worte hallten mir hinterher, längst war ich Richtung Stall davongelaufen. Sie wollten Hauke verkaufen!, schoss es mir heiß durch den Sinn. *Meinen Hauke!*

Wie ferngesteuert holte ich Sattel- und Zaumzeug und machte Hauke für den Ausritt fertig. Hauke wirkte frisch und ausgeruht, als hätte er die letzten drei Tage nur auf der Weide gestanden. Unternehmungslustig stupste er mich immer wieder in die Seite, während ich ihn auftrenste. Als wäre es nicht mitten in der Nacht. Als ginge es nicht um unsere gemeinsame Zukunft.

Tränenblind führte ich ihn auf den Hof, schwang mich auf seinen Rücken und preschte davon. Im fliegenden Galopp ging es den Dünenweg hinunter zum Strand, Haukes Hufe wirbelten durch den feinen Sand. Der Mond stand groß am Himmel und leuchtete hell über die leeren Strandkörbe, der Strand lag gespenstisch ruhig und leer vor mir, es wehte kaum Wind. Ich zügelte Hauke, der überhaupt nicht damit einverstanden war und in einem aufgeregten Trab durch die Wellen tänzelte, wir hatten ablaufende Flut.

Die salzige Luft drang tief in meine Lungen, ich versuchte, mich zu beruhigen, Hauke zu beruhigen. Sie durften Hauke nicht verkaufen, niemals! Friesenhof ohne Hauke, das war undenkbar! Das war wie Ferien ohne Finn und wie Erdbeeren ohne Sahne. Ganz bestimmt würde ich eine Lösung finden, um das zu verhindern, da war ich mir sicher. Ich könnte Mareike fragen. Oder Finn.

Der Mond leuchtete mir den Weg, wie von selbst nahm Hauke wieder Tempo auf, galoppierte los, immer schneller und schneller. Da es fast windstill und der Himmel sternenklar war, drückte kein Wasser in die Priele und Haukes Hufschläge wurden vom sandigen Boden verschluckt. Ich beugte mich über seinen Hals und vergrub mein Gesicht in Haukes Mähne, spürte seine kraftvollen Bewegungen unter mir im ganzen Körper. Ich vergaß Piets Worte und Isodoras besorgte Miene, verschmolz mit Raum und Zeit, wurde eins mit meinem Pferd.

Ich kam erst wieder zu mir, als Hauke am alten Leuchtturm so plötzlich stehen blieb, dass ich beinahe aus dem Sattel rutschte.

»Spinner«, murmelte ich liebevoll und sprang ab.

Da hob Hauke seinen Kopf und stupste mich in den Bauch. Ich lehnte mich an ihn, Stirn an Stirn. Lange standen wir so da und nur der Mond schaute zu, wie ich jetzt zärtlich seine Mähne kraulte und meine Arme um seinen Hals schlang, ich wollte mich nie wieder von ihm lösen. Ich konnte nicht ohne Hauke sein, ich würde alles dafür tun, damit wir in Zukunft zusammenbleiben konnten. Haukes warmer Pferdeatem hüllte mich ein, als wolle er mich vor meinen eigenen Gefühlen beschützen und mir versichern, dass er für immer an meiner Seite war und mich nie verlassen und enttäuschen würde.

Wind kam auf und spielte mit meinen Haaren, verwehte sie mit Haukes Mähne, ich hatte Mühe, sie zu entwirren. Langsam schwappte das Wasser in kleinen Wellen heran. Es war Zeit, zurückzureiten.

Ilona Einwohlt

Alicia

Unverhofft nervt oft

Eigentlich war Alicias Leben allein mit Oma und Vater in bester Ordnung. Bis sie eines Tages im Badezimmer ihrer nackten Mathelehrerin gegenübersteht. Wie oberpeinlich! Ausgerechnet Roselotte Froboese, nervigste Lehrerin aller Zeiten, ist Papas neue Freundin. Noch schlimmer: Sie zieht mit Kindern, Katze und Krempel bei ihnen ein und stellt Alicias gesamtes Leben auf den Kopf. Jetzt muss sie Biomüsli essen, ihr Zimmer mit Obertussi Lynn teilen – und Papa macht glücklich auf Familie.

176 Seiten • Klappenbroschur
ISBN 978-3-401-06932-6
Auch als E-Books erhältlich

Wer zuerst küsst, küsst am besten

Alicia brennt darauf, ein weiteres Tagebuch ihrer verschwundenen Mutter zu lesen. Doch dafür gibt es eine Bedingung: Sie muss ihren ersten Kuss erlebt haben! So ein Mist, dass Alicia sich gar nicht für Küssen und Verliebtsein interessiert. Und überhaupt: Ab wann zählt ein Kuss denn als Kuss? Doch als die Zwillinge Tim und Tom auftauchen, geraten ihre Gefühle wider Willen ganz durcheinander. Und dann steht auch noch Roselottes ältester Sohn Philip vor der Tür …

Arena
168 Seiten • Klappenbroschur
ISBN 978-3-401-06995-1
www.arena-verlag.de

Ilona Einwohlt

Nonstop online?

Grenzenlos digital unterwegs

Jenny ist reich, hochbegabt und todunglücklich, denn das Leben als Tochter aus gutem Hause kann ganz schön schwer sein. Freunde haben da keinen Platz. Jennys letzte Rettung ist der Chatroom, nur hier fühlt sie sich frei. Bis eine böse Überraschung im Netz auf sie wartet. Als sie langsam aus der digitalen Welt wieder auftaucht, ist es fast zu spät.

Arena

176 Seiten • Klappenbroschur
ISBN 978-3-401-50847-4
www.arena-verlag.de

Auch als E-Book erhältlich

Antje Szillat

Brandungsflimmern

Flora kann ihr Glück kaum fassen: Jan kommt mit nach Rügen! Schon lange ist sie in den besten Freund ihres Bruders verliebt und diesen Sommer muss es mit ihnen endlich klappen. Jan jedoch sieht in ihr nur eine Art kleine Schwester und flirtet hemmungslos mit anderen Mädchen. Flora beschließt, ihn nach allen Regeln der Kunst eifersüchtig zu machen. Da kommt ihr Philipp gerade recht. Leider verwirrt der leidenschaftliche Taucher ihre Gefühle nur noch zusätzlich. Und als dann an der Steilküste ein brenzliger Unfall passiert, geht es für Flora plötzlich um sehr viel mehr als ein gebrochenes Herz.